異端の祝祭

芦花公園

角川ホラー文庫
22683

目次

主な登場人物

島本笑《しまもとえ》美《み》　就職浪人中の23歳。大手企業「モリヤ食品」に採用されるが……。

島本陽太《しまもとようた》　笑美の兄。モリヤと関わってからおかしくなった妹を心配し、佐々木事務所を訪れる。

佐《さ》々《さ》木《き》るみ　心霊案件を扱う佐々木事務所の所長。中性的な風貌《ふうぼう》で、30代前半だが年齢不詳。

青山幸喜《あおやまこうき》　27歳。るみの助手。気立ての良い常識人で、るみにはいつも振り回されている。

石神《いしがみ》　ミシャグジ信仰を持つ霊能者。るみから島本笑美の救出を依頼される。

物部《もののべ》　四国に住む拝み屋の青年。るみから相談を受ける。

ヤン　モリヤ食品の社員から「社長」と呼ばれ慕われる小柄な男性。

第一章　べやと

「でそのときあっくんがレミに言ったわけ」

「なにそれやばみ」

「わかるわかるっそういうとこあるよねっ」

　女子高生三人組が電車内で楽しそうに話している。ボブヘアと茶髪ワンレンは座席に座り足をだらしなく投げ出していて、もう一人の黒髪ロングがその前に立っている。

「てか今日部活？」

「いや今日はなんもない。どっか寄ってく？」

「私パンケーキ食べたいっパンケーキがいいっ」

「金欠やしマック」

「確かに。Ｗｉ‐Ｆｉあるしね」

「りょー」

「パンケーキがいいよっパンケーキっ」

どこにでもある普通の光景。おそらく乗客の誰もが気にも留めていない。島本笑美《しまもとえみ》を除いては。

　笑美だけは女子高生の会話を聞いて影が差したような、暗い気持ちになっていた。ああ、私も何度もやられてきたことだ、と思った。さっきからボブヘアと茶髪ワンレンだけがコミュニケーションを取っていて、黒髪ロングは完全に無視されているのだ。彼女達にどういう事情があるかは分からない。でもどうしても、笑美は自分と黒髪ロングを重ねてしまっていた。

　笑顔の美しい子に育つようにと母がつけてくれた名前なのに、これまでの人生で心から笑ったことなどほとんど無かった。

　本当に幼い時はまだ良かった。無口な父と朗らかな母、年の離れた優しい兄、とにかく甘やかしてくれる祖父母だけが笑美の世界だった。しかし小学校に上がるとそうはいかない。何をするにも他人とコミュニケーションを取らなくてはいけないのだ。

　人に話しかけることも話しかけられることも苦手になってしまった笑美にとっては同世代の子供も、先生という親以外の大人も恐怖の対象でしかなく、ただ教室の隅でじっと丸まっていた。もしかして、都会ではそういう性格も個性として受け入れられたのかもしれない。しかし、笑美の育った田舎ではそうではなかった。人と話さない暗い女の子はたちまちいじめの対象になった。

　無視される。教科書に落書きをされる。私物を隠される。ひどいときは複数人にボールの的にされたこともある。

　そして可愛げのない女の子は大人も守ってくれないのだ。いじめに耐えかね先生に相談したところ、「気のせい」「じゃれ合いの範疇《はんちゅう》」と判定され、さらに「話し合いの会」という名前の笑美の悪いところをあげつらう会が開催された。それから、笑美は大人を信じるのをやめた。結局、いじめは笑美が中学を卒業するまで続いた。

　高校生になるといじめはピタリと止んだ。それどころか華やかな女子のグループから声をかけられ、仲間に入れてもらうことも出来た。

　地元で有名な不良の山池《やまいけ》先輩（笑美の高校のOBだ）が笑美のこと——具体的に言えば笑美の発育の良い体を気に入り、それを公言していたから、というのがいじめが止み、華やかな女子グループから声をかけられた理由だ。笑美がグループにいれば、山池先輩と話す機会が増えるかもしれない、という打算。しかしどちらにせよ笑美が救われたことに変わりはない。山池先輩は何かと笑美の面倒を見てくれた。きっかけは笑美の肉体的魅力だったかもしれないが、山池先輩は決して笑美に付き合うだとか、増してや性行為だとかを強要することなどなく、見かければ声をかけてくれた。グループに入れてもらったからと言って派手なグループの女子とうまくいっているとは言い難かった笑美の支えはその山池先輩と交わすほんの二、三言のコミュニケーションだけだった。

　ファッションや恋愛や流行のものに興味があるグループの女子たちと違って笑美はひたすら地味で、好きなことと言えば上京した兄が置いていった将棋盤で遊ぶことだった。

彼女たちと全く趣味が合わないのは分かっていたが、それでも笑美は努力した。兄の反対を押し切って髪を明るく染めたり、雑誌で紹介されていた流行のアクセサリーを見様見真似で自作したりもした。その努力は全て無駄だった。

髪を染めれば嫌そうな顔で「うちらの真似やめてくれる？」と言われたし、ビーズアクセサリーは貧乏くさいと鼻で笑われ、捨てられた。そんな仕打ちを受けても、笑美は何も言い返せず、媚《こ》びへつらうような笑顔で彼女たちの後を付いていくしかなかった。

笑美のグループ内での扱いはまさに空気だった。小学生の時と違って、あからさまな無視や嫌がらせはない。会話もあるし、移動教室や林間学校のグループも同じだ。しかし笑美の意見が取り入れられることはない。学校では一緒に行動していても、休日に遊ぶ人間はいない。

修学旅行は東京だったが、自由行動の時、適当な理由を付けて撒《ま》かれてしまった。永《なが》田町《たちょう》のカフェでぼんやりとスマートフォンを見ながら過ごした五時間は一生忘れられない記憶となってその後も度々笑美の心を刺した。

大学は両親の勧めもあって東京を選んだ。母は元は杉並《すぎなみ》区の人間で、
「笑美みたいな人付き合いの苦手な子には東京の方がいいかもね」と言った。
いじめのことも対人関係のことも相談したことは無かったが母は気付いていたのかもしれない。

幸い成績は良い方だったため、笑美は成績優秀者のために地方自治体が行っている奨

学金制度の枠で、ある程度有名な私立大学に進学することが出来た。

　そして母の言っていたことは本当で、東京には笑美と同じように、コミュニケーションが不得手な人が沢山いた。引っ越した先でも近所付き合いは皆無だったし、人付き合いが苦手でも、レポートやグループワークでは少し困ることはあったものの、なんとか大学生活はやっていけた。バイト先の飲食店は近くに大きな出版社のある忙しい店舗で、コミュニケーションを取ることよりすばやい食器の上げ下げや調理が優先された。本当に東京に来て良かったと思ったものだ。

元来勉強することも、地道に課題をこなすことも、全く苦に思わない性格だった。評定も良く、バイトにもやりがいを感じ、笑美はかつてないほど充実していた。友達がいなくても、一足先に上京していた兄がいた。兄は既に働いていて、お金も持っていたので、笑美を色々なところに連れて行ってくれた。孤独を感じることなど全くなかった。

　しかし順調だったのは三年生の夏までだった。就職活動が始まったからだ。学歴と資格さえあればどうにかなると思っていたのが浅はかだったと気付いたときには遅かった。まず、インターンシップの時点で笑美は思い知った。笑美より評定の低い、毎日飲み会をして、講義にも最低限しか出ていなかったような同級生が、笑美よりずっと「使える」人間だということを。彼らはいきいきと働き、社員にも気に入られたようだった。

最終日、社員から言われたことを笑美は今でも覚えている。

「興味なかったらわざわざ来なくてもいいよ。他に会社はいくらでもあるんですから」

笑美のおどおどとした態度は、一般的には「やる気がない」と見做《みな》されてしまうようだった。

兄に相談して、面接の訓練をした。心理学の本をたくさん読んだ。カウンセリングも受けた。しかし、本格的に就職試験が始まっても、培われた性格がそう簡単に直るわけはなかった。

何社受けても陰鬱《いんうつ》な印象でマニュアル外の質問をされると挙動不審になる笑美を採用する会社は現れない。そうこうしているうちに卒業を迎えてしまい、笑美は俗に言う就職浪人生になってしまった。ただでさえ、新卒でない者の就職は困難を極めると言われている。増してや、こんな自分では——

今日も鬱々《うつうつ》とした気持ちで電車に揺られている。今回で何社目になるだろう。50社から先は数えるのをやめた。

ただでさえ憂鬱な気持ちが高校時代の自分を彷彿《ほうふつ》させる黒髪ロングの女子高生のせいで加速する。ボブヘアと茶髪ワンレンは無言でスマートフォンを弄《いじ》っているというのに、黒髪ロングはなおも彼女達に話しかけ続けている。痛いほど気持ちが分かる。なんとかして自分の存在を受け入れて欲しいのだ。

「行こー」

「うん」

「パンケーキだねっ一緒に話そうねっ」

座席に座っていた二人が席を立ち、その拍子にボブヘアの鞄《かばん》からキーチャームのようなものがこぼれ落ちる。黒いウサギの尻尾《しっぽ》にも似たそれは笑美の足元にまで転がってきた。

「落ちましたよ」

ボブヘアの肩を叩《たた》き手渡そうとすると、彼女は笑美の手を振り払って、

「なに？　意味わかんない」

と吐き捨てた。

自分もかつてそうだったはずなのに、女子高生の遠慮のない物言いは怖い。女子高生特有の根拠のない万能感——笑美にはなかったものだったが——ゆえにこんなにひどい言い方ができるのだろうか。それでも深呼吸をして、なんとか心を落ち着かせ、

「これ落ちてたから」

と努めて冷静に答える。

するとワンレンは、笑美の顔を不気味なものでも見るかのように一瞥《いちべつ》したあと、ボブヘアの手を強く引っ張り、そのままボブヘアを連れて電車を降りてしまった。

女子高生ってこんなに失礼な生き物だっただろうか。それとも不審者と思われたのだろうか。地味な見た目だが、リクルートスーツを着て薄化粧もしているし、そこまで怪しげな風体をしているわけでもないのに。

ワンレンが強い口調で、

「あの人絶対関わっちゃいけないタイプの人だよ！」

とボブヘアに言っている。そのままこちらの様子を見ながら二人は小走りで視界から消えてしまった。

――女子高生から不審者扱いされる女なんて採用されるわけないよね。

どうせ今日の面接も不採用だろう、と笑美は自嘲《じちょう》気味に笑って女子高生の残したチャームを握りしめた。見た目と違いフワフワな感触ではない、ゴワゴワしていて、まるで髪の毛のようだ――

「パンケーキ一緒に食べようねっ」

耳元で黒髪ロングの声がする。

「一緒にパンケーキ食べようねっ」

口を耳まで吊《つ》り上げて、満面の笑みを浮かべたそれが笑美を見て繰り返す。

「パンケーキ食べようっパンケーキっ付いてくからっ絶対っ絶対っ付いてくからっ付いてく付いてく付いてく付いてく付いてく付いてく付いてく付いてく付いてく付いてくっ」

笑美には生きている人間とそれ以外の区別がつかない。

面接には絶対遅刻だ。それでも、電話に出た、就活生の対応係と思《おぼ》しき受付の女性は、遅刻するにも拘《かかわ》らず「面接させていただきます」と言ってくれた。

　あのあと、黒髪ロングは言葉通り笑美のあとを付いてきた。なんとか気付いていない振りをしようとしたが無駄なのは分かっていた。あの思い出したくもない手触りの黒い毛玉。あれは黒髪ロングが仕掛けた罠《わな》のようなものだったのだろう。

　物心ついたときから笑美には生きている人間とそれ以外の区別がつかなかった。それが、よく聞く幽霊の風体——異形《いぎょう》であったり透けていたり、何か目印があれば分かったかもしれない。中にはそういうのもいたが、ほとんどは笑美たち普通の人間と同じような見た目なのだ。顔見知りの人間以外に話しかけられるのも話しかけるのも恐ろしい。すべてをこの体質のせいにしてはいけないが、小中学校でいじめられたのも、高校時代、空気のように過ごしたのも、就職活動が上手《うま》くいかないのも、少なからずこの体質が影響していた。

「生きている人間ではない何か」が、普通の生きている人間と違う点があるとすれば、ひどく会話に飢えていることが挙げられる。少しでも気付いた素振りを見せると一方的に話しかけてくる。その一方的な会話の標的になってしまうと体がひどく重くなる。そして話している間、それは徐々に、怪談でよく聞くような異様な風体に変わっていくのだ。

両親も祖父母も兄も、幼い笑美の訴えを馬鹿にしたりせず受け止めてくれた。神社、寺、祈《き》禱《とう》師――様々なところに連れて行ってくれた。しかし笑美は早々にそれが無駄であると悟った。

誰一人、見えてすらいないのだ。

目が飛び出るほどの相談料を要求してきた、高名な霊能者という人が来た時なんて笑ってしまいそうだった。全く見当違いの方向を向いて、お嬢さんにはこの家の先祖が女を責め殺した怨念《おんねん》が染み付いている、今も背後にぴったりとつき呪っている、などと宣《のたま》うのだ。その間も頭部が膨れ上がった中年男性が、霊能者の真後ろで延々と会社の上司の愚痴を言っていたというのに。

他の人には見えていない。見えてすらいないのに解決できるわけがない。だからどんなに鬱陶《うっとう》しくても、目を合わせてこようとも、白目がなくても、口が耳まで裂けていようとも、脳髄がこぼれ落ちていても、頭が二つあっても、とにかく怯《おび》えながら時間が過ぎるのを待つしかない。そうすれば大概の場合――個体差はあったが、長くとも一週間くらい耐えていればフッと消えてしまう。幸か不幸かそれらが体調不良以外の直接的な危害を及ぼすことはなかった。

パンケーキを連呼する黒髪ロングは、経験から言ってかなりしつこい部類だろうと笑美は思った。まず、見えていない人間にもしつこく話しかけていた。その時点でコミュニケーション飢餓度がかなり高いことが窺《うかが》える。そして、あそこまで異形なものも珍しい。何か月か、何年か、ひょっとして何十年も無視され続けていたのかもしれない。あんな罠を仕掛けるような真似までして……そこにやっと、笑美がのこのこ現れたのだ。

　体の重さが尋常ではなかった。立っていられないほどになったのは初めてのことだ。面接に遅れる訳にはいかない。なんとか這《は》うようにして体を進ませたが、三十分前に到着する予定が、会社の前に着く頃には面接開始時刻を十分も過ぎていた。

　笑美がそこまで大きく絶望しなかったのは土台無理だと諦《あきら》めていたからかもしれない。オフィスビルを見上げてその大きさに圧倒される。やっぱりこんなところ、50社以上も落とされた私には分不相応だ。そう思ってまた溜息《ためいき》をつく。だいたい、このパンケーキ女がいる時点で気になって集中なんてできるわけがない。

「パンケーキここで食べれるの？　パンケーキっパンケーキ食べさせておねがいおいしそうおいしそうおいしそう食べさせて、かじらせて、ちょっとでいいのおねがいおねがいきけよきけよきけきけきけきけきけきけきけき」

　口を大きく開けて眼前に迫るそれが、オフィスに入った途端蒸発するように消えた。

「えっ」

　焦って一度外に戻ってみた。しかしパンケーキ女はやはりどこにもいない。視線を上に向けても同じことだった。

　もしかして、安心させておいて、オフィスの中に隠れていて、また入った瞬間に驚かせようとしているのかもしれない。

深呼吸をしてふたたび自動ドアを通る。

「島本笑美さんですか」

いかにも仕事のできそうなビシッとした美人が、冷ややかな声でこちらへどうぞ、と声を掛けてくる。笑美は恥ずかしくて顔を上げることができなかった。遅刻までしておいて玄関先で挙動不審な真似をしている女なんて、怒りを通り越して呆《あき》れられているに違いない。消えたならそれはそれで好都合だ、となんとかパンケーキ女消失のことは頭の隅に追いやって、促されるまま彼女について行った。

エレベーターに乗ると、屋上まで40階もあり、また圧倒される。本当に場違いなところに来てしまったものだ。

38階につくと、そこから面接会場までの廊下はひとりで歩くことになった。

長い廊下を歩いているとき、笑美はふと、一切の緊張が取り払われていることに気付いた。ついさっきまでは遅刻という大失態、それにオフィスの大きさに精神的苦痛を感じ、つま先まで冷え切っていたというのに、今は顔がほんのり汗ばむほど暖かい。このフロアはとてもいい匂いがするので、そのせいかもしれないと笑美は思った。以前エステの無料体験を受けたとき、そこで焚《た》いていたアロマのような、ふんわり落ち着く匂いだ（と同時に、断りきれず高額の回数券を買わされたことも思い出し彼女の穏やかな気分は少し損なわれた）。

大企業というのは、このような細やかな気遣いまで出来るのだなあと改めて感心して息を大きく吸い込んだ。なんだか頭まで冴《さ》えていくような気がする。

端《はな》から諦めていたが、もしかしたら今回はうまくやれるかもしれない。期待を胸に笑美は面接室のドアをノックした。

「どうぞ」

「失礼します」

面接官は三人、全員男性だ。笑美より少し年上くらいに見える青年、清潔感のある壮年、ふくよかな老年、全員人の良さそうな笑みを浮かべていた。

「おかけになってください」

笑美はまず頭を下げ、遅刻を謝罪した。しかし、面接官たちはなんでもないというふうに笑っている。

本来、遅刻なんてあってはならないことだ。遅刻した場合、必ず会社に連絡して、そこは諦めましょう、と就活生用のマニュアルにも書いてあった。恐らく形だけだろうが、時間を割いて、面接を受けさせてくれただけでもありがたいのに、なぜこの人たちはこんなに優しいのだろう。思わず涙が出そうになったが、せめて失礼のない態度で面接を終えよう、そう思って席に着いた。

面接ではスタンダードな質問が続いていく。笑美の答えはマニュアル通りで陳腐なものだったが、面接官はさも興味を惹《ひ》かれたかのように笑美をまっすぐ見つめ真剣に聞いてくれた。そのおかげで、今まで失敗してきた面接のことを忘れ、落ち着いてきちんと答えることができる。全員優しそうな、まるで我が子でも見るような目で笑美を見ている。おそらく客観的に見ても「手応《てごた》えアリ」という状況だ。

「最後に質問はございますか」

青年が尋ねる。笑美が口を開こうとした瞬間、押し潰《つぶ》されるような衝撃が体を襲った。

「あ、ぐ、あ……」

肺が潰されて呼吸さえ難しかった。

「どうしたんですか」

そう聞かれても返事などできない。息が苦しくて、目蓋《まぶた》を開けているのがやっとだ。薄目に、面接官が座っている場所の奥の扉がゆっくりと開くのが見える。肺を潰すほどの圧迫感はそこから来ている。

「社長」

面接官が三人とも立ち上がったのが分かった。

お疲れ様です、と口々に挨拶《あいさつ》している。

笑美の視界の端に、綺麗《きれい》に磨き上げられた革靴が映った。おそらく、「社長」のものだ。

面接に気まぐれに来てみたら、変な女が呼吸困難になっている。「社長」から見たらそんな感じだろうか。必死に体裁を取り繕おうとしても、あまりの息苦しさにやはり立ち上がることなどできなかった。

革靴が近付いてくる。笑美はますます焦った。こんな失礼なことはない。頭では分かっていても、圧迫感は増すばかりだった。

「大丈夫ですよ」

声が綺麗だ、と思った。

春の日差しのような声だ。

ふと、頭の上に重さを感じる。人の手だ。男性は、どうやら笑美の頭に手を乗せているようだった。そこから全身に血が行き渡るように、じわじわと温まっていく。

深呼吸をすることができた。そのまま、顔を上げる。

「ウッ」

瞬間、笑美は嘔吐《おうと》しそうになった。先程までの押しつぶされるような不快感からではない。

視界に入ったのは「社長」ではなかった。「社長」らしき男性を遮るようにして浮いているバケモノだ。

眼窩《がんか》が洞穴のように空洞で、異様に大きい。顔の半分以上を占めているように見える。すっきりした鼻と口、長い髪が女性的で、おそらく女の幽霊なのだが、元が人間だとは信じられないくらいだ。全体のバランスも狂っていて、玩具《おもちゃ》のような雑な造りの手足が巨大な顔の下についている。ここまでの異形は様々な「生きている人間以外」を知る笑美でも見たことはなかった。

恐ろしすぎて声も出ない。

女はすでに息がかかりそうな位置まで接近してきている。

女の髪がべたりと笑美の顔に張り付いた。

「し　と　み　い」

バケモノの小さな口がなにか言っている。

「し　と　み　い」

真っ暗な眼窩を笑美の方へ向けて——

「明日《あした》から来ていただけますか」

凛《りん》とした声が響いた。同時に、バケモノの姿も見えなくなる。

ようやく見えた「社長」は、張りのある声に比して随分印象の薄い青年だった。HP《ホームページ》に載っていた写真と全く違う。HPに出ていたこの会社——モリヤ食品——のCEO、守屋《もりや》秀光《ひでみつ》は厳めしい顔つきの六十代くらいの男性だった。しかし、目の前の「社長」は、どう見ても三十歳以上には見えない。笑美より年下、それどころか、高校生と言っても通用しそうだった。

「社長」は眼鏡を外して、胸ポケットから取り出したハンカチで拭《ふ》いた。眼鏡を外すとますます印象が薄くなる。しかしどういうわけか笑美は、彼に好感を抱いていた。

考えるより先に「はい」と声が出る。何を決断するにも時間がかかり、臨機応変に行動する、ということがまったくできない笑美にとっては初めてのことだった。

案の定、面接官は困惑している。

「しかし社長、まだ面接の途中で……」

「私は社長ではないといつも言っているでしょう」

「社長」がひとこと言っただけで、中年男性は口を閉じ、目を落ち着きなく泳がせた。

「やっと見つけました。貴女《あなた》は素晴らしい。こんなに嬉《うれ》しいことはありません」

「社長」は笑美の手を両手で握り、優しく微笑んだ。先程頭に手を置かれたときのように、彼に触れられた部分から末端へと熱が伝わる。こんなに幸せな気持ちになったのは初めてだった。

頬が濡《ぬ》れて、自分が泣いていることに気付いた笑美が指で涙を拭《ぬぐ》おうとすると、「社長」は笑美の指をそっとつかみ、代わりにハンカチで涙を拭った。

「ヤン、と呼んでください」

笑美は幸せで満たされ、ぼうっとした頭で曖昧《あいまい》に頷《うなず》いた。ヤン。名前の響きからして中国人なのだろうか。

年若く、また、社長でもない彼がどうして「社長」と呼ばれていたのか、あのすさまじいバケモノはなんだったのか。今の笑美にとってはどうでもよいことだった。

笑美はぼうっとした頭のまま家に帰り、兄の陽太《ようた》にメッセージを送った。

「就職決まったよ、心配かけてごめんね」

『どこに』

「モリヤ食品」

下にフリック。「モ」を打つだけで指先が震えるほど誇らしかった。

地元の誰も、笑美がこんなところに就職できるとは思わなかっただろう。

当の笑美でさえ信じられない気持ちだったが、「モリヤ食品」と入力することで、空想が現実になったようで嬉しかった。

『うそだろ』

画面に、とぼけたような顔の猫のスタンプが躍った。

「嘘じゃないもん」

『証拠』

笑美は届いた採用通知のメールのスクリーンショットを撮って、陽太に送る。

ややあって、

『本当っぽいのは分かったけど、時間も集合場所もやばくない？』

確かに、メールには明日の朝六時に、あのオフィスとは別の遠く離れた、都内ですらない場所に出勤せよ、というようなことが書いてある。

『ブラックっぽい。やめたほうがいい』

曖昧に笑っている女の子のスタンプを押して、笑美はスマートフォンをソファーに放り投げた。

集合時間が早いくらいなんだっていうんだろう。こんな自分を拾ってくれた会社だ。しかも、誰でも知っている上場企業。就活生向けのサイトにも、掲示板にも、悪い噂なんて一つもなかった。

時計を見ると、いつの間にか十時になっている。ずっと夢見心地だったからだろうか、全く気が付かなかった。なんだかお腹も減らない。

明日は、遅くとも五時には家を出る必要がある。もう歯を磨いて寝てしまおう。

笑美は放り投げたスマートフォンを充電器にセットして、寝る支度を始めた。

ベッドに入ってからもしばらく、笑美はヤンに触れられたときの、溢《あふ》れるような多幸感を何度も何度も反芻《はんすう》した。

本当に何年かぶりに、笑美は微笑みながら眠りに落ちた。

早朝の駅は空《す》いていた。笑美はあくびをかみ殺しながら電車に乗り込む。

そしてふと、気付く。

そういえば朝から何一つ見ていない。これは一体どうしたことだろう。

笑美の人生は常に「人間以外の何か」に侵食されてきた。下を向き、なるべく誰にも気づかれないよう歩く癖のおかげで、この間のパンケーキ女の時のように取り憑《つ》かれることは稀《まれ》だったが、「人間以外の何か」を全く見ない日はなかった。

それが今日は、家を出てから駅に着くまで一切奴らを見ていない。

「人間以外の何か」は、人がいないところよりもむしろ人が多いところを好む傾向にある。あのパンケーキ女ほどではないが、皆コミュニケーションに飢えていて、常に自分たちに気付いてくれる人間を探しているのだ。

だから、いつも外に出ている時間よりも「少ない」というなら理解ができる。しかし、「全くいない」のはおかしい。

駅に行く道の途中、何が面白いのか街路樹にひっかかってけたたましい笑い声を上げているいつもの少女すら今日は見えない。

もしかしてこの忌まわしい、何の役にも立たない力が消えたのかもしれない。きっとそうだ、と笑美は微笑んだ。

どういう仕組みかは分からないが、これもモリヤに入った――社長《ヤン》のおかげだろう。そうとしか思えない。パンケーキ女だってモリヤビルに入った瞬間に消滅した。

あのビルは良い匂いがした。面接官も優しかった。

きっと、社長《ヤン》の発する優しく清浄な空気が、あの場所全体を神聖で人間以外の不気味なものを寄せ付けないようにしているのだ。

笑美は社長《ヤン》のてのひらの暖かさを思い出しながら幸せな気持ちになった。社長《ヤン》が笑美の頭に触れる直前に現れた、ひどく不気味な女のことはすっかり忘れている。

「ちょっと、あなた」

笑美の気分は音もなく近づいてきた老人に台無しにされた。少なくとも七十は超えているだろう。日焼けした顔にはいくつも皺《しわ》が刻まれていて、性別もよく分からないが、短く刈り上げられた髪型が男性的だ。汚らしい作務衣《さむえ》を身に纏《まと》い、薄笑いを浮かべている。あまりにもはっきりとした実体を持っているから、恐らくは生きた人間——変質者だ。笑美は聞こえないふりをした。

ずっと目立たないよう縮こまって生きてきて、友人などいなかったのに、笑美は昔からこういう変質者、特に痴漢には目ざとく見つけられ、恰好《かっこう》の標的になる方だった。笑美ができることといえば、「人間以外」への対処と同じように、ひたすら無視して、相手が諦《あきら》めるのを待つことだけだった。

「聞こえてるでしょう、あなた」

妙な訛《なま》りの言葉だった。しかし、汚らしい見た目とは裏腹に、老人からは森林のような香りがした。ずっしりと肩が重くなることもない。やはり、生きた人間のようだ。

「聞こえてるならいいけど、あのねえ、あなた、今からどこに行く?」

言えるわけがないだろう、と心の中で毒づきながら、笑美は目を瞑《つぶ》る。こうなってしまったら寝たふりでもした方がいいかもしれない。

「なるほど、[redacted]ですかあ」

思わず顔を上げる。老人は、今から笑美が行く場所を正確に当てた。

「やっとこっちを見てくれましたねえ」

老人は相変わらず薄笑いを浮かべている。

「[redacted]ねえ……本当に行かなきゃだめですかぁ」

この老人は何を言っているのだろう。

「うーん、何をっていうか、うーんそうね、本当に行くべき場所なのかなあと思いましてね」

本当に行くべき場所なのか、の意味が分からない。

「だから、どうしても行かなきゃいけないと言うなら、仕方がないんですけどねえ」

行かなくてはいけないに決まっている。私なんかを選んでくれた大事な大事な就職先だ。

「就職先……それなら仕方がないんですけど、やめたほうがいいんですよねえ、本当は」

さっきからなんなの、急に話しかけてきて。こんなやつ――

はっとした。笑美は先程から一言も発していない。それなのに、この老人と会話が成立してしまっているのだ。

もしかして、全部読まれているのか――

「あなたのことを、心配しているだけなんですよ」

老人はまたしても笑美の心の中を勝手に読んだ。

気分が悪い。

老人の顔にこびりついた薄ら笑いに吐き気がした。最初はさわやかに感じられた森林のような匂いも、今はただ不快なだけだった。

「気持ち悪いなんて、ひどいですねえ。あなたがこれからすることは、もっと気持ちの悪いことなのに」

老人は止まらない。

「あなたにとっては……神様かな？　神様だ。でも、信じる神様は選んだほうが良いと言いますか……でも、今のあなたになにを言っても聞き入れてもらえないでしょうからね、これだけお渡ししますよ」

笑美はピンときた。この老人はおそらく、宗教系の人間なのだ。笑美は痴漢に遭うのと同じくらい、怪しげな宗教団体や、マルチ商法などの標的になることも多かった。

何故、笑美の考えを読み取れるのかは分からない。だが、この老人のやっていることは結局霊感商法、つまり、尤《もっと》もらしいことを言って相手を不安にさせ、そこにつけこんで商品を買わせたりする、そういうものの類《たぐい》に思えた。笑美は今までになく幸せなのに、幸せにしてくれた人の元へ行くのが危険だなどと警告するのは、悪意しか感じない。

それに、何かを渡すと言っている。お札やお守りの類なのだろうが、きっとあとで高額な対価を請求してくるに違いない。笑美は再び視線を床に落とした。下を向いていれば手渡されるということはないだろう。この老人は無視する笑美にしつこく話しかけてきたような人間だから、渡すことを諦めず座席に置いて立ち去るかもしれない。でも、そんなもの、放置しておけばいいだけだ。

笑美は身構えた。

しかし、何の気配もしない。体感で十分くらい経ってからおそるおそる顔を上げると、老人は消えていた。きょろきょろと辺りを見回してもまばらに乗客がいるだけだ。老人がお渡しします、と言った何かも見当たらない。すべてが幻のようだった。

あの老人は「人間以外の何か」だったのだ、と笑美は思うことにした。そうすれば、唐突に現れて一方的に話しかけてきたのも、考えていることが読まれてしまったのも、気配もなく立ち去ったのも説明がつく。生身の人間であるはずがない。私にだけ見えているんだ。笑美は自分に言い聞かせるように何度も脳内で繰り返した。

ふと、社長《ヤン》のことを思い出した。

彼の手は暖かく、ほんの二、三言交わしただけで今までにない幸福感を得られた。

笑美のことを素晴らしいと言った。だから、もしかしたら、社長《ヤン》になら、この力の話をしてもいいかもしれない。社長《ヤン》なら、今までの苦労を理解してくれ、この体質すらも素晴らしいと言ってくれるかもしれない。

――みんな、嘘つきだって言ってるよ。

笑美の想像をかき消すように、誰のものとも分からない声が聞こえた。

――誰も笑美のことなんて信じないんだよ。可哀想にね。

そうだった。

この力のせいで、笑美は今までずっとひとりぼっちだった。頼れる人は、兄しかいなかったではないか。

笑美は両手で自分の頬を打った。思った以上に大きな音がして慌てたが、まばらにいる乗客はスマートフォンに夢中で、笑美の方など見てもいなかった。

そうだ。私は暗くて、地味で、無能で、誰からも気にされない存在だ。今回は本当に奇跡のような偶然でいい人に見付けてもらえたけれど、こんな力がバレたら気持ち悪がられるだけ。どんなにいい人でも、そんな気持ちの悪い人間からはすぐに離れて行ってしまう。

「私の味方は一人しかいないんだ」

口に出すと、懐かしい仄暗《ほのぐら》い感情が湧き起こり落ち着くような気がした。

ちょうど、目的の駅に到着するアナウンスが流れる。

窓ガラスを鏡代わりに前髪を直しながら、笑美はドアの前に立った。

＊　＊　＊

「本当にここで合ってるのかな」

　到着する前からうすうすおかしいとは思っていたが、指定された場所は想像していたものとはまったく違った。所在地から、都会とは言い難い場所なのは理解していたが、駅からここに来るまで、コンビニ一つ見当たらなかった。年季の入った食堂は一軒あったが、営業しているのかわからないほど人気《ひとけ》も活気もなかった。

　メールに書いてあった通り、会社のスタッフが車で迎えに来てくれたため、迷うことはなかったが、ここは寂れた駅に輪をかけて寂れている。

　あまり手入れされているとは言い難い雑木林の中にポツンとひとつ、建物が立っている。笑美が通っていた高校の無駄に広い体育館に似ていた。

　送ってくれたスタッフも妙で、笑美とは一言も口を利かなかった。移動の間は運転に集中しているのかと思ったし、人と話すのが苦手な笑美にとって無口な人間は都合が良かった。しかし、こんな場所に説明もなく降ろして、そのまま去ってしまったのには面食らった。それに、「ありがとうございます」と笑美が言うと、体が跳ね上がるほど驚いていた。

　今日の笑美は、面接の日と同じようにリクルートスーツに身を包んでいた。普段着でお越しください、と書いてあったが、平服でお越しくださいと書いてあっても、その言葉通りカジュアルな服装で参加すると恥をかくのが日本社会だ。

だから、言葉を発しただけで他人を驚かせるほど不審な見た目はしていないように思う。それなのに、なぜ彼はあんな反応をしたのだろうか。

段々、心細くなってくる。

スマートフォンで時間を確認しながらうろうろと歩き回る。とにかくこんなに何もない場所に一人残されるのが不安でしょうがない。五分が一時間にも感じられた。木と木のこすれ合う音ひとつに、クマでも出てくるのではないかと怯《おび》えてしまう。

そういう恐怖に加えて、笑美にはもう一つ別の恐怖があった。

それは、兄の言った通り、実はモリヤはブラック企業で、これから始まるのは新人研修と称した嫌がらせのようなものではないかということ。就活生の集まるネット掲示板で、某大手外食チェーンは新入社員に意図的に恐怖を与え、そのときの反応を見てダメ出しする……というような書き込みがされていたのを思い出す。

もしかすると完全に騙《だま》されているのかもしれない。笑美はすっかり疑心暗鬼になった。場所からなにからデタラメで、そもそもあの採用通知も悪意を持った誰かが送ってきた偽物かもしれない。きちんと法人用メールアドレスから送信されていたが、いまどきこんなものいくらでもねつ造できるような気がする。疑い始めるときりがなかった。

そして、なによりおかしいことが一つあった。

こんな雰囲気の雑木林、「人間以外の何か」がいない方がおかしい。

やはり、私は力を失ったんだろうか、と笑美は考えた。ずっと消えてしまえと願っていた能力なのに、今この時だけは消えないでほしかった。日常と違うことは恐ろしい。何かがいるはずの場所に何もいない、見えない、それがここまで恐ろしいなんて。

幽霊・妖怪《ようかい》などを怖がる人間は、目に見えない物音や声を怖いと言う。「見えている」笑美にとっては羨《うらや》ましい発言だった。笑美にとって幽霊は「怖いもの」ではない。「鬱陶《うっとう》しくて迷惑で消えて欲しいもの」だ。しかし今やっと、笑美にも彼らの気持ちが分かった。見えないということは、怖いことだ。鬱陶しい方が、怖いことよりずっとマシだ。

ふと、先程の老人を思い出す。あの老人は笑美に「ここには行かない方がいい」と言った。

言葉一つ交わしていないというのに不思議なことだが、笑美にとってあの老人は強く心に残り、かつ、線路の置き石のように、せっかくうまく行きかけている笑美の人生を邪魔する障害物のように感じられた。

老人は笑美の心を読み、「これだけお渡しします」などと言って音もなく消えた。あの老人にはなにか不思議な力があることは間違いない。あの老人が笑美に何かしたのだ。

――みんな、嘘つきだって言ってるよ。

また、あの声が聞こえてきた。

「私は嘘つき」

声に出すと安心する。

「私は嘘つき、私は嘘つき、私は嘘つき」

不安をかき消すために笑美は何度も何度も唱えた。

――ガサガサ

不意に、笑美の背後で音がした。

木のざわめきとは違う、何かが近付いてくる音だった。今度こそクマかもしれない。

しかし、あくまで足音はゆっくりとしていて、大型生物のものとは思えない。

笑美が来たのは整備されている、とは言いにくいが、一応は整備された、車がぎりぎり二台すれ違えるくらいの幅の道だった。しかし、いま笑美は来た道を左手に、体育館のような建物の方を向いて立っているので、音はその道からではなく、何もないところから近付いてきている。

クマよりももっと恐ろしいものが笑美の頭の中に浮かんだ。

笑美を騙してメールで誘い出し、ここまで来させた人物かもしれない。

笑美は地味な容姿だが、ヤンチャな先輩に目をつけられるくらい男好きのするスタイルをしていた。そういうつもりだったのかもしれない。

そういう考えに至った途端、笑美には半ばあきらめのような気持ちが湧いてきた。

こうなる運命だったのかもしれない。今日一日力が消失したのも、神様が死ぬ間際に与えてくれたプレゼントだったのかもしれない。襲われたら、抵抗せずに大人しく死のう。

覚悟を決めると少しだけ怖くなくなった。

深呼吸をする。

振り向くと、大きな女の顔が目の前にあった。

人ひとり入ってしまうほど巨大な眼窩《がんか》。バランスの狂った体。

人間は本気で驚くと声すらも出ないのだと笑美は悟った。

全身の力が抜け、そのまま尻《しり》もちをつくような恰好《かっこう》で崩れ落ちる。しかし、地面に腰を打ちそうになるすんでのところで何者かの腕が笑美を支えた。

「大丈夫ですか」

社長《ヤン》だった。面接の日とは違って、白いゆったりした服に身を包んでいる。

ほっとしたのは確かだった。さっき眼前にいたあの女も、ヤンが現れてすぐ消えてしまった。しかし。

「ごめんなさい、ごめんなさい、ごめん……なさい」

寂れた駅の汚い公衆トイレに抵抗感があって使わなかったのがいけなかったのかもしれない。驚いた瞬間に失禁していた。

笑美は泣きながら、ひたすら謝り続けた。中学生の時、いじめで納屋に閉じ込められ、我慢できなくなって失禁したことを思い出す。あのときも兄が迎えに来てくれるまで絶望と羞恥《しゅうち》の中泣くだけだった。

今はあの時よりずっと自分が情けなかった。もういい大人で、初出勤の日にこんなこと。

「ああ、スーツで来てしまったんですね」

ヤンは笑美に向かってにっこりと笑いかけた。

「とてもきちんとした方なんですね。でも、今から簡単な作業をしていただくので、着替えてください。こちらに用意がありますので」

笑美は驚いた。ヤンは笑美が粗相をしてしまったことに不快感を持つどころか動揺すらしていないように見える。何も言葉を発することができないでいると、ヤンは優しく笑美の腰に手を添えて建物の中に誘導した。

「ここまで遠かったでしょう。それに、お待たせしてしまって本当に申し訳ありませんでした」

「い、いえ……」

それきり何も言えなかった。ヤンの体からは、面接の日と同じように、柔らかくて甘い、いい匂いがした。笑美は先程まで泣きじゃくっていたことも忘れ、夢うつつの気分で歩いた。

用意された服は上下とも笑美にぴったりだった。ヤンと同じように白くてゆったりしたデザインだ。

更衣室にはシャワーがついていて、フリーサイズの下着まで用意されていた。ゆっくり準備していいですからね、というヤンの言葉に甘え、笑美はしっかり体の汚れを落としてから服を着た。

普段の笑美だったら、失禁したことをいつまでも引きずって、とてもではないがゆっくりシャワーなど浴びられなかっただろう。でも、何故かヤンの前だと、全く緊張しない。

ヤンなら笑美の全てを許してくれる、そんなふうな気分にさせられるのだ。

この不思議な安心感は面接のときからずっと変わらない。

恐らくヤンが本当に善人そのものの、慈愛に満ちた微笑みを浮かべているからかもしれない。今まで笑美が接してきた人々はほとんどが笑美に対するいらつきや嗜虐《しぎゃく》心を隠さなかった。ヤンは違う。

さらに、ヤンは極端に美形だったり不細工だったりしない、印象の薄い顔だ。笑美の両親も兄も、テレビに出ているタレントのような、モダンな顔をした美形だったから、今まで身近にいたどの人とも違う新鮮さがある。劣等感も感じずにすむ。

それに、彼の匂い。

笑美の着ている白い服の襟元からも、ふわりといい匂いがした。ヤンと同じ匂いだ。

笑美はそれだけで幸せな気持ちになる。この匂いはなんなのだろう。どこかで嗅《か》いだことがあるような気もするが、多分人生の中で一番好きな匂いだ。いつまでも嗅いでいたいような気分にさせられる。

幸福感で一杯のふわふわした頭のまま、笑美は更衣室から出た。

「洋服、きつかったり肌に合わなかったりしませんか」

「大丈夫です、こんな素敵な……ありがとうございます」

笑美がそう答えるとヤンは柔らかく笑った。

「では、こちらへいらしてください。一緒にやって欲しい作業があるので」

ヤンは笑美の手を取って歩き出した。

外観は体育館のような建物だったが、内部はかなり複雑な造りだ。笑美が利用したシャワー付き更衣室をはじめ、ほかに何部屋もあるようだった。

壁だと思っていたところがドアだったり、外からはそう見えなかったが地下に続く階段があったりする。笑美はきょろきょろと辺りを見回しながら歩いた。笑美が立ち止まろうとするたび、ヤンが優しく手を握って首を振る。笑美はその手の温かさが嬉《うれ》しくて、わざと何度も立ち止まった。

やがて案内された部屋は、大学の講堂程度の大きさだった。床一面にブルーシートが敷かれている。

商品開発部で働くことを志望していた笑美は少し面食らう。一体ここで、社長《ヤン》と二人きりで、なにをすると言うのだろう。

「まずは泥を作りましょうね」

ヤンはそう言うなり、重そうな麻袋を部屋の隅から引きずってきてその中の土をブルーシートの上にぶちまけた。

「あのっ、ど、泥を作るって……」

笑美は思わず声を上げた。

「どうしました？」

ヤンは作業の手を止めずに聞いた。

「え……えっと、その……何をするのかと、思いまして……」

ヤンはきょとんとした顔で笑美をしばらく見つめたあと、またすぐ笑顔に戻る。

「ああ、こんなどうでもいい作業、私がやりますから、まだ休んでいて大丈夫ですよ。手伝っていただきたいのはこの後ですから」

「えっと、そうじゃなくて、それはむしろ、やらせていただきたいんですけど……」

笑美はおずおずと切り出した。

「この、泥……？　を作るのって、商品開発に、なにか関係あるのかな、と……」

「関係はありませんね」

ヤンは笑顔のままきっぱりと言った。

「あっ……そうですよね。初日だし、そんな大きな仕事に絡ませてもらえるわけ、ないですよね……これは、オリエンテーションみたいな、そういう感じの」

「仕事より、もっとずっと素晴らしい行いですから」

笑美を遮ってヤンが言う。

「あなたにしかできないことなので、これは素晴らしいことなのです」

「私にしかって……えっと、でも、あの、それってどういう……」

ヤンは突然近寄ってきて笑美を抱きしめた。

途端に心臓が跳ね上がる。

布と布の擦《こす》れる音と、心地よい圧迫感。服を通して人肌の温かさまでも感じられるようだった。

笑美は、他人をここまで近くに感じたことがなかった。

ヤンの身長は笑美とさほど変わらない。顔立ちも地味で、非常に華奢《きゃしゃ》な体格の彼は、一見すると高校生にさえ見える。まったく男らしさとはかけ離れているといってもいいだろう。それなのに笑美は、ヤンに対して、愛情とも欲情ともつかない感情を抱いていた。

そもそも会って間もない人間にこんな感情を持つこと自体がおかしい。そんな疑問を持つ間もなく、

「お嫌ですか？」

ヤンは腕に更に力を込めたようだった。ほとんど頬と頬が触れそうになる。

「これがお嫌なら、今すぐにやめます。もし、ショウヒンカイハツのお仕事がしたいなら、手も回します。でも、お願いしたいんです。いずれ、私と一緒に」

「嫌じゃないです」

今度ははっきりと言葉にできた。その自信が笑美の舌を動かす。

「嫌なことなんて絶対にないです、社長」

お世辞でもなんでもなく本心だった。

暗い性格で、他人とまともに目さえ合わせられず、どこへ行っても受け入れてくれる人なんていなかった笑美を拾ってくれ、あまつさえ「素晴らしい」とまで言ってくれた人が頼んだことを拒否などするわけがなかった。

「社長じゃなくて、ヤン、でしょう」

ヤンは吐息がかかるような位置でそう囁《ささや》いて、笑美から体を離した。

「ヤン……さん……」

離れて行った体温を名残惜しく思いながら笑美は呟《つぶや》く。

「本当は、呼び捨てがいい。それに、丁寧語を使っていただくような者ではないんです、私は」

「ええと……でも、さすがに……」

「でも、あなたは天使様ですから」

「天使って……」

笑美はあいまいに笑ってそのお世辞を流そうとした。しかし、ヤンの目はあくまでも真剣だった。下がりかけていた体温がふたたび上昇するのを感じる。

同時に、面接のときから今まで、なぜここまで良くしてくれるのか、なんとなく分かった気がした。おそらくヤンは笑美のことを女性として好き、なのだ。

女性として気に入ったから採用――いわゆる顔採用、というものは、最近は差別的であり良くないもの、という風潮がある。そもそもヤンのように、いくら気に入ったからと言って個人的な業務を二人きりで行わせたり、手を握ったり、抱きしめたりするのは、明らかにセクシャルハラスメントに該当する。

しかしそれは、本人が嫌がっていた場合の話だ。

笑美は少しも嫌ではなかった。

「あなたは天使だ」というナンパみたいなセリフを吐かれても、不快どころか、より一層嬉しさが増すだけだった。

――お前、優しくしてくれるならだれでもいいわけ？

ぞっとするほど冷たい声が頭の中を支配する。

――お前みたいなやつに媚《こ》び売られて嬉しい人間誰もいないよ。みっともないから今すぐやめな。

反射的に、笑美はヤンの体をつきとばした。

嬉しかったのに。少しも嫌ではなかったのに。

ただ、笑美は自分が気持ちの悪い存在だと分かっている。分かっているから、こんな優しい人に、たとえ性欲由来であったとしても、こんなふうに優しくしてもらうのは申し訳ないと思ったのだ。

笑美が何も言えないでいると、ヤンはくるりと背を向けて、ふたたび麻袋を運び始めた。

「ごめんなさい、急ぎ過ぎましたね」

笑美は何か言葉を紡ごうとしたが、口下手な自分がこれ以上状態を良くできるとは思えなかった。落胆した様子のヤンを見て泣きそうになる。しかし、ヤンひとりに作業させることはできないと思い、気持ちを切り替えた。

「お、お手伝いします」

見よう見まねでどんどん土をばらまいていく。

十分くらい経つと、部屋に敷き詰められたブルーシートの半分くらいが土で覆われた。ヤンがちょっと待ってくださいね、と言って部屋を出て行く。ふたたび戻って来た時にはシャワーヘッドのついたホースを手にしていた。

「泥を作っていきましょうね」

「はい」

今度は笑美も疑問を口に出すことはなかった。

一言も話さず、ホースから出てくる水と土を混ぜていく。

「全体的にこれくらいの硬さになるようにしてください」

ヤンは泥で球を作って笑美に握らせた。泥からも手の熱が伝わるようで、思わず泥を取り落とすと、ヤンは笑顔のまま、大丈夫ですよ、と言った。

泥を捏《こ》ねるヤンの手は優艶《ゆうえん》で、ついつい目が離せなくなってしまう。映画「ゴースト」の、主役の二人が陶芸をする有名なシーンを思い出す。笑美はほんの小さい頃観たきりだったので記憶は朧気《おぼろげ》だったし、あのシーンが何を意味するのかも全く分からなかったが、彼の手を見ていると分かる。手というのは強烈に情欲をそそる人体のパーツなのだ。

――皆、笑美のこと気持ち悪いって言ってるよ。

頭の中に声が響く。ヤンが気持ち悪いなんてひどいことを言う人間でないのは分かっている。しかし、こんなに見ていたらそう思われてしまうかもしれない。

笑美は湧き上がるよこしまな気持ちを押し殺して目の前の土に水を混ぜた。

しばらくして、水が全体に混ざり大量の泥ができた。

「最初は鳥から作りましょう、このように」

ヤンは硬めに練った泥を捏ねて、あっという間に小さな鳥の形に成形した。

またも疑問がよぎる。

たしかにヤンの作った鳥は見事だった。土色をしていなければ本物と見間違えてしまうだろう。短時間でこんなに精巧なものを作れるなんて信じられない。

でも、なんのために？　なぜ、鳥を？

これはなにに役立つスキルなのだろう。

たしかにモリヤ食品は、知育菓子や見た目が可愛くて華やかなお菓子も製造・販売している。しかし、イメージイラストはまだしも、立体のモデリングなんかは外注じゃないのかな。

笑美は美大を出ているわけではないし、芸術系の能力もどちらかというと低い方だ。

これが「笑美にしかできない素晴らしいこと」とは到底思えない。

しかし笑美はそれを口に出すことはせず、ヤンに倣った。やはり、ここまで笑美を気に入ってくれる人にがっかりされたくなかったのだ。

「私、下手ですね」

出来上がったのは鳥に見えなくもない、といった様子の醜い泥の塊だった。ヤンの作ったものと並べると公開処刑されているようだ。

「下手なんてとんでもない。とてもいいですよ。その調子でどんどん作っていきましょうね」

ヤンはふたたび泥を捏ねて、鳥を瞬く間に量産する。

「すごい」

思わず声を上げると、ヤンは恥ずかしそうに俯《うつむ》いた。その顔も、穏やかな笑顔とまた違った魅力がある。

「そんなに褒めていただけるような人間ではないのに。なんだか、とても照れます」

「でも、しゃ……ヤンさんは、最初からずっと、私に対して、そうですよ」

笑美はヤンのくりくりとした目を見て言った。

「すごく嬉《うれ》しいんですけど、ちょっと、恥ずかしいです」

どちらからともなく、笑いが漏れた。

そのまましばらく二人で思い切り笑った。

幼稚園児くらいに戻って、好きな子と泥んこ遊びをしているみたいだった。

「今日はこれくらいにしておきましょうか」

ヤンの声でハッと我に返ると、笑美もヤンも泥まみれだった。

ヤンが作った精巧な鳥はざっと数えてゆうに七十体はある。対して、笑美の作った土くれは十二体しかなかった。

「ごめんなさい、私、ヘタクソで……しかも、全然量も作れなくて……」

冷静になってみると笑美は恥ずかしくなった。少しアプローチされたくらいで舞い上がって、みっともなくはしゃいで、恥ずかしい妄想までしてしまった。

心の底から湧き出た卑屈さは、一度口に出すと止まらなかった。

「私、昔から空気読めなくて、全然うまくやれなくて……人からも、き、嫌われてしまって。勉強頑張って大学に入ったんですけど、やっぱり友達とかできなくて……」

常識的に考えれば、会って日の浅い会社の上司に自虐をぶつけるのも失礼なのだが、口に出せば出すほど、今までの悲しく辛《つら》い思い出が溢《あふ》れてくるようだった。

「こんなんだから男の人とも全然話せなくて……ちょっと優しくされたからって、舞い上がってしまって……キモいですよね私」

涙が頬を伝う。

「地元でも、媚びててキモいって言われてて……ブスだし、どんくさいし、嘘つきだし、なんにもできないのに、調子に乗ってるって……」

「誰ですか」

ヤンが口を開いた。

「あなたにそんな呪いをかけたのは誰？」

ヤンは目に静かな怒りを湛《たた》えていた。

「あなたがそこまで自分を否定するのは誰のせいですか？　私はそれを許さない」

ヤンは笑美の手を取り、自分の頬に当てた。手に付着した泥が顔を汚すことも気にならないようだった。

ヤンが小刻みに震えていることに笑美は気付いた。彼は本気で怒っているようだった。怒りの表情のまま、ぶつぶつとなにか唱えている。

「穴手前、樽、並列……」

キャッと叫び声を上げて笑美は思わずヤンの手を振り払った。ヤンの手が燃えるように熱かったからだ。

「すみません」

ヤンはハッとしたような表情をして謝罪した。

「つい、感情的になってしまって」

次の瞬間にはいつもの柔らかな笑顔に戻っていた。

「でも、そんなふうに自分自身のことを悪く言うのはいけません。もう、やめて下さいね」

「はい……」

笑美はおずおずと答えた。もう涙も引っ込んでしまった。

「こんなことを言うのは不適切だとは分かっているのですが、ここまであなたが呪われているとは思いませんでしたから、はっきり言いますね」

ヤンは笑美の前に跪《ひざまず》いた。

「私はあなたを愛しています」

笑美の全身から汗が噴き出た。何か言おうとしても、空気が口から出たり入ったりするだけで言葉にならない。

「あなたを愛しています。地上にはあなたより尊いものなどありませんから」

笑美はなんとか答えようとしたが、舌がもつれて何も言えなかった。なにか言ったところで、きっとそれは無意味な言葉の羅列に違いなかった。

「愛しています」という言葉だけが強く脳に焼き付いて、何も考えられそうになかった。

ヤンは口をぱくぱくさせている笑美の様子が滑稽《こっけい》だからか、子供のような高い声で笑った。

「あなたになにか返して欲しいとは思いません。お返事も要らないので、大丈夫ですよ。ただ知って欲しかっただけなのです。あなたを、心の底からお慕いしているということを」

「そんな……私なんて」

「なんて、は禁止です」

やっとふりしぼった笑美の言葉をヤンは軽く制止した。

「さて、本当に日が暮れてしまいます。身を清めて、帰りましょうか。家まで送らせますね」

固辞する笑美の言うことなどまったく無視して、ヤンの言いつけたことは全て行われた。

笑美はシャワールームではなく、施設の中にあった大きな浴場でゆったりくつろいだあと、用意されていた笑美では到底買えないハイブランドの服に身を包み、映画でしか見たことのない黒塗りの高級車で安アパートに帰宅した。

玄関のドアを開けた途端、粘っこい疲労感がどろりと笑美にまとわりつき、倒れ込む。

かつて体験したことのない疲労感だった。

なぜ？　どうして？

初めて働いて、緊張したから？

いや、緊張などしなかった。ヤンはずっと優しく温かく、なごませてくれた。

慣れない作業をしたから？

でも、作業中はずっと快適な室内で、ゆったりした服を着ていた。

それに、広いお風呂《ふろ》でゆっくり温まって、帰りは素晴らしく豪華な車でうたた寝までした。

どんなに考えても分からなかった。でも笑美はもう、指先ひとつ動かせそうになかった。

どうせお風呂にも入っているし、服も下着も新品だ。考えても分からないなら、考えても無駄だ。

笑美は落ちてくるまぶたに逆らわず、眠りに落ちた。

○

空を飛んでいた。地上を見ても赤いだけだ。

しばらくすると高度が下がり、徐々に見えてくるものがある。

牧場だ。夜だからか牛も馬も見えないけれど、恐らく間違いない。そこを目指して飛んでいる。

気付くと、粗末な建物の前に降りていた。

明かりがついている。なぜか、どうしても、なにがあっても、入らなくてはいけないような気がする。

「たすけてください」

後ろから声をかけてくる人がいた。振り向くと、大勢いた。

先程までなにもなかったが、今は、女ばかりがひしめきあっている。

「たすけてください」

女が足に縋《すが》りついてくる。

「赤ん坊が殺された」

別の女が叫んだ。

「私の子供は串刺《くしざ》しに」

「私の子供はやわらかかった」

「私の子供はやわらかいから深く刺さった」

「私の子供は私が押しつぶしてしまった」

「私の子供は串刺しに」

「私の子供はやわらかかった」

「私の子供は串刺しに」

「私の子供はやわらかいからよく刺さった」

「私の子供は串刺しに」

皆、赤ん坊を抱いていた。赤ん坊は肛門《こうもん》から刺し貫かれていて、口から棒の先端が飛び出している。

「やわらかくて美味《おい》しい子供を差し出せば本当に救われると思ったのですか」

耐えかねてそう言うと、足元にわだかまっていた女たちは慟哭《どうこく》した。聞いているこちらが苦しくなるような悲痛に満ちた声だった。

「ここに正しい者はいない」

そう言うと、女たちはさらにひどく泣き崩れた。

建物に入ろうと一歩踏み出すと、強い力で頭を押さえつけられる。自然と、跪くような形になった。

「まだそのときではない」

頭の中に声が響いた。

「まだそのときではない」

そのとおりだ。

「回向、永眠、保温」

そのままた、空に引き上げられ、燃え盛る街を見下ろす。

○

飛び起きた。

文字通り飛び起きたので、笑美はベッドから転がり落ちて膝《ひざ》を強く打った。

昨日感じた泥のような疲れは消えているが、代わりに強烈な頭痛と吐き気に襲われる。トイレにかけ込んで思い切り吐こうとしても、透明で酸っぱい液が出るだけで、吐き気も頭痛も一切治まらない。

体を引きずるようにしてベッドまで戻り、枕元の時計を確認する。

八時半。大変だ。

昨日、ヤンは九時に迎えの車を寄越《よこ》すと言った。

昨日帰ってきたままの恰好《かっこう》で、さらに体中汗まみれ……こんな有様で出社できるわけがない。早く支度をしなくてはいけないのに、頭痛のせいで全ての動作が緩慢になる。どうにかこうにか洗顔と歯磨きだけして、汚れた体を汗拭《あせふ》きシートで拭く。シャワーを浴びる時間は作れそうになかった。

ヤンがくれた服をハンガーにかける。VALENTINO。石原《いしはら》さとみが着ているといって、以前ネットで話題になっていた。

　そんな女優が着るような服を、どうしてヤンはくれたのか。いくら好かれているとは言っても、そこまでしてもらう理由がない。この服は返さなくてはいけない、そう思うが、サイズまでぴったりのこの服は笑美のためにあつらえたようだった。

　それに、ヤンは笑美のことを愛していると言った。


　そんなことを考えているうちに、インターフォンが鳴る。モニターに、昨日笑美を駅から施設まで送り届けた男性が映っていた。相変わらず虚《うつ》ろな目をしている。鞄《かばん》を持ったところで、このまま車に乗ったら吐いてしまうかもしれない、そう思って笑美はプラスチックの引き出しを漁《あさ》って、吐き気止めを掴《つか》んだ。

　その瞬間、腕が勝手に動いて引き出しを床に叩《たた》き落とした。

　腕は主《笑美》の意志を完全に無視してバタバタと動き、そこらじゅうのものを床に撒《ま》き散らかしていく。

「やめて、やめてっ」

　叫んでもどうしようもなかった。

　時間は一分も経っていないだろうが、十分に部屋の中を滅茶苦茶《めちゃくちゃ》にしてからやっと腕は止まった。

机の上のマグカップ、綺麗《きれい》に並べたフィギュア、お守り——兄から貰《もら》ったガラス製のウサギの置き物までも粉々になって散らばっている。

どうしてこんなことに。狭いながらも整頓《せいとん》された部屋だった。笑美にとって綺麗な部屋は、何もできない自分が持つ数少ない自信だった。それが目の前で砕かれてしまったのだ。ほかならぬ自分の腕で。

指先で無意味にフローリングの隙間を擦《こす》ると、確かな感触がある。それでも、自分の体の一部ではない、別の生き物のように感じられた。腕を引き千切ってしまいたいとさえ思う。

立ち上がれずにいると、ふたたびインターフォンが鳴った。

『どうしましたあ』

やる気のない、それでいて苛立《いらだ》ったような声で男は言った。

「すぐ行きます……」

部屋の惨状を見ないようにして笑美は立ち上がった。頭痛はまだ消えないが、ショックで少し薄まったように感じる。

片付けたいのはやまやまだが、とにかく、今は出社しなければいけない。

憂鬱《ゆううつ》な気持ちを抱えたまま、笑美は靴を履いた。

「痛っ」

ガラス片が足の裏に深く刺さっている。

道中は最悪なものだった。

案の定ずっと気分が悪い。信号で車が停車するたび吐きそうになり、口を押さえた。

そのたびに運転手の男がちらりと笑美を睨《ね》め付ける。直接何か言ってくるわけではないが、申し訳ない気持ちになって、「すみません」と小声で謝る。しかし男は何も答えない。

その繰り返しで笑美の精神はどんどん疲弊していった。具合が良くなるはずもない。吐き気と戦いながら車に揺られること小一時間、畑のようなものが広がる場所に降ろされる。昨日とは別の場所だ。道中、外の景色を見る余裕がなかったが、今回の場所もまた、都心からは遠く離れたところのようだった。

笑美を残して、車はさっさと走り去ってしまう。無駄だと分かりながらもテールランプが見えなくなるまで頭を下げていると、後ろから肩を叩かれる。

「どうも、おはようございます」

ヤンだった。

ヤンに触れられた肩が温かい。彼には太陽のような、不思議な力があるみたいだ、と笑美は思った。実際、ヤンの顔を見てすぐに、頭痛はまだ残っているが、べとついた疲労感は吹き飛んでしまった。

「おや、怪我をしていますね」

ヤンは自然に笑美の手を取った。

「痛くないですか？　ところどころ、擦り剝《む》いている」

「だ、大丈夫です」

一方の笑美は、相変わらずヤンと目を合わせると心臓が跳ねた。

ヤンはごく普通にしているだけかもしれないのに、恥ずかしい。そう思っても、「愛している」と言われた男性のことを意識するのはやめられそうになかった。

ヤンももう少し照れたりしても良さそうなのに、相変わらずただただ温かい微笑みを浮かべている。

もしかして、ものすごいプレイボーイなのかもしれない、と笑美は思った。

山池先輩のことを思い出す。山池先輩はすごくモテた。笑美の育った田舎ではヤンチャなタイプがモテたというのもあるが、きっとなにより、女性には、誰にでも平等に優しい人だったから。

ヤンもそうなのではないか。

たしかに容姿こそ地味だが、この優しさと微笑みを好きにならない女がいるとは、笑美には思えなかった。

だから笑美だけが特別だと言うのは、やはり思い上がりなのかもしれない。自分にそう言い聞かせることで、笑美は平常心を取り戻そうとした。

「大丈夫なことはないでしょう？　手当しますよ」

ヤンはこちらへどうぞ、と言って少し離れたところに見える小屋を指さした。ヤンについていこうと一歩踏み出すと、

「痛」

思わず声が出た。靴の中に小石が入り、それが的確にガラスで傷ついた部分を攻撃したのだ。

「やはり、大丈夫ではないですね」

「こ、小石が当たっただけで……」

「いけません」

ヤンは真剣な顔をしている。

「このようなところから悪いものは入るのです」

悪いものとは、菌やウィルスのことだろうか。

ヤンが唐突にしゃがみこんだ。笑美の足を掴み、そのままの体勢で体を引き寄せたので、笑美はヤンの額を踏みつけるような恰好《かっこう》になってしまった。慌てて身をよじり元の体勢に戻ろうとしたが、ヤンの腕は笑美の足を強く掴んでいて引き離すことができなかった。

ヤンはあっという間に靴下を脱がせ、傷ついた方の足に顔を寄せてくる。湿った柔らかいものが、傷口に押し当てられた。

一体何を、と悲鳴を上げる前に、

「回向、永眠、保温」

ヤンは静かな、しかしよく通る声で言った。

「回向、永眠、保温」

昨日と同じくらい体が熱くなるのを感じたが、昨日と違って心地よい。体の疲れや痛みが引いていく。今まさに笑美はすさまじく不気味な——会って間もない男に素足を舐《な》められているという、異常な体験をしているのだが、何故か悪い感情はひとつも浮かんでこない。

いや、それよりも。

「その、言葉、どうして……」

笑美は徐々に思い出す。

昨日見た夢。笑美は燃え盛る街を見下ろし、街の人間と話していた。自分の夢の中であるはずなのに、笑美の意志とは関係なく、何かに動かされているようだった。そして、自分を動かしているなにものかの声も聞いた。

回向、永眠、保温。

そう、この言葉だった。

回向、永眠、保温。

どうしてヤンがこれを唱えるのか。

痛みは消えたはずなのに、気味が悪いとは微塵《みじん》も思わないのに、先ほどよりずっと早く心臓が脈打っている。

「おまじないのようなものですよ」

ヤンは笑美の不安をよそに笑顔で答える。

「ちちんぷいぷいとか、痛いの痛いの飛んでいけとか、あるでしょう？　そういったものの類《たぐい》ですよ」

「でも、私これ、ゆ、夢で……」

ヤンはハッとした顔をして笑美の顔を見つめた。

「素晴らしい」

笑美の手を取り、歌うように言った。

「夢というのはこれから起こることの予言なのです、もうそこまでたどり着かれたのですね」

ヤンの笑顔があまりにも清らかで美しいので、笑美は息を呑《の》んだ。

「やはりあなたは素晴らしい方です」

「え、そんな……」

ヤンは笑美の顔を穴が開くほど愛《いと》おしそうに眺める。

「あなたのことを、愛しています」

ヤンにぶつけようと思った疑問や夢の内容は全て吹き飛んでしまった。ヤンに愛していますと言われるだけで天にも昇るような気持ちになり、ヤンのことしか考えられなくなる。

何が素晴らしいのか。何をもって愛しているのか。

そんなことはどうでもよく、ただ彼に称賛され、愛されているということが誇らしかった。

会って間もない、少年のようにさえ見える男に、何故ここまで心酔してしまうのか笑美にも分からない。言葉が勝手に口をついて出てくる。

「私も愛」

「いけません」

笑美の言葉を遮って、

「あなたがみだりに愛していると言うのはいけません。私もそれを望みません」

目に涙が溢《あふ》れる。笑美はほとんど泣いてしまいそうだった。

ぞんざいに扱われるのには慣れていたし、人と上手《うま》く言葉のやり取りができないのも笑美にとっては普通のことだったが、ヤンと同じ気持ちを共有できないということは絶望そのものだった。先程までは望外の喜びを感じていたというのに、今はこの場から消え去りたいほどの悲しみに襲われていた。

一滴、涙が地面を濡《ぬ》らすと、もう止まらなかった。

笑美は声を上げて赤子のように泣き出す。

「泣かないでください、私の言い方が悪かったですね」

ヤンはそう言うなり、どこからともなく木槌《きづち》を出してきて、自分の左手を強く打った。

なんともいえない嫌な音がする。彼の親指の付け根がみるみるうちに腫《は》れあがった。

ヤンは無表情のまま、なおも木槌を振り下ろした。

二回、三回、とくりかえす。指があらぬ方向に曲がっているのが見える。

「やめて」

ヤンは木槌を振り下ろすのをやめない。血が一滴、二滴、垂れ落ちている。

「やめてください……」

骨の折れる籠《こも》った音。皮膚が硬いものに当たって弾《はじ》ける音。血の水音。

ヤンは息一つ漏らさない。それどころか、口元にうっすら笑みを浮かべている。

何度も、何度も振り下ろす。

「やめてよっ！」

何回目かの、機械的で容赦のない自傷行為は、笑美が彼の腕を摑《つか》んだ時にようやく終わった。ヤンの左手は腫れあがり、手とは呼べない、革袋のような代物になっている。

「どうしてそんなことするんですか!?」

簡単なことです、とヤンは微笑んだ。

「あなたを傷つけたから」

ヤンは木槌をジャケットの中にしまった。細身なためよく分からなかったが、彼は布製のウエストポーチのようなものをジャケットの中に着けているようだった。

「あなたがやめろと言うのなら、そのようにします」

「私がどうとかって……そんなの関係あるんですか？」

「ええ、ありますよ。私はあなたを愛していますからね。それと……さっきは私の言い方が悪くてすみません。私が言いたいのは、私は貴方《あなた》に愛されるような価値がないという意味です」

ヤンは、移動しましょうか、と言って、笑美の手をどうもなっていない方の手で引き、歩き始める。笑美は戸惑いながらも付いていくことしかできなかった。

「あなたと私は平等ではないのです。私はあなたを愛しますが、あなたは愛さないで欲しい。あなたはそういう次元にはいないのですから」

「私、よく分かりません……」

絞り出すように言った言葉が空《むな》しく響いた。ヤンはそれ以上なにも言う気がないようだった。

笑美はなんとか次の言葉を探して、

「その手……そんなふうにしてしまって、大丈夫なんですか？　早く病院に」

「大丈夫ですよ、病院は要らない」

ヤンはきっぱりと言った。

「とは言え……この手では少し、支障があるのも事実。私の無礼を許してくださいますか？」

　ヤンはそう言って足を止め、笑美をじっと見つめる。

　笑美は思わず目を逸《そ》らして、

「許すも何も、無礼？　無礼なことなんて、何もされていませんし……それより心配なだけです、急に、そんなこと……」

　ヤンは花が開くように笑った。

「やっぱり、あなたは優しい方です」

　――回向、永眠、保温――

　また、あの言葉を唱えてから、ヤンは今や青紫の塊になってしまった手を動かした。どういうことだろう。一切傷は良くなっていないように見えるのに、何故かスムースに動いている。

「これでだいたいは良いでしょう」

「そんなに動かしたら……」

「大丈夫ですよ。私たちは今回、見るだけですから。見ることが重要なのですが」

　ヤンの言っていることは、さっぱりわけが分からない。言っていることだけではない。行動も、笑美への対応も、なにひとつ読めなかった。

　突然自分で自分の手を滅茶苦茶《めちゃくちゃ》にして、それは笑美を悲しませたことの罪滅ぼしだと言う。おまけに、一方的な愛を望んでいるなどとも言っていた。

純粋な好意だったら良かったのに――

ヤンの顔を横目で窺《うかが》ってみても、穏やかな微笑みを浮かべているだけだ。

「ここで少し待ちましょう、もう来る頃……あっ、来ましたね」

何が来るのだろうか。ヤンの視線を追う。遠くから四人の男女が近付いてくるのが見えた。

途端に猛烈な吐き気が込み上げる。

「なんかイヤッ、イヤです、ヤダヤダヤダヤダ、イヤです」

笑美の口から濁流のように拒否の言葉が流れ出た。

とにかく不快だ。あの男女からは、とてつもない、嗅《か》いだことも無い悪臭がする。息をするとその臭いが全身を巡って、体を燃やし尽くすような気さえする。とても耐えられない。彼らからは、あの、目が洞穴のような女のバケモノと同じ臭いがする。

「イヤだ、無理です、お願いします、なんでもしますから、イヤ、イヤです」

ヤンは笑美を抱きしめた。

「どうしても無理ですか？」

笑美が力なく頷《うなず》くと、ヤンはあっさりと、ではやめましょう、と言った。

「本当は兄弟たちに挨拶《あいさつ》をさせたかったのですが、見ることが大切なので、それはどうでもよいのです」

兄弟？　挨拶？　見ること？

聞きたいことは沢山あったが、凄《すさ》まじい不快感はそれにも勝って、笑美はなにも言えなかった。

ヤンの腕に縋《すが》りつくようにして歩き、来た道を戻る。しばらくして、臭いが気にならなくなった。やっと呼吸をすることができる。特有の土っぽい空気が、こんなに美味《おい》しく感じられるとは思いもしなかった。

ヤンは笑美の背中をさすりながらどこか遠くを見ている。

しばらくして笑美の呼吸が落ち着くと、

「今からあの建物の中に入ります」

ヤンは左の方を指さした。

見ると、ビニールハウスに取り囲まれた、打ち放しコンクリートの建物があった。

「兄弟たちも来ますが、あなたのことは見えません。あなたと話すことも会うこともないので安心してくださいね」

そう言ってまた、自然に笑美の肩を抱いた。笑美は結局、何も言うことができなくなり、ヤンに従った。

ビニールハウスには白い百合《ゆり》が隙間なく植わっていた。

今度は嫌な香りではない。しかし、ひどく甘い香りだ。

この百合の中を通って、建物の中に入るようだった。

「どうですか」

ヤンは歩きながら尋ねる。

「ええ……綺麗《きれい》、ですね……」

これもまた、本心だった。笑美は未《いま》だかつてこんなに美しく大きい百合を見たことがなかった。

「気に入って頂けて良かった。これはあなたのための場所なので」

「私の……？」

ヤンは大きく頷いて、また歩き出す。きっとここで、「私のためとはどういうことなのか」と聞いても「愛しています」と返されるだけだろう。笑美は黙って、しかしヤンの腕を握る手に力を込めてついていく。

建物の中は、笑美の通っていた大学を思わせる造りだった。外壁と同様に打ち放しの床と壁で、講堂のようなものがある。きっと何か説明があるのだろうと思ってそちらのほうに歩いていくと、こっちですよ、と階段に誘導される。

階段を3階分上り、狭い部屋に通される。学校の放送室と言えばいいのか、録音スタジオと言えばいいのか、ミキサーのような機械や、マイクがある。そんな部屋だった。

正面がガラス張りになっていて、そこから下を覗《のぞ》くと先程の講堂が見える。講堂とはいっても、椅子も何もなく、ただ正面に舞台があるだけだった。おそらく、なにかのセミナーを行うときにだけ、パイプ椅子を運び込むのだろう。

さらに、中央には、枠で囲われた他の床とは色の違う場所があった。

笑美が質問しようとすると、ヤンがどこからともなくソファーを持ってきて、ガラス窓の前に置いた。

「ここに座ってください。これから兄弟たちがやることを一緒に見ましょう」

「兄弟たちっていうのは、しゃちょ……ヤンさんの、ご兄弟ですか？」

「兄弟は兄弟ですね」

ヤンはそう言って、下を指さした。

「そろそろ入ってくるでしょう」

ヤンの言葉通り、さっきの四人組が講堂に入ってくる。

「うっ」

笑美はふたたび言いようのない気持ちの悪さに襲われたが、さっきと違って耐えがたい、と言うほどではない。油ものをしこたま食べた次の日、喩《たと》えるならそれくらいのむかつきだった。

「お辛《つら》いでしょうが……見てください。しっかりと、最後まで」

「は……はい……」

ヤンは笑美の答えを聞くと微笑んだ。

「まず、にわとりが鳴きますよ」

にわとりとはなんですか、と質問する前に、四人の中で一番背の高い男が動いた。

「ケエコオ」

大声で叫ぶ。それにつられて、他の三人も「ケエコオ」と叫んだ。

笑美は思わず噴き出す。大の大人がにわとりの鳴きまねをしている様子はばかばかしくて面白い。きちんと見ておけ、と言われたのに笑ってしまったら怒られるかもしれないと思い直して、ちらちらとヤンの様子を窺《うかが》ってみたが、彼は真剣な表情で四人組を見守っているだけで笑美を咎《とが》めることはなかった。

「ケエエコオオオ」

次は少し長かった。しかも、先ほどより声が大きい。こんなに馬鹿らしいことをやっているのに、四人の顔からは何の感情も読み取れない。四人はぐるぐると輪を作るように歩き回っている。

「ケエエエエエエコオオオオオオオオオオ」

ガラスに振動が伝わるほどの大声だった。思わずのけぞると、ヤンが背中に手を回してくる。

「ここからですよ」

四人の男女が歩くのをやめた。そのまま床に四つん這《ば》いになる。

それとほぼ同時に、講堂の入り口からにゅっと、長い棒のようなものが顔を出した。

恐らくはかなり太い——木をそのまま切り倒したような丸太だ。

白い作業着を着た集団が、それをいくつも台車に載せて運んできた。

彼らは搬入した丸太をみるみるうちに組み上げていく。中央の基礎のような部分になにかを作るつもりらしかった。その作業を見ていると、笑美の不快感は増してくる。肺の中に取り出せない泥が詰まっているような息苦しさを感じた。しかし、目を逸《そ》らすことができない。ヤンに最後まで見ろ、と言われていたというのもあるし、なにより、不快感と共に、無視できない魅力がある。笑美はレシピ動画を見るのが好きだ。料理をするのが好きなのではない。なにかが出来上がっていく、その過程を見るのが好きなのだ。これは、そういったもののひとつであるように思われた。

――体感ではほんの数十分だったが、時計を見ると五時間も経っていた。

その間作業員たちは休みなく働き続け、ついにそれは完成した。

やぐらというには少し風変りだ。細長い塔のようなものなのだが、横から見るとらせん状に丸太の端が飛び出している。しかし、それは何の役割もはたしていないように見える。人が上ることを前提にしていないような気がする。

ふと横を見ると、ヤンが優しい眼差《まなざ》しを笑美に向けていた。

「きちんと見てくださいましたね」

「はい……」

彼の目があまりにも優しいので、笑美は正面に向き直って、

「すごいですね、こんなに早く……あっ、でも」

笑美は丸太の塔の周囲を見回して、あることに気付いた。

「あの人たち、まだ四つん這いになっていますけど……大丈夫なんですか」

「大丈夫ですよ」

笑美を遮ってヤンが即答した。

「えっ……でも、ずっと見ていたわけではないですけど……ずっとあの恰好《かっこう》、だったら、やっぱり……」

「大丈夫ですよ」

ヤンは声の調子を変えずに繰り返した。

こうまではっきり言い切られると、「そうですか」と納得するしかない。

それぞれが違う色の服を身に纏《まと》った四人は、純白の作業着の中ではかなり目立つ。

笑美は苦労して彼らを意識の外に追いやった。

『そろそろ帰っていいですよ』

建物にヤンの声が響いた。いつの間にかヤンはマイクの前に座っている。

作業員たちは入って来た時と同様、あっという間に撤収していき、その後を追うようにして、四人の男女もふらふらと出て行った。

誰もいなくなった講堂に、塔のようなものがことさら異様に鎮座している。

あの四人が出て行ってから、ずっと感じていた息苦しさは和らいだ。その代わり不安感が押し寄せる。

思い返せば、ずっと変なことの連続だ。昨日だって流されてしまったけれど、おかしかった。泥遊びが仕事であるはずがない。

今日はそれに輪をかけておかしかった。

不気味な男女が現れ、彼らが変な儀式——そう、儀式だ。怪しい儀式に参加させられた、強制的に。

ブラック企業どころではない。もっと異常な——

「どうなさいました」

ヤンと目が合う。

またこれだ。

ヤンの目の色は、深い茶色だ。この目を見ると、何もかもが吸い込まれて、何も言えなくなる。血の巡りが速くなって、体中が温かくなって、全身が多幸感で一杯になる。いままで笑美の人生に起こった幸せなことをすべて足しても追いつかないくらい幸せになってしまう。

ヤンはどう考えても異常な男なのに！

笑美は酩酊したように蕩《とろ》けてしまい、使い物にならなくなった脳の端の端で考える。

ヤンはおかしい人間だ。言うことだって支離滅裂だし、何を聞いても説明はしてくれない。

愛していると繰り返すけれど、それだって疑わしい。

笑美はあんなに嫌がったのに、あの「兄弟」と呼ぶ四人の男女を近付けた。

それに、笑美はそんなこと望んでいないのに、勝手に贖罪《しょくざい》と言って、自分の手をボロボロに傷付けた。

笑美はヤンの手を見た。もう、殆《ほとん》ど治っている。

恐ろしい。

なんで少年にしか見えないのに、社長と呼ばれているのか。

なんで笑美に普通の仕事をさせてくれないのか。

なんで彼らを兄弟と呼ぶのか。

なんで変な呪文《じゅもん》を繰り返すのか。

なんで泥で鳥を作らせたのか。

なんで塔を建てたのか。

なんで笑美を愛しているのか。

なんで笑美に愛させてくれないのか。

なんで笑美の感情で動くのか。

なんで怪我がすぐに治るのか。

なんでこんなに、彼を愛してしまっているのか。

そうだ。こんなに怪しい、異常な男なのに、笑美は彼のためならなんでもしたいと思ってしまっている。彼が喜ぶなら、なんだってやりたい。

笑美は今まで馬鹿にしていた、異性に溺《おぼ》れてとんでもない行動に走ってしまう人たちの気持ちが分かるような気がした。気づいた。愛と言う感情は何物にも勝り、代えがたい。そして、それは付き合いの長さで決まるものでもない。

——笑美のこと、みんな嘘つきだって言ってるよ。誰も信じないんだよ、可哀想にね。

そうだ。本来、誰からも愛されないのだ。この先どんなに生きていても、自分なんかに、ヤンよりいいひとが現れるとは思えない。でも。

きっとヤンにそう言ったら、少し眉《まゆ》をひそめて、優しい声で「なんか、なんて言っては駄目ですよ」と言うだろう。

想像するだけで笑美は幸せな気持ちになった。

本当に幸せだった。

「大丈夫です、明日《あした》は何時に、どこに行けばいいですか」

笑美がそう言うと、ヤンは微笑んだ。

帰りは手を繋《つな》いで歩いた。どこまでも歩いて行けそうな気がした。

もう、頭の中の声は聞こえなかった。

第二章　ぱしよん

◆

◆

◆

「いやあ、さっぱり依頼がありませんねえ」

「当たり前ですよ」

毎日同じことを繰り返し言う上司、佐々木《ささき》るみに、青山幸喜《あおやまこうき》はきっぱりと返した。

「先輩、全然宣伝しないじゃないですか。僕が作ったHP《ホームページ》も、わざわざこんな古臭くて変なデザインにしちゃうし。今どきなんでBGMとか流すんですか？　絶対いらないですよ！」

るみは青山を完全に無視して、暇ですなあ、と繰り返す。青山は文句を言いながら本日何杯目か分からない、るみ専用のホイップクリーム大盛りのキャラメルマキアートを淹《い》れる。

おそらく青山のお小言など、全く聞いていないのだろう。るみは表紙に【行方不明者続出！　謎の高額バイトとは？　闇の臓器売買】とでかでかと書かれた雑誌を鼻歌交じりに開いた。いまどきこんな雑誌が存在すること、さらにそれに読者がいることが不思議だ、と青山は思う。

　佐々木事務所。飯田橋《いいだばし》のオフィス街から離れた、トルコ料理店やマッサージ店の入った雑居ビルの3階。それがるみと青山が構えた城だ。

　二人は大学の同窓生。るみは文学部、青山は神学部の出身だ。

　青山の実家はプロテスタントの教会であり、ゆくゆくは牧師になるのだが、ちょっとした興味からゼミは全く関係のない民俗学を選んだ。そこで大学院生でチューターをしていたるみと出会った。

　るみは名前の通り女性なのだが、いつも薄汚れた灰色のスウェットを着用し、髪を無造作に束ねて分厚い眼鏡をかけている。体型も顔立ちも曖昧《あいまい》で、初対面の人間はほぼ百パーセント男性と間違える。年齢は三十代前半だが、十代と言われても、五十代と言われても、なんとなく納得してしまう。

　一方の青山は曾祖父《そうそふ》のコーカソイドの系統が強く出たのか、色素が薄く、二十七歳になった今でも少年のような顔をしていた。

　二人で歩くとどうしても目立ち、少年が不審な男に連れ回されていると通報されたこともあるくらいだ。

　おまけにるみは、常に演技でもしているかのような大げさな話し方をする。さらにとんでもない大声なので、余計に注目を集めてしまう。

このように、およそ女性としての魅力からはかけ離れたところにいるるみだが、青山は彼女のことを尊敬していた。

彼女の聡明《そうめい》さは大学でも有名で、本当に何でも知っていた。

ゼミの教授、斎藤晴彦《さいとうはるひこ》は、穏やかで優しい人だったが変わり者で、かつ説明がとても下手だった。何を質問しても話が次々と別の方向に飛んで行ってしまい、学生は宇宙空間に放りだされる。学者としては優秀だが、教員としてはイマイチ、というのが彼にふさわしい評価だった。

そんなとき、課題に行き詰まると頼りになるのが佐々木るみだった。

るみは喋《しゃべ》り方のエキセントリックさに目を瞑《つぶ》れば、本当に理想的なチューターだった。

博士課程を修了し、当然そのまま大学教員になるのだと思っていたが、彼女は別のものを本業にした。

ここ佐々木事務所は、心霊案件の相談所だ。探偵事務所と間違えて入ってくる依頼人が多いため、青山の提案で看板に「心霊関係」を付け足した。すると、今度は誰も入ってこなくなった。

そもそもるみが大学で民俗学を専攻したのは、地方の風俗に興味があったわけではなく、斎藤晴彦教授に師事したかったからだという。

斎藤教授は、本業よりも副業のテレビや雑誌での仕事――怪談や心霊現象の特集には必ずと言っていいほど呼ばれている——で有名だ。メディアでの活動を見て、るみは彼と話がしたいと思ったらしい。

事実、るみは大学の誰よりも斎藤教授と話が合った。単なる怪奇現象を民俗学的見地から紐解《ひもと》いていくという、怪異に対するアプローチが似ているのだと思った。

青山はそれを遠目に眺めていたのだが、ひょんなことから、彼女が持ち込んだトラブルに実家の祖父もろとも巻き込まれ、なんやかんやで親交を深め、今に至る。

客観的に見ればガサツで、見た目も悪く、怪しいことばかりしているるみだったが、青山は彼女のことを慕っている。るみは、その「トラブル」のさなかで青山を救ったことがある。彼女の持ち込んだトラブルで危機に陥り、彼女に救われる——客観的に見ればそれは「マッチポンプ」とか「尻《しり》ぬぐい」であって、青山が感謝する必要はないはずなのだが、彼はるみのことを命の恩人だと強く信じていた。

こういう心霊関係の仕事を本業にしようと思っている、とるみに言われたときも、頼まれてもいないのに事務仕事の全てを引き受けた。

るみが「仕事」をするのを間近で見たのは数えられるほどだが、るみのチカラは本物だ、と青山は確信していた。チカラといっても霊能力とかそういったものではない。幽霊やバケモノが見える、所謂《いわゆる》霊感のようなものも勿論《もちろん》持ってはいるようだったが、何よりすごいのは、呪いや祟《たた》りの原因を的確に見抜いて即座に対処してしまう能力だった。彼女自身が対処する場合もあれば、他の専門家を紹介することもあったが、青山は彼女が失敗したのを見たことがなかった。依頼人は全員、晴れやかな笑顔で帰って行く。

さらに、報酬としてこれといった大金を請求することも無い。るみは「趣味でやっているようなもんですから」と言っていたが、これは照れ隠しで、人を助けたいという善意からやっていることだと青山は思っている。

青山は本気で、優しくて有能なるみ先輩が他人から評価されないのは、見た目や振る舞いのせいではなく、事務所の広報が足りないからだと思っていた。

「今月の家賃が不安になってきました……あんまりこういうのは良くないですけど、こっちから積極的に探さないといけないかもしれません」

「その必要はありません」

るみが雑誌を閉じ、にやりと笑って言った。

「今日は一件、依頼が入っているのですよ。もうすぐ依頼人もいらっしゃることでしょう」

「早く言ってくださいよ、予定が」

「我々、毎日暇ではないですか」

「それはそうですけど……」

るみは豪快にキャラメルマキアートを飲み干した。

「青山君、用事があるなら帰っても結構ですよ」

「いや、一緒にいますよ、僕だってここで働いてるんですから」

　この事務所もまた、るみが事件を解決したお礼に、ビルのオーナーが格安で貸してくれている場所だ。るみは、何故だかいつも、どこかから本当に困っている人を見付けてきて、すみやかに解決してしまう。この事務所が存続できているのだって、結局は、るみに感謝した依頼人たちが何かと世話を焼いてくれるからだ。青山の用意したＨＰは正直なところ役立っているとは言いがたく、るみに頼りきりで、自分の存在意義が見いだせない。青山は深くため息を吐いた。

「それにしても、依頼人はどういう人なんですか？」

　るみはタブレットの画面を青山の方に向けた。

　色の浅黒い、精悍《せいかん》な顔つきの青年が写っている。

「島本陽太《しまもとようた》さん。私の元同級生ですね。さすがに青山君は知らないでしょうけど」

「いえ、知ってますよ。僕の友人がかっこいいと言って騒いでいたので……確か水泳部だったような。モデルとかやってた人ですよね？　まさか、先輩と親しかったとは思いませんでしたけど」

「いや、親しいわけではないですよ」

　るみはタブレットの画面を指ではじいた。

「心霊現象に悩まされた人間は必死にツテを探すものです。彼には坊主の知り合いも神主の知り合いも神父の知り合いもいなかったから私に連絡してきただけのことでしょう」

「そういうものですか」

るみは無言で頷《うなず》いて、

「さて、そろそろいらっしゃるようですよ」

るみがそう言うのとほぼ同時にブザーが鳴った。

＊

妹の笑美から連絡がない、これは僕にとって異常なことでした。

僕と笑美はほとんど若者のいない田舎で育ちました。十近く離れていますから、とても可愛がっていたんです。

それに笑美はちょっと……問題のある子で。

ただ、東京の方が合ってるかな、というのはありましたね。東京の人って、いい意味でドライというか、変わった人でも放っておいてくれるでしょう？　笑美は、田舎だと悪目立ちして、いつもいじめられていましたからね。勉強はできる子だったので、大学から東京に上京してきて。

まあ、僕も東京でずっと働いていましたし、ちょうどいいかなということで。本当は一緒に住もうと思っていたんですけど、これくらいの年齢の男女が一緒に住んでいるのは誤解される、と母に言われまして。ええ、でも、ほぼ毎日会っていましたね。

あの子、一人だと何も決められない子で。なんでも聞いてくるんですよ。大学のことも、就職のことも、全部僕が世話しました。

まあ、就職に関しては、全然うまく行かなかったみたいで。こっちとしては、ゆっくり次のことを考えて行けばいいと思っていたんですけど……三か月前に突然、就職が決まったと言うんです。しかも、あの、モリヤ食品。どう考えても変でしょう。特に目立った経歴もない、学歴が良いだけのあの子を採用するとは思えない。

まあ、でも採用通知メールは本物でしたし、ちょっとは信じようかと思ったんですが、おかしいんです。

聞けば、色々な場所に行かされて、なんだか意味の分からない儀式のようなものに参加させられたというんです。おかしいと言うと、それは最初の一週間だから、オリエンテーションのようなものだ、と本人が答えまして。

確かに、なんのつもりなのか、怪しいレクリエーションを新入社員にさせる会社があるのは知っています。寒中水泳ですとか、あと、自分自身の悪いところを大声で言って、それを集団で否定させるとか——分かりやすく言って拷問ですよね。でも、そういうのとは違うようなんです。泥で鳥を作ったり、丸太で塔を建てたり、あとは麦を収穫したりですとか……意味不明で気持ちが悪いでしょう？

そして、そんなことを嬉《うれ》しそうに話す笑美にも不気味さを感じました。

笑美が不愉快に思っていなかったとしても、明らかにおかしいことです。それを、天下のモリヤ食品が行うとも思えない。

モリヤを名乗るなにかに、騙《だま》されていると考えるのが自然でしょう。

それを言うと、今までに見たことも無いような顔をして、こちらを睨《にら》んでくるんです。「ヤンさんはいい人なの」って。「馬鹿にしないで」って。

ヤンさんが誰かと聞くとね、社長だと言うんです。でも、モリヤの社長はあの守屋秀光でしょう？　ああ、佐々木さんは知らないか……とにかく、有名ですからね、顔も名前も。

名前に「ヤン」なんていう要素、どこにもないので、やはり騙されているんじゃないかと思いまして。

でも、興奮していて、何を言っても聞き入れてもらえそうになかったので、その日はどうにかなだめすかして、何かあったら連絡するように言って帰したんですよ。

それから、連絡が来なくなりました。

それまで、毎日のように会っていたんです。連絡だけなら「ように」じゃなくて、毎日ありました。それが三日間、なんの音沙汰《おとさた》もないんです。さすがに不安になりました。メッセージアプリも未読、電話も無視ですからね。

だから、仕方なくです。仕方なく、後をつけました。

一晩中見張っていたけれど、何も起こらなかったので、仕方なく帰ろうとしたんです。

ところが――朝八時くらいでしょうか。笑美のアパートの前に黒いセダンが停まりました。中から血色の悪い男が出てきて、ふらふらとした足取りで笑美の部屋の前に立ち、呼び鈴を鳴らします。すぐに同じように顔色の悪い笑美が出てきて、笑美は後部座席に、男は運転席に座りました。

こいつが「ヤン」なのかと思ったのですが、すぐに考え直しました。「ヤン」のことを語るとき、笑美はほろ酔い状態みたいな感じで、とにかく幸せそうなんですよ。車の男と話しているときの笑美は、俯《うつむ》き加減で、具合が悪そうでしたから。

男の車が走り去ってしまったので、慌てて後を追いました。車は、どんどん都心部から遠ざかって行き、いつの間にか雑木林があるような場所を走っていました。段々、交通量も少なくなります。

尾行に気付かれてしまったら、引き返して後日出直そうと思ったのに、かなり近づいてみても男がこちらに気付く様子は全くありませんでした。

しばらくすると、建物が見えてきました。外観からはイベントスペースというか、そういった近代的な建物に見えましたね。それが、雑木林の中にきわめて異様に建っているのです。

さすがに私有地に入ったら言い訳ができない。そう思って僕は所在地だけカーナビに入れて、その日は帰宅しました。もちろん、その晩も笑美からの連絡はありませんでした。

どうにか怪しまれず、あの場所に行って内部を観察できないものか。そう考えて、なにげなく所在地を検索しました。すると、即決・イベントスタッフ募集中、という求人広告を出していたんです。

やはりあの建物はイベントスペースのようでした。年齢も学歴も経験も不問、ということでしたから、すぐに電話しましたよ。すると、特に面接もなく、すぐに人手が欲しいから、ぜひ入ってくれと言うんです。ますます怪しいですよね。業務説明もなかったですよ。元々、この件を調べようと思って二週間、休暇を取っていましたので、すぐに話がまとまりました。一応調べてみたら、建物の権利者はきちんとモリヤでしたよ。

当日の集合場所は新宿《しんじゅく》でした。集合場所に行ってみると、異様な雰囲気を持った集団がいたので、すぐに分かりました。

どういう雰囲気かと言うと、言い方は悪いですが、何の期待もできないというか、ぼんやりと澱《よど》んでいるというか。とにかくネガティブな雰囲気でした。風体が怪しい人がほとんどで若者もいましたけど、僕より年上の人の方が多かったですね。どうしてこんな人ばかり集まったのか、理由は簡単です。年齢経験学歴不問なのに、時給が異様に高いんですよ。五千円です。ここまで高いのは見たことないですね。それでも人手が足りないと言うんだから、普通の感覚を持った人なら怪しんで来ないでしょうけど、本当に困っている人たちは飛びつくんじゃないですか。

時間になると、マイクロバスが来て、僕も含めてですが、この胡乱《うろん》な集団を運んでいきます。車内で喋《しゃべ》る人は誰もいなかったですね。僕も彼らに倣って、口を閉じてただ景色だけ見るようにしました。途中で紙袋が配られたので、中を見ると、大きいおにぎりが二つ入っていました。機械で握ったようにきれいな形だったので、おそらく安全だろうと思い、一緒に入っていた海苔《のり》を巻いて食べました。梅と塩昆布でしたね。美味《おい》しかったですよ。

昨日と同じ道を辿《たど》ってバスはあの建物に到着します。バスを降りると、昨日笑美を乗せた車の運転手のように、顔色の悪い男たち――恐らく社員か、バイトでも経験者なのでしょうね。彼らに指示され、僕たちは家畜のように一列に並ばされました。そして僕たちの前に、漢字の書かれた札を置いていきます。僕の札には「蛙」と書いてありました。僕の右隣の人も「蛙」でしたが、左隣の人は「兎」でした。

彼らの中で責任者と思われる男が、やっと説明を始めます。

僕たちは、札に書かれている生き物がいる場所に連れていかれるそうです。そこで一週間過ごせ、ということでした。そう、言い忘れていたけど、一週間泊まり込みのバイトなんです。

指定された「蛙」の部屋に入ると、本当にカエルが沢山いました。小学校の時、理科の解剖で使ったようなカエルです。それが、大きなガラスケースの中に敷き詰められているんです。勿論《もちろん》、気持ち悪いですよ。ぎっしり、隙間なく――アマガエルみたいな小さくてかわいい品種じゃなくて、土色のぬめぬめした、大きいカエルが詰まってるんですから。でもね、それよりすごかったのが鳴き声です。それはもう、すごい音でした。ド田舎で育った僕のような人間でもそう感じるのですから、他の人はとても無理だろう、そう思って同室の人たちの顔を見回しました。

先程の右隣の人を含めて、僕以外に五人いました。全員が全員陰気な顔をしながら荷物を整理しており、カエルに動揺していたのはなんと、僕だけのようでした。

食事と風呂《ふろ》、それと面談の時間以外は自由に過ごしてよい、ということでしたので、このまま黙っていても雰囲気が悪くなるだけですから、僕の主導で、皆で自己紹介をすることになりました。

まず、ひときわ目立つ巨漢の男は涌井《わくい》といいました。幼少期からいじめられていて、そのせいで高校も満足に通えなかったため中退、どこにも就職できず、今は搬入のアルバイトで生計を立てているのだと言います。

対照的に非常に細身なのが玉田《たまだ》でした。以前合成麻薬に手を出して捕まったことがあり、今は更生施設に通いながら人生を模索中とのことです。

なんだか顔立ちの似た誠一《せいいち》と隆二《りゅうじ》は兄弟でした。参加した理由を聞いてもはぐらかすだけでした。でも、意外にも受け答えはきちんとしていて、親しみやすい性格をしていました。

それと、非常に体臭のきつい、岡田《おかだ》というどう見ても五十は超えている男がいました。彼はコミュニケーションが苦手のようで、話しかけることもできませんでした。

とにかくこの六人で、一週間やっていかなければならない。場も温まったところで、僕は一番気になっていることをぶつけました。このカエルが気持ち悪くはないのかと。

「でも、やるしかないじゃないっすか」

誰かがそう言ったのを覚えています。

そうです、こんな、どう考えても怪しいバイトに応募してくるような連中です。ここの人々は皆、どうにかして金を手に入れようと必死なのでした。会話はそれきり、打ち切られてしまいました。

バイトメンバーと打ち解けることはできなかったけれど、スマートフォンをいじったり本を読んだりしているうちにあっという間に夕食の時間になりました。

指定された部屋へのろのろと向かうと、長い机に食事が用意されていました。他の部屋の人たちの分も一緒に十数人ぶんが横並びになっていると言うのはなんだか異様な光景でした。

だいぶ手の込んだ和食で、味も美味しかったですよ。ただ、その間にもケエコケエコと、カエルの鳴き声がするのは辟易《へきえき》としましたね。食が進んでいない人が多かったのも頷《うなず》けます。食事中は会話をしてはいけないということで、本当にカエルの鳴き声だけが響いていて。嫌なＢＧＭですよね。

食事を終えたらすぐ、風呂の時間でした。個室のシャワールームが五個に、大浴場、とまではいきませんがそこそこ広い浴槽がついていました。「蛙」でない人もいましたね。おそらく、風呂場は、時間ではなく男女で別れているのではないかと思いました。マイクロバスの中には女性も何人かいたので。

それで、朝会った「兎」の人を見付けたので、声をかけてみました。彼もまた、陰鬱《いんうつ》な顔をしていましたが、話しかけると少し嬉《うれ》しそうでした。

やはり、我々「蛙」の人間と同じように、ケージに入った大量のウサギと一緒に一週間過ごせと言われたのだそうです。

「ウサギはうるさくなくていいですね」

と言うと、

「でも、臭いんですよ」

と答えます。

確かに、僕の小学校にあったウサギ小屋からは独特の獣臭がしていましたから、あの中でずっと生活するのは気が滅《め》入《い》りそうです。

「うちのグループにはもっと臭いおじさんがいますから」

そう小声で言うと、彼の顔が少し緩みました。「兎」の彼は、横川《よこかわ》と言う名前でした。

横川が言うには、「兎」の部屋には三人いるそうです。そして、彼は他にも「魚」「鳥」「鹿」があることを確認した、と言います。

「よく観察していますね」

僕が褒めると、

「あそこに書いてあるんです」

恥ずかしそうにそう答えました。確かによく見ると、風呂場の入り口のタイルに張り紙がしてあります。

「なんか、着るものがそれぞれ別に用意されているらしくって」

風呂から上がって確認すると、確かに服が五種類用意されていて、服の入ったかごの上に「鹿」「兎」「鳥」「蛙」「魚」と書いてありました。不思議なことに、全て同じ白い服に見えるのです。もし、別の服を着たらどうなるのだろう、と考えましたが、もしかして、こちらからは分からなくても、向こうからは判別することができるのかもしれない、そう思って大人しく「蛙」の服を着ました。僕の目的はバイトではないのです。あくまで、この怪しい施設を探ること。想像した通り初日からかなり変なことをさせられています。帰ったら笑美に伝えて、一刻も早くこんな怪しい職場はやめようと言うつもりでした。

横川にまた明日《あした》話そう、と言ってから浴場を出ます。

それにしても、「兎」「鳥」「魚」「蛙」はまだ分かっても、「鹿」とはどういうことだろう、と思いました。鹿と一緒に過ごすのは無理そうです。野生動物ですし、他の生き物と違って大型です。「鹿」の人からも話が聞きたいと思いましたが、風呂以外でコミュニケーションが取れない現状では難しいような気がしました。

就寝の前には面談の時間がありました。部屋にいるとスタッフがやってきて、一人一人別の部屋に移動させられます。僕は三番目でした。

気持ち悪い話なんですが、面談の記憶は全くありません。だから、面談の部屋に誰が何人いて、何を話したのかとか、ほとんど覚えていないんです。思い出そうとしても、頭に靄《もや》がかかったようになって。もしかして、食事に何か混ぜられていたのかもしれないのですが……体温と血圧を測られたのは覚えています。治験のバイト？ということなら、ＧＣＰ違反ですね。ご存じないですか？ Good Clinical Practice、医薬品の臨床試験の基本的な基準を示している省令です。詳しくはないですが、きちんと被験者から同意を得るとか、副作用は報告するとか、そういう常識的なことが書いてあります。イベントスタッフ募集などと偽って臨床試験をしているなら、明らかに省令違反でしょうね。

とはいえ、体にはなんの異常も感じませんでした。いつもより健康なくらいです。

その日は一瞬で眠りに落ちて、大変さわやかな朝を迎えました。

二日目です。

やはり、ケエコケエコというカエルの鳴き声には慣れません。加えて今日は、カエルを一匹選び、よく観察して描けというんです。おそるおそるケースに近寄っていくと、相変わらずビチビチとひしめき合っていて、それだけで吐き気がします。餌がないのに元気なのも不気味でした。なるべく見ないようにしながら、たまたま飛び上がってきた一匹を手に取って、用意された観察用のケースに移し替え、蓋《ふた》を閉めました。ぬるっとした感触が気持ち悪くて……すぐに手を洗いました。この年になって素手でカエルを触るとは思いませんでした。どうして小さい頃は平気で触れていたのか……そういうものってありませんか？　僕は田舎育ちなのでまだ、平気な方ですけど、ダンゴムシとかね。すみません、話が逸《そ》れました。

カエルは狭いケースの中でも大人しくなることはなく、暴れていました。

これではとてもスケッチなんてできません。絵は下手でも構わないと言われたので、諦《あきら》めて、どうにかこうにか苦労して描いていきました。ちらちらと周囲を見回すと、他の人も同じように苦戦しているようです。ただ一人、岡田だけは、カエルの敷き詰められた大きなケースの前で右往左往しています。どうやらカエルが摑《つか》めず、困っているようでした。ストレスからなのか、ただでさえひどい体臭がよりきつくなって、こちらにまで漂ってくるようでした。可哀想だとは思いましたが、手伝ってやる気にはなりません。

それでもよそ見をやめて、自分のスケッチに集中していると、徐々に気にならなくなりました。

小一時間経ってカエルのスケッチが終了したあたりで、部屋にスタッフが入ってきて、僕たちの描いたスケッチは回収されます。岡田の紙も回収されていましたが、やはり観察していないからなのか、僕のヘタクソなスケッチよりもずっとひどい出来に見えました。

その後は昨日と同じです。ダラダラ過ごして、昼食を食べ、またダラダラ過ごして夕食、風呂、面談です。「兎」の横川とその日も話しました。やはり彼らも、ウサギを観察してスケッチしたということでした。横川の他にも「蛙」以外の人間と話しましたが、二人とも「魚」で、「鹿」のことは聞けませんでした。彼らもまた、フナのような魚をスケッチしたと言います。

その日の面談の記憶も曖昧《あいまい》です。しかし、「明日は巡回ですよ」と言われたことだけは覚えているんです。

次の日、僕だけが「蛙」の部屋から連れ出されました。別の部屋に移動させられ、そこには「鳥」と「魚」から来たと言う男女が一人ずついました。

男性の方は取り立てて特徴がない人で、「俺、魚で良かった。カエル苦手なんすよ」と言いました。名前は確か、佐野《さの》だったと思います。女性の方は、カナと名乗りました。顔はかわいらしかったですが、パサパサで艶《つや》のないピンク色の髪をしていて、左腕にリストカットの痕《あと》がいくつもありました。聞いてもいないのに、風俗嬢をしていて、ホストをやっている彼氏と同棲《どうせい》しているのだけど、彼氏は普通の仕事をしたいと言っているから、そのためにお金が必要なのだと話しました。僕はなんだか悲しい気持ちでした。笑美と重ねてしまったからです。笑美は彼女――カナよりも賢いかもしれませんが、依存的で騙《だま》されやすい性格は非常に似ています。ただ、カナの方が人当たりは良いような気がしましたけど。

しばらく三人でたわいもない話をしていたんですが、そのうち飽きて、各々自由に過ごしました。昼食の時間はありませんでしたが、今日支給された紙袋の中にはサンドイッチとお菓子が入っていて、お腹が空《す》くことはありませんでした。

午後七時くらいでしょうか、外も暗くなったなあ、なんて思っていると、スタッフが入ってきて、今日のお仕事をしますよ、と言いました。

三人一組で、施設の周りの雑木林を見回ると言うのです。雑木林で宴会をしている人たちがいるというので、その人たちのため、だそうです。

あんなところで宴会をする、と言う時点で常軌を逸していますが、僕たちは何も言いませんでした。くどいようですが、皆必死なのです。報酬は七日間きちんと仕事をしたら貰《もら》えることになっていて、いつでも離脱していいけれど、その場合は交通費以外何も貰えない、という契約でした。

僕たちは一列に、一番年上の僕が先頭になり、女性のカナを挟んで、雑木林に入りました。踏み均《なら》されているからなのか歩きやすく、また、進む方向にLEDライトで目印がついているので迷うことはありませんでした。

最初はうっすら見えていた明かりが、進んでいくとはっきり見えるようになります。段々、人の声もしてきました。そしてなぜか、「蛙」部屋と同じように、クエコケエコとカエルの声も鳴り止みませんでした。

足に刺さる不快な草の感触や、耳にまとわりつくカエルの声を我慢して歩を進めると、宴会場らしきところに辿《たど》り着きました。雑木林の中に、小規模な祭りなどで突貫で設置されるステージみたいなものがあるのです。遠目に、長い机が置いてあって、そこに十数人、白い服を着た人間が座っているのが見えます。年齢も、性別も、ばらばらでした。宴会がつつがなく行われているのを確認したら戻ってきていいということでしたので、来た道を戻ろうとしたとき、気付いてしまいました。

話し声が聞こえてくるのに、誰も喋《しゃべ》っていないのです。

でも、口は動いている。彼らの口から、ケエコケエコとカエルの鳴き声が出ているのです。

カナの口から短い悲鳴が漏れました。慌てて口を塞《ふさ》いで、草の陰に身を隠します。宴会客が気付いた様子はありません。ケエコケエコと鳴いています。

「ヤバい……」

カナが小さい声で呟《つぶや》きました。

そのとおり、確かにヤバい状況です。話し声はますます大きくなり、笑い声さえ聞こえてくるのに、それがどこから来たものなのか見当もつかないのです。

宴会というだけあって、テーブルの上にいくつも料理が置いてあり、周りは飾り付けられていましたが、誰も手をつけていないし、全く楽しそうでもありません。ただ、なんの色もない顔でケエコケエコと鳴いているのです。

佐野が逃げましょう、と囁《ささや》きました。もうまるで、我々も宴会の中にいるような錯覚に陥るほど、声が近かったからです。

怯《おび》えて立てないカナを引きずるようにして雑木林をあとにしました。幸い、声が追ってくることはありませんでした。

建物の入り口にはスタッフが立っていて、

「お疲れ様です。そのまま身を清めてください」

と言いました。

彼についていくと、これまでとは違う、完全に区切られた個室のユニットバスで体を綺《き》麗《れい》にさせられました。

そのまま、二人と意見交換をする間もなく、面談室に誘導されました。佐野はまだしも、カナはあんな調子で明日からも働くことができるのだろうかと、他人《ひと》事《ごと》ながら心配になりました。

当然、僕も怖かったですよ。ただ、よく考えたらすごく暗かったですし、我々の見間違いかもしれませんしね。

ともかく、面談です。いつも通り記憶は曖昧でしたが、「巡回はどうでしたか」という質問にだけはきちんと答えました。「毎日これがいいです」と。だって、カエルと一緒に室内で過ごすより、どう考えてもこの場所の異常性を調査するには巡回の方が適しています。

そういうわけで、僕は次の日から、寝るとき以外は「蛙」部屋の人々とは別の場所で過ごすようになりました。

寝る前のわずかな時間に誠一と隆二の兄弟に、今日は何をしていたのか尋ねることにしました。やはり、カエルを観察しているだけだったそうなんですが。

　そして、ほんの一日目を離しただけなのに、人間関係が拗《こじ》れていました。あのひどい体臭の岡田が本当に耐えがたい臭いを発しているので、とうとう注意した涌井と揉《も》め、涌井が殴られたので、同様に悪臭に我慢していた他の三人が加勢したところ、岡田を虐《いじ》めているような形になったらしい。僕は呆《あき》れました。普通の成人男性がそろいもそろって、話し合いすらまともにできないのです。

「やっぱ、島本さんいないと駄目かもです」

「でも俺、明日《あした》からずっと外の仕事なんだよ」

　そう答えると二人は最悪、と言いました。

　やはり彼らは、所謂《いわゆる》「社会不適合者」というやつなのだと実感しました。

　次の日、例の待機部屋に行くと、佐野とカナはいませんでした。マイクロバスに乗ってきたメンバーとは違う人が二人います。話を聞くと、二人とも前からここで働いているスタッフだといいます。

「ほかのお二人はやりたくないと言うので帰って頂きました。以降は我々と、島本さんだけで巡回をすることになります」

　帰ったというのはどういうことなのか。あなたたちはここで何の仕事をしているのか。いくら質問をしても、それ以降は無視されてしまいました。

　そして、夜がやってきます。

昨日よりずっと重苦しい雰囲気の中、三人で草をかき分けて進みました。今度は殿《しんがり》です。すぐにケエコケエコと、あのカエルの鳴き声が聞こえてきます。まあ、カエルではないのですが……。

　昨日と同じように宴会場に行き、様子を確認します。やはりケエコケエコと鳴く人間が、ご馳走《ちそう》にも手をつけず座っているだけです。昨日と違うところは、テーブルの上に料理が増えていたことでしょうか。そして、なんだか、宴会客も増えているような気がするんです。テーブルの中央に、昨日は絶対にいなかった若い女性が座っているように見えました。もっとよく観察しようとすると、他の二人にあまり見てはいけませんと注意され、元来た道に引き戻されます。確かに、話し声も不気味でしたし、言う通り帰ることにしました。

　建物に帰ってすぐ風呂《ふろ》、面談です。

　昨日と同じことを聞かれ、同じように、

「ずっと巡回がいいです」

　と答えました。

「蛙」部屋に帰ると、部屋の隅で岡田が、全裸になって震えています。何故か全身から水がしたたり落ちていました。

　これは一体どうしたことかと尋ねると、

「このオッサン、臭《くせ》ぇし、風呂も入らねえから、俺たちで洗ってやったんすよ」

誠一がそう答えました。

見ると、隆二も、涌井も、玉田も、誇らしげにふんぞり返っていました。

「でも、こんなにしたら可哀想だよ。彼も寒いだろう」

そう言って、その辺に散乱していたタオルをかけてやると、岡田は声を上げて泣き出してしまいました。

「あ、あ、あ、あなた！　そいつの！　肩をも、持つんですか！　オレたちは、ほ、ほ、ほ、本当にっ！　迷惑しているのにっ！」

よほど興奮しているのか、どもりながら涌井が言いました。僕はまた、呆れました。

小学生レベルの虐めを行っているのもそうですが、涌井は自己紹介のとき自分で「ずっといじめられていた」と言っていたからです。やはり、「いじめられた人間は心の痛みを知っているからこそ人に優しくなれる」などというのは幻想で、「長い間いじめられながら育つと人に優しくする方法が分からなくなる」が正しいのではないかと思いました。

「肩を持つとか、持たないとかじゃないだろう？　大人なんだから、気に入らないことは話し合って解決しようよ」

涌井は不満そうに鼻を鳴らしました。

僕は強制的に洗われて、少しは臭いがマシになった岡田を起こしてやり、

「岡田さんも、お風呂に入らないのは良くないですよ。お風呂に入るなんて言うのは、

大人以前に、人として当然のことです。確かに、臭いますしね。お風呂に入れというのは正論でしかないです。正論を言われて逆ギレしたからこんなことになったんですよ」

岡田はしゃくりあげながら頷《うなず》きました。

僕が「お互いに謝って」というと、しぶしぶと言った感じで、全員が謝罪の言葉を口にしました。内心うんざりしながらも、皆もう少しなんだから頑張ろう、と声をかけ、その日は就寝しました。

しかし、下らない人間関係による疲れで、上手《うま》く眠れなかったのでしょうか、夜、変な時間に目が覚めてしまいました。

寝なおそうと頑張ったのですが、妙に目が冴《さ》えて眠れません。そこで、一つの考えが浮かびました。もしかして今なら、この施設の全貌《ぜんぼう》を確認できるかもしれない、と。

寝ているメンバーを起こさないようにしながら、布団から抜け出します。涌井がとんでもなく大きないびきをかいていて、よくこんな騒音の中眠れていたものだと感心しました。

そして、妙なことに気付きました。あれだけ耳障りだったはずのカエルの鳴き声が聞こえないのです。カエルは人間と違って、必ずしもすべての個体が夜眠るわけではありません。少しは静かになったとしても、静まり返っているのは妙です。

ガラスケースの方を窺《うかが》うと、なんと、何も入っていません。一体どうやってあの量のカエルを、誰も起こすことなく運び出したのか……。不思議を通り越して、不気味でした。

しかし、なんとか当初の目的――つまり施設の偵察――を果たすため、と自分に言い聞かせて、部屋を出ました。

誰もいない、明かり一つない中で、コンクリートの床が月光を反射しているのはとても不気味でした。スマートフォンのライトをつけようかとも思いましたが、恐らく、何人かは起きている人間がいるはずです。気付かれてはまずいと思って、なんとか月明りを頼りに、壁伝いに歩きました。

階段を下っているときでした。僕は支給された靴下を穿《は》いて歩いていたので、足音はしないはずです。それに、階段に辿《たど》り着くまでも、一切音など聞こえませんでした。

それなのに、急に、上の階から、こつこつと、硬い靴底で歩き回っているような音がし始めたのです。もしかして警備員の巡回か、と思い、僕は気付かれないように身を縮めて、それでも素早く階段を下りようとしたのですが、足音はそれに気付いたかのようにダダダダダッと近付いてきます。それなりに運動はできる方だという自負があったのですが……もう追いつかれる、と思い、咄嗟《とっさ》に階段近くの、壁が凹んでいる部分に身を隠しました。

しかし、足音は一つ上の階、つまり、僕がさっきまでいた「蛙」の部屋がある階で止まってしまいました。しばらく息を殺していると、扉の開閉音がしました。

これはまずい。いないのがバレたかもしれない。しかし、今更戻っても――色々考えているうちに、再び開閉音がして、靴音に交じって何か重いものが床をこすっているような、ずずず、ずずず、という音も聞こえます。

とても不快な音でした。もう、バレるとか、バレないとか関係なく、一刻も早くその音が聞こえない場所まで行きたくて、階段を駆け下りました。そしてその勢いのまま玄関に走り、外に出ます。

すぐに後悔しました。

あちらこちらから、話し声がするのです。宴会場で聞いたものと同じでした。

話し声はしているのに、話しているはずの人間はどこにもいないのです。

さらに不気味なのは、こんなにはっきりと聞こえるのに、一切何を言っているのか分からないところでした。外国語だとか、そういう感じでもありません。

人間以外の存在が、人間の言葉を借りて無理やり話している、そんな風に聞こえました。

建物内に戻ろうと思いました。しかし、体が動きません。どんなに気合を入れてもダメでした。

声はどんどん近付いてきます。

上から。

下から。

前から。

後ろから。

突然。

肩を摑《つか》まれて。

それから——

目覚めると、僕は布団に入っていました。

「蛙」の部屋の入り口に一番近い場所です。飛び起きると、もう他のメンバーは目覚めていて、「今日は遅いっすね」と笑われました。

夜いなくなっていたカエルも、ガラスケースに満杯にひしめきあっています。

恐らく、全て僕の夢だったのだろうと考えました。夢は、一説によると起きているときの情報を整理するために脳が見せている映像だそうですし。

こんな異常な環境にあって、脳も相当混乱したのでしょう。

深呼吸をして、ふと、気付きます。

「岡田さんどうした？」

岡田がいないのです。

「ああ、あのオヤジなら、夜逃げたみたいっすよ」

隆二が嘲《あざけ》るように笑って言いました。

「ほら、荷物もないでしょ。きっと、俺らにビビったんすよ」

僕は何も言えませんでした。恐ろしい考えが脳内で線を結んで、像を作りました。

昨日の、あの、ものを引き摺《ず》るような、聞くに堪えない音。

あの音は、岡田が引き摺り回されていた音なのではないだろうか。

そう考えてしまった途端、視界がぐらぐらと揺れるような感覚がして、思わずへたり込んでしまいました。皆、僕を心配して、今日は休んだ方が良いのではないかなどと言います。僕も休みたい――もとい、もう、モリヤ食品やこの施設について探るのは諦《あきら》めて、帰宅したいのは山々でした。

あの音が岡田が引き摺られる音だったと仮定すると、外に出たときに聞いた声の主が見えない話し声や、何者かに肩を摑まれたことなどが本当のことだということになります。それになにより嫌なのが、引き摺られていったのが岡田だということでした。

勿論《もちろん》、あんな体臭のきつい中年男性のことを惜しんだわけではありません。

僕は、入り口の一番近くに寝ていた、と言ったでしょう？

その隣に寝ていたのは、岡田なんですよ。

つまり、消されていたのは自分だったかもしれない、そういうふうに思ったんです。

それでも、僕を引き留めたのは、頭に浮かんだ笑美の顔でした。

笑美のために、どうしてもこの施設の全貌を暴かなければいけない。

そう思って、帰るのはやめました。

決意を新たに挑んだ五日目の巡回なわけですが……これが拍子抜けするほど、何もありませんでした。相変わらず、不気味な話し声のする中、複数人がケエコケエコと鳴いていて。まあ、ご馳走《ちそう》も宴会客も増えていたし、その日に関しては洗っていない雑巾《ぞうきん》のような悪臭もしたんですけど……本当にそれだけだったんですよ。

昨日、何者かに肩まで掴まれて、おまけに岡田も消えたんです。こんな些末《さまつ》な変化ではなく、もっと恐ろしいことが起こると思うじゃないですか。例えば、バケモノに襲われるとか。でも、本当にそれだけでした。

ただ、面談のときに、「今日で巡回は終わりです」と言われました。

本当に良かった、と達成感で胸がいっぱいでした。

外を見られなくなったのは残念でしたが、宴会の音声や、施設の様子など、あらかた録《と》ることが出来ましたし。これだけ証拠があれば、もう誰でもここが異常な施設だとわかるでしょう。

念のため、玉田に頼み込んで、布団の位置を交換してもらいました。涌井のうるさいいびきには辟易《へきえき》していたそうで、二つ返事で替わってくれましたよ。

そして無事、就寝。

次の朝横を見たら玉田が消えていた――なんていうことはなく、とても安らかな表情で熟睡していたので安心しました。社会不適合者の男とは言え、身代わりとして死なせたらいい気分はしませんからね。

こうして無事、六日目の朝を迎えたわけです。

六日目。

その日は、朝食のあと、大きなホールに集められました。来たときは十数人いたはずなのですが、半分くらいになっています。「兎」の横川もいませんでした。

ホールの中央には、奇妙な巨大オブジェが鎮座していました。塔のように先細りの形をしているんですが、木がめちゃくちゃに組み込まれていて、「塔のような形」とも言えない、木でできた何かです。僕の身長が182㎝ですから、だいたい高さとしては10ｍくらいあったんじゃないかと思います。

とにかくその、異様な存在感を放つ奇妙なオブジェのまわりを囲むように立たされました。

しばらくそのまま待っていると、スタッフが何人も入ってきて、僕の前にドサッと薄汚れた袋を投げました。どうやら、他のメンバーもそれぞれ袋を渡されたようでした。

『スタッフの指示にしたがって作業を始めてください』

突然、館内放送が流れました。

驚いたのは、その声でした。

少し高い、若い男性の声なのですが、聞くと脳内が揺らされるような、変な感覚に陥ります。

だから僕は、袋から出てきたものも、異常な指示も、最初は全く気にならなかったのです。

袋の中身は、大量のカエルの死骸《しがい》でした。

すべて、死んでいて、ピクリとも動きません。

「解体してください」

目の前の男はそう言って、紙を手渡してきました。紙には、カエルの解剖図と、解体の手順が書いてあります。

「時間がかかってもいいので、すべて、解体してください」

男が、念を押すように言いました。

信じられないことに、僕は何の疑問も持たず、指示に従いました。おかしいですよね。どう考えてもおかしい。しかし、そのときは、その声に従うのが当然の義務のように思えました。

まず皮を丁寧に剝《は》いで、内臓を抜いて洗い、骨と肉だけにする。それの繰り返しです。気持ち悪いとさえ思いませんでした。ただ、そうするものだと、自然に思い込んでいたのです。

五匹ほど、肉と骨だけになったカエルの死骸が並んだ時でしょうか。何やら、すごく嫌な感じがしたんです。それは、カエルの死骸や、解体に対する嫌悪感ではありません。夜中に抜け出して、肩を摑まれたとき。あれと全く同じ嫌な気配がしたのです。

そこで覚醒《かくせい》しました。

一体何をしてるんだ、と思いました。手にはぬるりとしたカエルの腸がこびりついています。顔を上げて辺りを見回し、一呼吸して、吐きそうになりました。

血と臓物のきつい臭いが充満しています。

隣の男は大量のウサギを、その隣の男は何か大きい生き物だったらしきものを解体していました。

「どきなさい」

血と臓物の臭いより、ずっとひどい、すさまじい嫌悪感がすぐそばにあるのを感じました。その嫌悪感の源が、あの、美しい声で話しているのです。

顔を上げると、声から想像した通りの、顔に幼さの残る青年が、指示役のスタッフを押し退けて、私の前に立っていました。

「この人の世話は私がしましょう」

彼は、にっこりと、如何《いか》にも作ったような笑顔を顔に張り付けて言いました。

「まだできますよね？」

胸に酸っぱいものがこみ上げます。今にも吐き戻してしまいそうなのに、何故か手が動き始めました。意志とは裏腹に、体が彼に従おうとしているのです。

直感しました。

彼が「ヤン」です。

そうとしか思えませんでした。

僕は昔からカンがいいんです。きっと、彼の嫌な雰囲気に気付き、この異常な行動をやめることができたのもそのおかげだと思います。

彼を「ヤン」だと認識すると、笑美のことを思い出すことができました。

笑美はこいつに、この声に洗脳されて、恐らく我々がやっていることと同じような異常なことをやらされている。

そう思うと猛烈な怒りが湧いてきました。もう、手も自由に動きます。

立ち上がって、

「お前がヤンだな」

そう言いました。

彼はきょとんとした顔で、

「あれ……名乗りましたっけ。確かに、私はヤンですが……」

しばらく黙った後、彼は微笑みました。

「あなたとは、もしかしてもっと建設的な話ができるかもしれませんね。勿論、今やって頂いていることも、素晴らしい行いのひとつなのですが」

脳が燃えるような怒りでした。こいつはヘラヘラして、根本的に人を馬鹿にしている。笑美や、ここに来たアルバイトたちのような、心の弱い人間を食い物にしている。

その怒りのまま、

「笑美を返せ」

そう言いました。

「ヤン」の顔色が変わりました。綺麗《きれい》に弧を描いた口の端がプルプルと震え、目が一点を見つめています。

やはりこいつは、笑美のことを知っている。笑美に良くない関わり方をしている。そう確信しました。

「笑美は、一人じゃ何もできないんだ。そこにつけこんで、お前は何をさせようとしているんだ？　変態野郎。ここでの証拠は全部残ってる、早く笑美を」

そこまでしか言えませんでした。

急に肺が圧迫され、呼吸さえおぼつかなくなったのです。

「お前か」

ゆっくり、ゆっくり、気が遠くなるほどゆっくり、「ヤン」が顔を近付けてきました。

その間ずっと、僕は水槽の外に放り出された魚のように、酸素を求めて痙攣《けいれん》していました。

「お前だ」

彼は指を三本立てて、自分の唇に触れました。深く息を吸い込んで、

――あなて――

その一瞬の呼吸の隙をついて、僕は走りました。

視界が揺れ、鼓膜が破れそうに震えています。誰のかも分からない靴を履いて外に出て、全速力で走り抜けました。

笑美を尾行して来たことがあるので覚えています。しばらく進めば、飲食店と、ローカル路線バスの停留所があるのです。

解体の儀式に持ち込むのは禁止されていたけれど、財布とスマホを手放さなくてよかったと心底思いました。

僕は這《ほ》う這《ほ》うの体で、こうして逃げ帰ってきたわけです。


……さっき、僕のカンの話をしましたね。

この「カン」は、勿論《もちろん》、空気を読んだり、イヤなことを避けたりすることにも使えるのですが、もう一つ、感じるものがあります。

心霊現象です。幽霊が見えるわけではないのですが、そういう、悪いものが溜《た》まっている場所はすぐに分かります。

あの「ヤン」という男を見たときに感じた吐き気を催すような不快感……あれは、人間ではないと思います。

実際、動いて歩いて、他の人にも見えていたようですから、幽霊ではないと思いますが……それでも、人間でないことは間違いないと思います。

だから、佐々木さんに今回依頼したんです。カンが良くても、避けることはできますが、解決することはできないんです。

どうかお願いです、大事な妹の笑美を、あの悪魔から救ってください。

◆　◆　◆

「前金で二百万です」

島本陽太の長い独白を聞いて、るみが一番に言い放ったのはこれだった。

青山は焦ってるみの方を見る。るみは未《いま》だかつて、こんなに高額な報酬を要求したことがなかった。それに、前金だなんて。今までのるみは、物事が全て丸く収まるまで、依頼人に一切金銭の話はしなかった。青山がいなければ、成功しても金を受けとらず、もっと早い段階で事務所の経営は破綻《はたん》していたに違いない。

「そんな、先輩……」

「青山君、慈善事業ではないのですよ」

るみは、青山の普段の口癖をそっくりそのまま真似て言った。

「今の話でだいたいの原因は特定できました。島本君の言う通り、妹さんは洗脳されているというのもそうですが……これはかなり厄介な案件で、専門家に頼まなくてはいけません」

「さすがに二百万は……一体何の経費ですか？」

「仕方ないですねえ。分割でも構いませんよ、きちんと一筆書いていただければ」

「そういう問題じゃなくて。っていうか、佐々木さんが専門家なんじゃないんですか」

陽太が怪《け》訝《げん》な顔で尋ねた。

「私の仕事は原因を特定することだけ。解決は、その道の方に頼むのが筋というもの。とにかく、その紹介料。それに……」

るみはいったん言葉を切って、口の中の飴玉《あめだま》をバリバリとかみ砕いた。

「無事、解決したとしてですね。島本君、あなたは洗脳された人のアフターケアができますか？」

「笑美は俺の妹だぞ！」

気色ばんだ様子で陽太が怒鳴った。

「ちゃんと証拠を見せて、そっちが用意した専門家にあいつをどうにかしてもらえば、なんとかなるはずだろ。そのあと、ちゃんと俺と話し合えば」

「どうやら島本君は洗脳を甘く見ているようですね」

るみは立ち上がって本棚を漁《あさ》り、何冊か陽太の前に投げた。

「この『カルトの子』なんてわかりやすいと思いますよ。宗教団体で育った子供のことが書かれている本です。彼らは親と縁を切った後も、その宗教団体で教えられた異常なことを信じ続けているのです。その宗教や、親を憎んでいるのに、です」

るみはまだまだありますよ、と言いながら、本の解説を始めてしまう。陽太はしばらくぽかんと口を開けて聞いていたが、決壊したダムのように止まらないるみの話にうんざりしたのか、手で制した。

「分かりました、分かりました、すいません。考えが甘かったようです。確かに、僕一人の手には余ります」

「良いのです。アフターケアの金額も込みですから、そこは分かって頂きたく。それでは……青山君、契約書」

「あっ、ハイ！」

　るみはてきぱきと書類を作成し、陽太にサインをさせると、満足げに微笑んだ。

「では、承りました！　果報は寝て待て、と申します。どうか家でゆっくりお待ちくださいませ」

　そう言って、何か言いよどむ陽太を強引に事務所から追い出した。


「さて、出かけますよ」

　るみはそう言いながら薄汚れた深緑のリュックサックを持ち、早くもどこかに出かけようとしている。

　青山は慌てて身支度を整えながら、

「出かけるってどこにですか？」

「青山君、話を聞いていなかったのですか!?」

　るみはひっくりかえったようなポーズをして、大げさに驚いて見せた。

「専門家のところです。今回のことを解決してくれる、専門家」

青山は一回頷《うなず》いて、すぐに思い直して首を振った。

「遠出になるんじゃないですか？　だったら、もう少し時間をください。先輩だってそんな軽装じゃダメですよ」

「いいえ、遠出にはなりません。ちょうど東京に来ている方ですから」

「ええ……じゃあ、すごく気難しい人、とかですか？」

「いいえ？　かなり気さくなおっさんですよ。好き嫌いは別として、ね」

ますます以《もっ》て分からなかった。青山は疑問を直接るみにぶつける。

「それならなんで、さっきあんなにお金を……？　気さくだけど、高額なお布施を請求してくるとか……」

「いいえ、本当にお人よしの方で、頼まれなくても勝手に色々手を回すような方ですよ。きっと、困っていると言えばタダでもやってくれるでしょうね。それより、さっさと行きましょう」

なんとなくはぐらかされたような気がするが、るみの体はもう、半分くらい事務所の外に出ている。青山は慌ててるみの後を追った。

青山が驚いたのは、彼がそこに「いた」ことだった。

事務所を出た青山は、るみが気まぐれな猫のように、あちらこちらふらふらと寄り道をしながら歩くのになんとかついていった。るみは何の説明もしない。どうやって解決するつもりなのか。解決を依頼する相手は誰なのか。しかし、ついて行くしかない。青山一人ではどうしたって何もできないのだから。

彼女がファミリーレストランに入ったのは、色々なところを歩き回ったから休息をとりたいのだろうと思っていた。

るみが、ナポリタン大盛りと、メキシカンピラフと、ビーフカレーと、和風ハンバーグ御膳《ごぜん》と、コーンとベーコンのピザと、季節のパフェを頼み、「そんなに食べて大丈夫ですか」「大丈夫ですよ」といういつものやり取りをしたときだった、と思う。

彼が「いた」のだ。

森林のような香りがする。

老人が、青山の隣に、笑顔で座っている。

「うわっ」

遅れて、大声が出た。

「そんな大声出さなくてもいいだに」

作務衣《さむえ》を着た老人は、笑顔のままそう言った。

正面のるみの顔を見ると、彼女は特に驚く様子もなく、お腹が空《す》きました、などと言っている。

もしかして、自分だけに見えているのではないか。

青山は、自分で考えたことに身震いする。

「人間ですよぉ」

老人は体を倒して、無理やり青山と目線を合わせた。

思わずのけぞると、老人は声を上げて笑った。日焼けした肌に、いくつも笑い皺《じわ》が刻まれてしわくちゃになる。

「かわいいですねえ」

「あまりからかわないであげてくださいな」

るみはストローをくわえたまま割って入った。

「せ、先輩、この人……」

「ええ、この方がそうですよ」

老人は相変わらず微笑みをたたえて、るみと青山の顔を交互に眺める。るみは、老人とは一切目を合わせたくない、とでも言うように、青山の肩辺りから目を離さなかった。

「紹介もしてくれないんですかあ」

「勝手に名乗ったらいいでしょう」

るみは冷たく言った。

青山は不思議に思った。

るみは、態度も言葉遣いもエキセントリックではあるが、無礼な人間ではない。以前来た、非常に高圧的な男性に、報酬を払うのをごねられたときも、一定の礼節を持って接していた。

それなのに、多少不気味ではあるが……なぜ、この人当たりのよさそうな老人にはこれほど冷たく当たるのか。話の流れからして、この老人こそが、これから解決を依頼する専門家であるはずなのに。

「私はね、こういう者《もん》です」

老人は机の上に紙を置いた。名刺、のつもりなのだろうが、ノートの端を千切ったような粗末なものだ。

『ご相談

　お気軽に

　　石神百行』

手書きの字でそれだけ書いてある。

「石神《いしがみ》……ええと」

「ひゃっこう、と読みます。石神さんでも、百行《ひゃっこう》さんでも、おっさんでもいいですよお」

石神は青山の手から名刺モドキを奪い返して、着用している作務衣の袖口《そでぐち》にしまい込んでしまった。

「ええと、石神さんは霊能者さん、なんですよね？」

口に出してから、場を繋《つな》ぐにしても馬鹿馬鹿しい質問だ、と青山は後悔した。霊能者に決まっているというのに。

「どうなんかなあ」

石神は遠くを見つめて呟《つぶや》いた。

「確かに私は人より気付いたりするほうですけど……蛇様のお力であって私の力ではないですねえ」

青山の表情を見ずに続ける。

「小さい、小さい頃にねえ、私の母親は頭があまり良くなくて、妻子のある男に捨てられて、一人で私を育てていたんですけど、にっちもさっちもいかなくなってしまったみたいでしてねえ。私を捨てたんですよ。山の中に。私を保護してくれたのは山の管理人だったんですが……白い蛇に誘われてついて行ったらその先に私がいたんですって。面白いですよねえ」

「それは……大変な目に遭われたんですね」

どう言葉をかけていいものか、迷いながら青山は言った。

しかし石神は、大口を開けて笑った。

「いいえ、大変なんて、とてもとても！」

指をこめかみに一本当てながら、

「私、山の中で二週間生きていたんですね。四歳の子供が、一人で、二週間です！　すごいでしょう？　すごいのは、私ではなくて、蛇様なんですけど」

「は、はあ……」

青山はなるべく感情を表に出さないように努力したが、それでも声に動揺が出てしまう。

石神の話は、民話などでよくある形態の話だ。本当にそんなことが実際に起こったのだろうか？　信憑性《しんぴょうせい》が低いように感じられた。しかし、それを語る彼の目は、きらきらと輝いている。

青山はこういう瞳《ひとみ》をした人間を何人か知っている。宗教にハマった人間の目だ。

青山はプロテスタント教会の牧師の家に生まれた。「敬虔《けいけん》な信者」だという自覚もある。どの宗教でも、青山は信仰心を否定しているわけではない。むしろ、人間には、それがキリスト教でなくても、心の拠《よ》り所としての宗教が必要だと思っている。

しかし、「信仰する」と「ハマる」は大きく違う。宗教にハマった人間は辛《つら》いとき、苦しいとき、あるいは良いことがあった時に神に祈るのではなく、生活の全てにおいて神に依存してしまう。

教会にも、今まで何人もそういう人が訪れた。中でも強烈だったのが、専業主婦の桜《さくら》井《い》さんという女性だった。彼女はひどい浮気性の夫に悩まされていて、実家にも頼れず、祖父のカウンセリングを心の支えにしていた。そこからキリスト教の教えそのものに興味を持った彼女は、熱心に教会に通い、青山の父が毎週開いている子供向けの教室で、聖書の勉強をするようになった。熱心な彼女は教室が終わった後も父に積極的に質問をし、徐々に週一では飽き足らず、ほぼ毎日顔を出すようになった。バザーやチャリティイベントの手伝いもしてくれた。「あんたも見習ったら？」と姉が青山に言ったほどだった。

そんなある日、朝の清掃をしようと礼拝堂に立ち寄ると、ガラスが割られ、中が荒らされている。泥棒でも入ったのかと思ったが、すぐにそうではないと分かった。桜井さんが鉄パイプのようなものを振り回し、暴れているのだ。

「どうしたんですか、やめてください！」

そう言うと桜井さんは、振り向いた。何か言っているようだが、奇声に近く、何も聞き取ることができない。かけつけた父と共にどうにか宥《なだ》めて話を聞くと、

「どんなに熱心に祈っても神様は夫の不倫を止めてくれない。神様にどうしても気付いてほしかった」

とのことだった。

しかし、聖書には「結婚相手の不倫をやめさせる方法」は載っていないし、祖父も父もそのような説法をしたことはない。

教会にできるのは、心を穏やかに保つ手助けだけだ。本来、宗教とはそういうものだ。

桜井さんはその後、「何も聞いてくれない神様に用はない」と言って教会に通うのをやめた。近所に住んでいるため彼女の動向は筒抜けで、その後高額なお布施を請求してくる新興宗教に入信し、またすぐにやめ、今では行動心理学なるものを学ぶセミナーに入会している。青山を勧誘してきたときは驚いた。彼女の目は、やはりきらきらと輝い

ていた。

宗教がセミナーになろうと、役割はきっと同じだ。心の拠り所だ。しかし、あくまで拠り所であって、全てを預けてはいけない。普通の人はそれが分かっているが、ハマっている人は違う。信じているものが、そのままその人のアイデンティティになってしまっている。

青山は石神にその雰囲気を感じ、少し嫌な気分になった。

しかし、青山の表情の変化など全く気にせず石神は滔々《とうとう》と語った。

「その時にねえ、蛇様と色んなお話をしました。だから、私の頭はねえ、蛇様とつながっているんですよお。蛇様がなんでも教えてくれるんです」

「与太話はそこまでにしましょう」

るみがふたたび冷たく言った。

「期限は一か月。報酬は百万円。五十万先にお渡しします。期限内に終了できなければ交通費含め諸々《もろもろ》の経費以外はお返しいただくので領収証を取っておいてください……もし終了できなくても、東京都の最低賃金程度……十四万三千円は経費と一緒にお支払いいたします。それでいいですね？」

るみは一気にまくしたてる。彼女の好きなオカルトの話をしているときの早口とも違う、「さっさとこの話を切り上げたい」という気持ちだけが伝わってくる刺々《とげとげ》しい口調だった。

「るみちゃん、何度も言いますけど、私、お金なんていらんのよぉ」

石神はるみの態度を気にも留めずゆっくりと話す。そのことが逆に、空気をぴりつかせている。

「私は私にできることをやっているだけなんですからあ」

るみは短く舌打ちをした。相当苛《いら》ついているようで、貧乏ゆすりまでしている。こんなるみは初めて見る。

空気が悪すぎる。

青山は何とか空気を和ませようと、

「あの、先輩。先輩は、『だいたいの原因は特定できたからふさわしい専門家にお願いする』と言いましたよね？」

「ええ、言いましたが、何か」

るみは青山に対してこのようなきつい言い方をしたことがなかった。初めて聞く物言いに内心落ち込みながら青山は続ける。

「原因も、どうして石神さんがふさわしい専門家なのかも、僕には分からないので……説明してほしいかなって……」

「ナポリタン大盛りのお客様〜」

絶妙なタイミングで店員が料理を運んでくる。るみは次々に運ばれてくる料理を見て、いささか機嫌が直ったようだった。

いつもの口調で青山に言う。

「そうですね。説明がまだでしたね。今回の案件は、おそらく『諏訪大社《すわたいしゃ》』を信仰軸にした新興宗教、というところでしょう。まあ、新興宗教と断定するのはまだ早いかもしれませんが、島本君の話を聞いても分かる通り、その可能性は非常に高い」

　るみは話しながらも次々と料理を口に運んでいく。見ていて気持ちが良いくらいだ。

「儀式の全貌《ぜんぼう》が分かったわけではないですし、あくまで伝聞ですからはっきりとは言えないのですが……『鹿』『兎』『鳥』『蛙』『魚』これらはすべて諏訪大社の祭りの時生贄《いけにえ》に捧《ささ》げられる動物ですし……最も分かりやすいのが大量のカエル、ですね」

「カエル……？」

「カエルは蛇様の好物よぉ」

　石神が割って入ってきた。せっかく元に戻りかけていた空気がふたたび緊張する。

「蛙狩神事《かわずがりしんじ》って言うんですけどぉ……カエルを篠竹《しのだけ》の弓で射殺《いころ》してな、神様に捧げるんですよぉ……諏訪大社の神様はね、蛇様ですからぁ」

「まあ、そういうわけです。私は諏訪大社の信仰対象が蛇だとは断言できませんが、とにかくそのような説もある。ですから、蛇神信仰を持つ石神さんなら、何かできるかもしれない」

　るみは、口調だけは丁寧だったが、口を挟まれたことであからさまに不愉快そうだった。目線は分厚い眼鏡で隠されていてよく分からない。それでも、石神を睨《にら》んでいることだけははっきりと分かった。

青山はスマホに「諏訪大社　祭り」と入力し、検索する。トップページに出てきたのは「御頭祭《おんとうさい》」だった。名前だけは聞いたことがある。どうやら、一般的には奇祭として有名で、図解を見ると本当に五種類の動物が串刺《くしざ》しにされて生贄になっている。

続いて「蛙狩神事」について検索する前に、石神が、

「蛇様ですよぉ。私の神様のことですから、はっきり分かりますよぉ、るみちゃんだって、私に依頼してくれたんですから、ちょっとは信頼してくださいな」

るみがまた、舌打ちをした。

「私はねえ、人よりちょっと気付くもんで……もう準備もしてあるんですよぉ」

「なに……？」

るみの顔色が変わった。

「るみちゃんたちのお客さんの……妹さんかな？　ちょっと前に会いましたよ。本当にたまたま。蛇様が悪い空気に気付いて下さったので、同じ電車に乗りました。スーツ着て……全体的に張りつめてるって言うのかなあ、可哀想なくらいでしたけど……とにかく、そのときに。今回は、その子がらみでしょう？　ふふ、やっぱりい」

「本当に、仕事が早い」

るみは乾いた声で言った。

「褒めてくれるなんて嬉《うれ》しいですねえ。とにかく、種は撒《ま》きましたから、それなりに効

果は出ているはずなんですけどねえ」

「あの、種って、どういう意味ですか？」

青山は置いて行かれないよう必死に口を挟んだ。

「分かりやすく言えばお守りですかねえ、悪いものが近付いたら報《しら》せてくれる効果をつけました……本当は止めたかったんですけど」

「でも、こうして私のところに相談が来てしまいましたから、結局のところ機能していないということでしょう」

石神は少し顔を曇らせて、

「それなんですよねえ……私、こう見えて失敗したことはないんですけどお……よほど向こうさんに強いのがいるか、あるいは……あの子自身が望んでいるのか」

「憶測は無駄です」

るみはきっぱりと言い切った。

「ふふふ、すいませんねえ、人の心が気になってしまうのは、私の癖みたいなもんでして。とにかく、蛇様のお力をお借りして、やってみますからねえ」

ここまで突き放したような物言いにも、石神は笑顔を崩すことはなかった。

「……先ほどの内容で契約書を作りますから、お願いしますよ」

なおも「お金なんていらない」と繰り返す石神を完全に無視して、るみは席を立ち、そのままレジへ歩いていく。机の上にあれだけ載っていた食事たちは、すべて食い尽くされていた。ふと横を見ると、石神もいない。現れたときと同様、気配もなく消えていた。

しばらく呆然《ぼうぜん》としていた青山は、るみに声をかけられて慌てて後についていく。るみは体型に比して、異様に足が速かった。青山は必死に走ってなんとか追いつく。

「あのっ……あの！」

息を切らせて話す青山を見て、ほんの少しだけるみの頬が緩んだ。

「なんですか、青山君」

「結局、あの人が、なんだったのか、分かんなかったんですけどっ、それよりっ」

るみはリュックサックの中からペットボトルのお茶を取り出して青山に手渡した。青山はそれをごくごくと飲み、深呼吸をした。先程までの態度が嘘のように、るみは優しい。でも、だからこそ。

「さっきの態度は、なんですか？　ちょっとひどいと思うんですけど……石神さんの何が気に入らなかったんですか？」

「善意だからです。すべて、善意だから」

理解できず黙っている青山を見て、るみは微笑んだ。

「青山君は良い人です、本当に優しい人……私はそういう人、大好きですよ。それとは別の問題なのですよ、善意のみで動く人と言うのは」

るみはしばらく黙って、青山の歩調に合わせて歩く。

一方の青山は、話の流れとは言え、突然「大好き」と言われ、どぎまぎしていた。るみがいつになく真剣な様子で話しているのもあって、なおさら彼女の顔が見られない。しばらくまごついていると、

「さて、石神のおっさんが誰か、ですが」

いつもの、早口に戻っていた。こちらの方がずっと落ち着く。

「彼はミシャグジ信仰を持つ、霊能者ですよ。彼は否定していましたし、きっと青山君も怪しいと思ったんじゃないですか？　けど、力は本物です」

ミシャグジ信仰は知っていますよね、と聞かれ、青山は必死に記憶の戸棚を漁《あさ》って、学生時代の朧気《おぼろげ》な記憶を探り当てた。そう、それこそ斎藤教授が教えてくれた。

「縄文時代には既に存在していたという精霊信仰……それに、諏訪の土着信仰である白蛇、ソソウ神が混交してできた神様ですよね、たしか……」

「ふふ、よく覚えていますね、興味もなかったでしょうに」

たしかに青山は斎藤教授の話を真剣に、興味を持って聞いていたとは言えない。必死にそんなことないですよ、と言う前にるみは続けた。

「さっきも言いましたが、今回島本君の妹さんがハマっているというか……取り込まれている団体。そこの儀式は、諏訪大社系の信仰体系がベースになっていると思います。情報が、島本君からの伝聞しかないので憶測ですが」

「さっき、先輩は『断言はできない』と言っていましたけど……やっぱり、蛇神なんじ

ゃないですか」

「いいえ、青山君。あなたもいま自分の口で言ったでしょう。『混交』です。ミシャグジはご神体も蛇を模したものですし、諏訪の周辺には龍《りゅう》や蛇の逸話が多い。蛇だという説が濃厚です。だからと言って決めつけてはいけない」

るみはパーカーの紐《ひも》をくるくるともてあそんだ。

「確かに原因を探って、相応《ふさわ》しい方法で解決する、それは大事なことですし、私の目指すものではあります。今回だってそうしました。しかし、決めつけてはいけません。いざとなったらあらゆる方法を試してみるべきなのですよ……とはいえ、基本的には、悪霊なら坊主、荒神なら神主、悪魔なら聖職者、ルールに則《のっと》らないと効果がない。これは、常識」

そこまで言ってるみは言葉を切った。余計なことを言ってしまいましたね、忘れていいです、と言いながら、また早足に戻ってしまう。

「あのおっさんはあれでいて本当にすごい人なんですよ。ずっと蛇様蛇様言うのは鬱陶《うっとう》しいけど、あの与太話だって本当のことかも。だから、我々はもう、忘れていい。それより青山君、せっかく大金が手に入ったのですから、焼肉に行きましょう」

「まだ食べるんですか？」

青山の問いに答えることなく、るみは駅に向かって走っていく。

○

地上は荒れ果てている。

栄華を極めた輝かしい時代は過ぎ去り、善き人も善き行いもここにはない。

毒の支配は隅々まで及び、富める人は貧しく、貧しき人はより貧しく搾取されていく。

悪徳、頽廃《たいはい》、腐敗があり、美徳、努力、誠実がここにない。

私は尋ねた。

「正しい者はおりますか」

「正しい者はおります」

皆、そう答える。

ここに正しい者はいない。誰ひとり、正しい者はいない。

私は手に炎を持っている。

生きて動いているものはすべて、正しくない。

正しくない者は燃やさなくてはいけない。

「お待ちください」

手に亡骸《なきがら》を抱える男が私に言った。

「正しい者はいるはず。百、いえ、五十、いえ、十はいるはず」

男の腕に抱かれる亡骸は、白く穢《けが》れのない女だった。
――回向、永眠、保温
私は繰り返す。
「ここに正しい者はいない」
なおも足に縋《すが》りつく男の背後に、民衆が見える。
彼らは槍《やり》と、酒と、羊を持っていた。
殺せ、犯せ、と彼らは言う。
男は彼らに亡骸を差し出した。
彼らは哄笑《こうしょう》する。笑いながら、女の血を食い尽くした。血を食べてはいけない。
血を食い尽くしたあと、私に手を伸ばし、荒々しく衣服を剝《は》ぎ取った。
男は泣き崩れる。
――回向、永眠、保温
「ここに正しい者はいない」
もし、よしんばいるのならば。私は振り返り、建物の中に入ろうとする。
「まだそのときではない」
私は頷《うなず》く。
まだそのときではない。

○

妙な夢を見て飛び起きるのは笑美の日課になっていた。

内容は、相変わらず意味不明だ。夢の中の笑美は、確かに自我がある。自分で考え、思った通りに行動している。しかし、起きているときの笑美とは全く異なる存在のように思われた。

「おはようございます」

起きるとすぐそばにヤンが控えているのも、また日常になりつつあった。

「おはよう、ヤン」

笑美はヤンの手を握りながら言った。西日の射す清潔で開放的な部屋に、大人三人が余裕で寝られそうな広いベッド。もう、二か月以上安アパートには帰っていない。

ヤンは時折、「お話をする」と言って一人で出かけていく。例の「兄弟たち」と話して、「指導」しているのだという。それ以外のときは、ずっと笑美と一緒にいる。

結局ヤンの役職も、年齢も、フルネームさえ笑美は知らないままだ。希望した商品開発の仕事も、勿論《もちろん》していない。

しかし、そんなことは今の笑美にとってどうでもいいことだった。

ヤンは跪《ひざまず》いて、笑美の指先から脳天に向かって順番に、何度もキスをした。

笑美は満たされた気持ちで微笑んだ。ヤンは毎朝必ずこれをする。

一緒に暮らすようになってから、ヤンは変わらぬ微笑をたたえて言った。

「今日の予定は？」

笑美が尋ねると、

「今日は収穫です」

ああ、たしかにそんなことを言っていた、と笑美は思い出す。少し前に、ヤンの兄弟たちが植えた作物を、収穫するのが今日なのだという。

「いつもの部屋から見るだけなので、今回も二人ですよ」

「そう」

笑美はなるべく感情がこもらないように言った。

二人、というのは二人きり、という意味だ。勿論、嬉《うれ》しくないはずがない。しかし、「やった」「嬉しいです」などと言ってはいけない。ヤンは、自分の言動で笑美が一喜一憂するのを嫌った。いや、嫌っているというより、そうすると、またヤンは笑美が微《み》塵《じん》も望んでいないのに、自分を罰してしまう。

なるべく鷹揚《おうよう》に、しかし、尊大に。

笑美はヤンの望むよう振舞っているだけだった。

「ところで、今日は入れましたか？」

笑美の夢の中に出てくる建物のことだ。ヤンはいつも、それを気にしている。

「まだそのときではない、と言われました」

笑美はヤンの言うことや行いに疑問を持たないようにしている。最初は「なんで私が夢を見ていることを知っているのか」など質問したくてたまらなかったが、どうせはぐらかされるのだから、聞いても無意味だと悟った。

ヤンは全てが正しい。疑問を持つことが間違っている。

「なるほど……」

ヤンは難しい顔をして黙り込んでしまった。

笑美は内心、焦っていた。ヤンの表情からして、笑美の答えに満足が行っていないことは明白だった。このままではがっかりされてしまう。このままでは、嫌われてしまう。愛されなくなってしまう。このままでは。

なんとか言葉を紡ごうとして、

「でも今日は自分の意志で話していた」

笑美がそう言うと、ヤンは柔らかい表情に戻る。

「自分の意志で……？　それはどういうことですか」

笑美は安堵《あんど》からにやけそうになるが、それを押し殺して続けた。

「いつもは……夢の中だと、映画を見ているというか……視点は勿論私なんだけれど、口も体も勝手に動いてしまう。でも今回は、自分の意志で発言しました。ここに正しい者はいないと、自分で判断した」

「素晴らしい！」

間髪を容《い》れずにヤンが称賛した。何度も何度も素晴らしい、と繰り返す。

「もう、大丈夫そうですね」

「大丈夫って……？」

「次に進む準備ができたということですよ」

相変わらず笑美には、ヤンの言っていることは分からなかった。しかし、せっかく笑顔に戻ったのに水を差すようなことをしたくない。

「ええ……」

曖昧《あいまい》に肯定してから、思い直す。いまこのときだけ取り繕えても、後でがっかりされたら堪《たま》らない。正直に口を開いた。

「でも、『まだそのときではない』と言われたの」

幸いにもヤンの笑顔は崩れることなく、彼は微笑んだまま首を横に振った。

「それとは違うことです。ゴールではなく、スタートですね」

それでは用意をお願いします、と言って、ヤンは笑美に服を渡した。今日はこれに着替えろということなのだろう。

笑美はやはり何も尋ねることなく、黙って白いワンピースを着た。

ヤンの兄弟はとにかく、人数が多い。ここ数か月で笑美が確認しただけでも、五十人は下らないと思われた。とにかく毎回顔ぶれが違うので、本当は何人いるのかも分からない。

年齢も性別もばらばらで、中には老人にしか見えない人もいたので、全員が彼の血縁者だとはとても思えなかった。しかし、そのことを何度聞いてもはぐらかされるだけだった。

兄弟は兄弟。

ヤンはいつもそう言う。

さらにヤンは、「あなたは兄弟とは呼ばないでくださいね」と言った。一回しか言われなかったが、いつになく厳しい口調だったのでよく覚えている。そのとき、輪の中から外されたような、ひどく寂しい気持ちになったことも。

しかし、それを言うとまたヤンは、自傷してしまうかもしれない。自傷しなくとも——とにかく、少しでもヤンを不快にさせたくなかった。

いつもどおり、ヤンに手を引かれて、笑美は百合《ゆり》の温室を歩いた。相変わらず、強烈な甘い香りで脳が焼けそうだった。ヤンはこの場所は笑美のための場所だと言った。百合はまさに、笑美を示すものであるとも言った。最初は、この派手で香りも強い花のどこが笑美なのだろうと思っていたが、最近はたしかに、百合は自分のためにあり、自分を示すものだと思い始めていた。理由は笑美自身にも説明ができない。

脳に浮かんだメロディを口ずさむと、ヤンもそれに合わせてくる。ヤンは、笑美のことをすべて分かっているようだった。笑美も、ヤンのことをすべて分かりたいと願った。

つないだ手の温かさにぼうっとなっていると、いつの間にか放送室に着いていた。

ヤンはここに来ると機材の準備をするために、笑美の手を離してしまう。笑美にはそれがひどく悲しかった。

『それでは兄弟の皆さん、作業を始めてください』

ヤンがマイクに向かってそう言うと、講堂の人々がのろのろと歩き出す。

ケエコオ、と誰かが三回鳴く。

白、赤、青、黒の服を着た男女が、突貫で建てられた塔のようなオブジェの周りに四つん這《ば》いになる。

儀式は毎回、これから始まった。

相変わらず笑美は、兄弟たちを見ると少し気持ちが悪くなってしまう。それでも、全く近付けもしなかった初日よりはましで、この間は手渡しでお茶を配ったりもした。兄弟たちは皆笑顔で優しく、笑美のことをいじめ、無視してきた人たちとは全く違った。それなのになぜ、こんなに優しい兄弟たちのことを気持ち悪く感じてしまうのだろう。笑美は申し訳ない気持ちになった。早くこの人たちを気持ち悪く思わないようになって、そして彼らと仲良くしたい。ヤンは徐々に慣れていけばいいと言ったが、自分だけ輪の中に入れないのは嫌だった。

「よく見てください」

ハッとして顔を上げると、ヤンがすぐ隣に座っていた。

ごめんなさい、と謝ろうとして、ヤンは笑美が謝ること自体嫌うのだと思い出す。

「あなたは何も見なくても、あの場所までたどり着いたわけですから、もしかして見なくても――いいえ、でも、基本的に見なくてはどうしようもないですからね」

ヤンは笑美の目をじっと見て、微笑んだ。

「見ずに信じられる人は素晴らしい」

ヤンの声は甘く、柔らかい。耳を通り抜けるだけでこれまで起こった全ての嫌なことを忘れられそうになる。

笑美が出会って数か月の、ずっと年下かもしれない彼に深い情愛を抱いてしまっているのは、この声のせいかもしれない。いや、分からなかった。

笑美はもはや彼の全てを好ましく思っていた。ヤンは万が一にもそのようなことは言わないであろうが、もし「私のどこが好きですか？」と聞かれても笑美には答える自信がない。どこと言われても、全てが好きなのだ。

高校の時の派手なグループの女子が、「好きになるのに時間は関係ない」と言っていた。笑美は、内心、彼女の惚《ほ》れっぽさを馬鹿にしていたのだが、今ならそれも本当かもしれないと思えた。笑美にはこれまで兄以外、大切な人はいなかったのだが――

いけない。これではまた、「よく見てください」と注意されてしまう。

気を取り直して、笑美は儀式に集中する。

儀式はやはり理解しがたいものだった。

そもそもまったく「作物の収穫」ではない。しかしこれはいつものことで、前回の「漁をする」やその前の「木を枯らす」……とにかく笑美が見たすべての儀式で言葉通りのことなど行われなかった。

儀式はいつも、塔の周りに四人の男女——毎回変わる兄弟たちの中で、この男女だけは変わらなかった——彼らが四つん這いになっているところに、白い作業着を着た男たちが何かを運んでくる。笑美が最初に見た儀式以降、塔を建てるなど派手なアクションはなかった。

儀式の最中の兄弟たちの表情からは、笑美と談笑していたときの彼らと違って、何の感情も読み取れない。目はどこか空を見つめて、動きもぎくしゃくしている。誰かに動かされているようだ、と笑美は思う。

そうこうしているうちに作業は進み、あらかたの作物が搬入されたようだった。

束になった、遠目からは穀物のように見えるものが塔の前に積み上げられている。

『お疲れさまでした。お帰りください』

ヤンの声で、兄弟たちはまたばらばらと散り、講堂を出て行く。

「これで終わりなんですか？」

笑美がやや拍子抜けして聞くと、ヤンは頷《うなず》いた。

「今日は二人でやることがありますから」

「やることって……？」

「次に進むということですよ」

ヤンはそう言って指を三本立てた。そしてそれをゆっくり唇に当てる。

彼は時折、兄弟たちと話すときこのような仕草をする。笑美はきょろきょろと辺りを見回したが、ヤンと笑美の他に誰もいなかった。

「て、お、と、こ、す」

ヤンは一音一音、はっきり聞こえるように言った。

その途端、笑美の全身に鳥肌が立った。水を吸ったように体が重い。それなのに頭は電気を流されたように、異様に覚醒《かくせい》していて、はるか遠くまで見えそうなほど視界が明るかった。ヤンの唇の皮膚が一枚めくれているのさえ見える。

「て、お、と、こ、す」

バケツの中の水を床にぶちまけたような音がする。床に目を向けると、それは自分の体から滴り落ちているものだと分かる。笑美は吐いていた。絶望的な不快感とともに、汚泥のような汚い嘔吐《おうと》物が床に流れる。こんなに食べた記憶はなかった。

いつもなら――咳《せき》一つしようものならヤンが飛んできて、大丈夫ですか、休んでください、などと言って笑美を抱きかかえた。それなのに、今の彼は笑美の方を見てさえいない。

どうして。助けて。

そう言いたくても嘔吐物で窒息しないように鼻で呼吸するのが精一杯だった。

「て、お、と、こ、す」

もう笑美の胃の中には何も残っていない。それなのに、先ほどまでの吐き気などかわいいものだったと思えるくらいの不快感が押し寄せる。自分が立っているのか、床に座り込んでいるのかも分からない。脳が揺れ、目の奥に火花が散っている。目が潰《つぶ》れてしまったのかもしれない、こめかみが痛くなるほど、明るく、眩《まぶ》しく光り輝いている。

ヤンの顔を遮るように、アレがいる。

あの、女。

巨大な顔貌《がんぼう》の大半を占める眼窩《がんか》。おまけ程度に付いたひどく小さい鼻と口。頼りない手足がふらふらと揺れている。

眩《まばゆ》いばかりの光は、間違いなくそれから発されていた。

ふと、恐ろしいことに気付いた。

女はおぼつかない足取りで笑美の方にゆっくり、ゆっくりと近付いてきている。

こないで、と口に出そうとしても、笑美の口はぱくぱくと鯉のように動くだけだった。

腕の力を使ってなんとか後退しようとすると、床に広がったヘドロのような嘔吐物が笑美の全身にまとわりついた。

死んでしまいたいと思った。この女が見えないところに行けるならどこでも構わない。

死んでしまいたい、今の笑美の願いはそれだけだった。

「そんな風に思わないで」

　ヤンの声だった。ひどく落ち着いているのが笑美を余計に不安にさせた。

「どうしてそんな風に思うんですか」

　心底不思議そうな顔で笑美に尋ねた。

「あなたが彼女を見て、不快に思ったり死にたくなったりするのはおかしいです」

「お、か、しいって……な、に」

　ヤンが話しかけてきた、その安堵《あんど》感《かん》からか、笑美はなんとか声を出すことができる。

しかし、情けないほど震えた声だった。

「彼女を見出《みいだ》したのはあなただからです」

　もう女は笑美の眼前まで迫っていた。

「さあ、言って下さい」

「なに、を……？」

「言って下さい」

　真後ろから声が聞こえた。

「言って下さい」

　頭上からも聞こえた。

「言って下さい」

　ヤンの声ではない。

「言って下さい」

女の声だ。

「言って下さい」

男の声だ。

「言って下さい」

若者の声だ。

「言って下さい」

老人の声だ。

「言って下さい」

誰もが。

「言って下さい」

この女を。

「言って下さい」

祝っている。

「言って下さい」

――あ■ぐら■■あ■れ■――

口が勝手に動いた。

目の前の女は微笑んでいた。巨大な眼窩から幾筋も血が流れている。

――あ■ぐら■■あ■れ■――

女の眼窩が蠢《うごめ》いた。

腸壁のような複雑な色の肉が蛇腹に編み込まれた薄桃だったり赤だったりはたまた青い桑の実の色であったりとにかく極彩色で壮観なんだ誰もが見るべき真理善性愛がそこには広がっていた何が■まれようというのか笑美には分からないしかしそれはひたすら尊く女として一等恵まれた幸せであることは皆さまご存知でしょう幸せの基準はつまりあの方が男と女を作りましたのでひとつしかないのでご存知でしょう

あ■　ぐら■■あ　■れ■　あなたは幸せな女　あ■　ぐら■■あ　■れ■　あなたは幸せな女　大いなるもののいと高きものそれを■もうというのだから　あなたは幸せな女　あ■　ぐら■■あ　■れ■

あなたは幸せな女

第三章　おらしょ

◆　◆　◆

るみ先輩が苛立《いらだ》っている。

僕にきつい態度を取ったり物に当たったりするわけではないが、芝居がかった調子で話すことが減った。さらに、普段の彼女は、暇さえあれば(佐々木事務所は常に暇だ)、集めた呪術《じゅじゅつ》の道具を眺めてにやついていた。しかしここ数日、コレクションボックスを開いた形跡すらない。

そもそも――と僕は思う。冷静に考えれば、おかしいのは昨日今日に始まったことではない。島本陽太の依頼を受けてから、先輩は、仕事を大量にこなすようになった。

多くは、佐々木事務所の入っている雑居ビルのオーナー、泉《いずみ》さんの紹介だ。

泉さんは以前、死んだ恋人の地縛霊に悩まされていたところを先輩に救われて以来、「佐々木るみ信者」になり、ビルのワンフロアを格安で貸すだけでなく、会う人会う人に彼女のことを紹介するようになった。泉さんのおかげで結構な数の女性が事務所を訪れたが、先輩はけんもほろろに追い返してしまった。曰《いわ》く、「私は占い師ではありません」。確かにそうなのだが、そのときの態度のせいで、ネットに悪口が大量に書き込まれ、今日の誰も来ない佐々木事務所が完成した。

　しかし最近の先輩は、どうやら自ら泉さんに頼んで仕事をもらってきているようだった。泉さんは喜んでどんどん仕事を回してきた。泉さんは、自分は様々な物件を持っているだけあって、顔も広く、その手の案件も数えきれないほど知っているのだ、と豪語した。

　実際に「お祓《はら》い」のようなことをするのは先輩であっても、事務仕事をするのはこちらなので、僕もここ最近ずっと忙殺されていた。そのため、先輩の異変に気付くのが遅れてしまったのかもしれない。

　午後十時半。先輩が欠伸《あくび》をしながら事務所に帰ってくる。

　今日は確か、毎晩部屋に何者かが訪ねてくる女性の所に行くと言っていた。

　おかえりなさい、と声をかけると、

「お待たせしてすみません。今日は帰っていいですよ」

　そんなことを言う。やはり変だった。いつもなら聞かなくても、こなした依頼の内容を時間など考えず、彼女の気が済むまで披露するのだから。

　僕は意を決して話しかけた。

「あの、そろそろ話してくれませんか」

「何をです」

先輩はおどけた声で答えた。

「そんなシリアスな顔をされるほどのこと何かやっちゃいましたかね」

僕は目を逸《そ》らさなかった。

「仕事、どうしてこんなに増やしてるんですか」

先輩はなおもおどけて誤魔化そうとしたが、僕が表情を崩さないのを見て、諦《あきら》めたように深くため息を吐いた。

「連絡がつかないんです」

「誰にですか？」

「石神さんです」

ハッとしてスマートフォンを確認する。そう言えば、島本陽太からの依頼を石神に回してから、すでにひと月以上経過していた。

「すでに一か月経っているわけですから、報酬を支払う必要はなくなりましたが、やったーラッキー、じゃ済まないんですよね」

「それは分かります、でも」

「そうです。あのおっさんの性格上、失敗したにしても連絡がまるでないのはおかしい……現地に着いたと連絡がきたっきり、何の音沙汰《おとさた》もないなんて」

先輩はソファーに腰かけて、落ち着きなく指を動かした。

「私がここ最近大量に依頼を受けていたのはそのためですよ」

るみはそう言ってすぐ、黙ってしまった。

僕はしばらく考えてみたが、石神が恐らく失敗したことと、先輩が大量の依頼を受けたことの関連性は分からなかった。

「すみません……やっぱりよく、分からないんですけど」

先輩はとんとん、とソファーを叩《たた》いた。隣に座れということだろう。僕がおずおずと腰かけると、リュックサックからタブレットを取り出す。何かのリストのようだ。

「見てください」

× 小松《こまつ》正幸《まさゆき》・[redacted]に行った直後から毎晩自宅に背の高い黒髪の女子高生が訪ねてくる。↓対処、消滅。

× 若林《わかばやし》隆《たかし》・天井から人が這《は》っているような物音と、風船の潰《つぶ》れるような音が聞こえる。↓ハクビシン。駆除業者に依頼。

○ 石田《いしだ》冴子《さえこ》・友人が食べ物を食べず、指摘すると激怒する。数週間前、怪しげなセミナーに参加。↓依頼人と連絡つかず。

× 金沢《かなざわ》信之《のぶゆき》・洗っても浮き上がってくる壁の血痕《けっこん》。心理的瑕疵《かし》物件にも拘《かかわ》らずお祓いをしていなかったためか。↓八幡《はちまん》に依頼。

× 高村《たかむら》雅子《まさこ》・角部屋なのに毎晩集団で騒いでいるような声が聞こえる。↓精神疾患の疑い。最寄りのメンタルクリニックに依頼。

× 飯島《いいじま》京香《きょうか》・毎日食べ物に虫を入れられる。結婚して以来疎遠になった元親友の仕業ではないか。↓典型的な薬物依存症患者。原宿《はらじゅく》警察署に通報。

○ 水野《みずの》翼《つばさ》・すべての行動が監視されているような気がする。最初は気のせいだと思ったが、徐々に自分は罰せられるべき人間だと思うようになった。仕事でミスを連発し、クビになりそうである。

× 小谷《こたに》麗美《れみ》・飼い猫の様子がおかしい。↓すでに死んでいる。動物霊園に依頼。

× 岩田《いわた》貫太郎《かんたろう》・夢に亡くなった伴侶《はんりょ》がたびたび出てくる。何を言っているのか知りたい。↓依頼人の妻ではない。対処、消滅。

× 生田《いくた》涼子《りょうこ》・同僚から意味不明な話を聞いた直後から身の回りで妙なことが起こるようになる。無意識に暴言を吐くことも増えた。↓ポーリク青葉《あおば》教会に依頼。

× 塩川《しおかわ》ひとみ・ラジオを聴いているとノイズが交じる。最近になって人の声のように聴こえてきた。↓対処、消滅。

○ 村瀬《むらせ》舞美《まいみ》・依頼人の息子、琢磨《たくま》は、酔って歩いていたところ、誰かと言い争いになった。次の日から目が見えない。病院にかかっても異常はないと言われる。

「これは……」

「ええ、私もむやみに依頼を受けていたわけではないのです。今回の——島本君の妹さんの案件に関与しているかもしれないものにアタリをつけていたんですよ。結果、意味がありそうなのはこの丸をつけた数件だけでしたが」

言葉も出なかった。先輩は二手も三手も先のことを考えて行動している。

「とりあえず、この方々にお話を伺いたいと思いまして。今朝、会うお約束をしたのですが、連絡がつかなくなってしまいましてね。自宅まで行ってみたのですが、夜になっても部屋は暗いままでして。こうしてすごすごと帰ってきたわけですよ」

先輩は疲れた顔で力なく笑った。

「なんで、先輩は……」

喉《のど》から絞り出された声は震えていた。

「なんで、全部一人でやっちゃうんですか」

八つ当たりと分かっていても止められなかった。

この事務所は、二人で立ち上げたのに。学生時代からこれまで何回も二人で実地調査をしてきたのに。

先輩と初めて解決した事件のことを思い出す。

先輩の第一印象は、「わけの分からない人」だった。僕はあまり人の見た目を気にしない方だけれど、それにしたって、いつもぼさぼさの髪で、同じ灰色のスウェットを着ているのはだらしないと思った。ゼミのメンバーと一緒に会話することもあったけど、一人だけ異次元にいるような人だった。頭の回転が速すぎて、一般人がついていけないのだと気付いたのは仕事を始めてからだ。気付くまでは、僕は友人と一緒に彼女のことを「宇宙人」と呼んでいた。

それに、とにかく早口で、一度話し出すと止まらない。速いのは喋《しゃべ》るスピードだけではなくて、動くスピードもだ。大学でのタスクが終わると、矢のような速さでどこかへ行ってしまう。斎藤教授から、彼女は実際にあった事件をオカルト的に考察するサイトを運営していて、それで収益も挙げているのだと聞いた。検索したら、驚くことに、さしてオカルトに興味のない僕でも知っているような有名サイトだった。

るみ先輩のことを「有能だけど得体のしれない宇宙人」として敬遠していた僕の元に、ある日突然個人的なメールが届いた。

「あなたのお祖父《じい》様とお話がしたい」

と書いてある。よく読むと、るみ先輩の友人が悪魔に取り憑《つ》かれているようだから、助けてくれ、という内容だった。

悪魔と言う単語を出すと、途端にインチキだと認定する人は、特に日本においては少なくない。僕の実家、ポーリク青葉教会は世界でも珍しい悪魔祓いをするプロテスタント教会だが、それを言うと笑われることも多かった。

しかし、悪魔はいる。ファンタジー世界の話ではない。教義に照らしてざっくりと言ってしまうと、人間以外の何かで、それが反キリストであるなら、それは悪魔と見做《みな》される。カトリック教会だと「公認エクソシスト」なるものまでいる。僕の祖父は「公認」ではないが、エクソシストだ。エクソシストと言っても、何も様子のおかしい人全員に悪魔祓いをするわけではない。きちんとカウンセリングを行い、悪魔が憑いているわけではない人には精神科や、別のそういう関係の仕事をしている人などに紹介している。テレビの出演も全て断っている。

るみ先輩は斎藤先生の教え子だ。斎藤先生はテレビや雑誌の仕事もよくしている。夏の心霊特集みたいに、悪魔祓いが万が一にでもネタ的に扱われてはたまらない、ということで、最初祖父は断っていた。

にもかかわらず先輩は強引に押しかけてきて、「私の友人に取り憑いているのが悪魔だと証明する」などと言って、目の前で悪魔を呼び出すような真似をした。祖父は当然怒り、やめるように言った。

結果的に、るみ先輩の謎の儀式で、本当に悪魔（と思《おぼ》しきもの）が呼び出され、教会を荒らしていった。僕は、悪魔の視線を背後に感じた、あの虫が背中を這うような気持ち悪さを忘れられない。

結局、巻き込まれた形で祖父は悪魔祓いに協力することになった。

悪魔祓いの準備には時間がかかるので、それまでの時間稼ぎとして僕も協力した。そのとき、かなり危ない目に遭った。

悪魔に取り憑かれているという、先輩の友人は、テレビでもほとんど見たことがないような美青年だった。彼の口を借りて悪魔は生き生きと話し、信仰を捨てるように仕向けた。

　生まれてからずっと、筋金入りのクリスチャンだった自分の信仰心が、あまりにも脆《もろ》いと知ったのもその時だった。僕は悪魔――悪魔というのは文字通り、悪魔なのだ。ヒトの言語を操り、美しい容姿で醜悪な言葉を吐き散らかす――僕はソレに苦しめられ、それでも助けてくれない神への信仰をいとも簡単に捨てた。悪魔と目が合った。悪魔は宇宙のような深い、吸い込まれるような瞳《ひとみ》をしていた。

　完全に飲み込まれる前に、自分の命も省みず助けてくれたのが先輩だった。泣き喚《わめ》き、戸惑い、何の役にも立たなかった僕をひとつも責めることなく、先輩は優しく抱きしめてくれた。あのときから先輩は、僕にとっての天使だった。

皮肉にも彼女と出会い、助けられたことで、僕の神への盲目的信仰心は少し薄れた。

悪魔に唆されて信仰を捨てたわけではない。

　やはり、困っている人に、プロテスタントの牧師としてできることは少ないのだ。増して僕は、「神を信じている」というだけで、祖父のように悪魔祓いの力があるわけでもなかった。

　先輩を見て、信仰心などなくても、彼女のように直接人を助けられる力が欲しいと思った。僕もまた、「宗教」というものに心の拠《よ》り所以上の意味を見出《みいだ》してしまっていたことに気付いたのだ。根っからのクリスチャンである、ということが、アイデンティティになってしまっていた。

先輩ともっと一緒にいて、先輩のことを知りたいと願った。強さを見習いたいと思った。

彼女は突き放すことなく、僕が卒業する前、「一緒に心霊関係の相談所をやりませんか」との誘いにも応じてくれた。

数は多くなかったが、二人で色々な依頼をこなした。泉さんや、悪魔祓い事件の被害者だった美青年・敏彦《としひこ》さんがちょくちょく仕事を紹介してくれるおかげで、ギリギリだけれど、食うに困るようなことはなかった。

沖縄の呪われた離島、愛媛の幽霊屋敷、長男の嫁が死ぬ家――そういったバケモノだけではなく、人間同士のいざこざから生まれた事件もあった。とにかく、僕は僕なりに一生懸命先輩について行った。先輩もいつも楽しそうに見えた。

初めて出会ってから五年以上経つ。

僕たちは十分、対等な人間関係を築けていると思ったのに。

先輩は結局、何もかも独断で決めてしまう。

これではまるで、戦力外であると言われているようなものだ。

「ごめんなさい」

先輩は今までに聞いたこともないようなしおらしい声で謝った。

「でも、あなたを危険な目に遭わせたくなかった」

「それは子供扱いなんですよ」

　僕は彼女の手を握って言う。

「確かに僕は先輩に比べて知識もないですし、体力もあるとは言えない。事務仕事だって、きっともっと優秀な代わりが沢山いるでしょう。それでも、僕……あなたのパートナーなんですよ……」

　勢いで言った言葉だった。最後の方は情けないほど小さく、震えていた。

「私はちょっと、青山君のことが大事になりすぎてしまったんでしょうね」

　先輩は自分に言い聞かせるように呟《つぶや》いた。

　尊敬する先輩に「大事」と言われて一瞬は喜んだが——思い出した。

　先輩は「魔は綺麗《きれい》なものを好む」が持論で（そしてそれは、悪魔祓い事件で標的になった敏彦さんの容姿を見るに、間違いではない）、しばしば僕を、僕より見た目の綺麗な人間がいればその人物を囮《おとり》に使った。僕は、先輩の行動力を尊敬していたので、不満に思ったことはなかったが、冷静に考えれば人を人とも思わないやり方、かもしれない。現に、最後には必ず助けてくれるものの、何回か危険な目に遭っている。

　しかし、一年ほど前からだろうか。先輩は、囮戦法を使わなくなった。それどころか、僕を現場に呼ぶこともほとんどなくなった。だから僕はせっせと広報に励んでいたのだが……。

　言葉に出されてやっと気付いた。

——大事になりすぎてしまった。

僕は彼女にとって大して役に立たない事務係どころか、庇護《ひご》の対象なのだ。己の無力さを省みれば当然なのかもしれないが、口惜しさとふがいなさが込み上げた。

「大事にするより、僕にも手伝わせてほしいです」

言ってしまってから、慌てて「大事にもしてほしいですけど」と付け加える。

先輩は優しく微笑んだ。深呼吸をして、決意をしたように、

「今回の件はかなり大ごとの部類だと思うのです。だから、私に気を遣ってここまで付いてきてくれたあなたを巻き込みたくなかった。でも……ここまで付いてきてくれたんですもんね、あなたは」

先輩は僕の手を握り返す。手を握りっぱなしだったことに気付いて、慌てて手を離した。それを見て先輩はけらけらと声を上げて笑う。たまにからかわれるから分かる。僕は色素が薄いので、耳まで赤くなるのだ。

恥ずかしさを誤魔化そうと、離れようとする僕を強引に押しとどめて、先輩はタブレットの画面を指さした。

「そうと決まれば早速、明日《あした》から協力してもらいますよ。今日伺った石田さんは駄目でしたから……水野さんと村瀬さんのところに」

僕は、はい、と元気に答えた。少なくともこれからは、足手まといにだけはならないようにしようと決意を新たにして。

先輩の方を横目で窺《うかが》うと、僕をじっと見ていた。

タクシー運転手・水野翼の話

私はタクシーの運転手をしていましてね。その日は深夜に送迎を頼まれて目的地に向かったんですが……なんとキャンセルをくらいまして。勿論《もちろん》会社が補償してくれるんですが、そこまで行った時間は無駄になったわけじゃないですか。ちょっとイライラしていたんですね。

で、こう……どうしても運転が荒くなってしまいまして。分かってます分かってます、今では……私のような人間のクズが、人様にイライラして、運転が荒くなるなんて、あってはならないことです。

それで……右折しようとする車がいたので、急停車しまして……先に行かせるなんて嫌だったんですよ。本当に有り得ないことですが。

そしたら、向こうの車も停まりました。降りてこようとしているようでした。

なにせ、深夜で非常に空《す》いていましたからね、殆《ほとん》ど誰もいなくて。そんなら私も降りてやろうということで。

相手の車は高級そうな外車でした。もしかしてヤクザや、それに近い人だったらどうしよう、なんて思いましたが、もう後には引けません。結果的には違いました。

後部座席から出てきたのは、若い人が二人でした。運転手は降りてくる気配がありませんでした。

　私は愚かであさましい人間ですから、相手を見て、これなら大丈夫だ、と思いましてね。恫喝《どうかつ》したんですよ、感情のままに。

　そしたら片方の人が。

「あなたはかわいそうだ」

　と言うんです。逆光で表情は見えなかったんですけれど、落ち着きはらった声に腹が立ちましてね。つかみかかったんですよ。

　そしたらこうです。こういうふうに、指を三本――人差し指と中指と薬指ですね――とにかく三本立てているように見えました。それを口元に持って行って……。

　あなてまたるべし、って言ったんですよ、その人。聞きなれない言葉だったので、間違っているかもしれません。

　それを言われた瞬間にですね、視界がぐらぐら揺れて、立っていられなくなりました。その場でうずくまって、げえげえ吐きました。降りてきた人たちはなにをするでもなく、しばらく私のことを観察しているようでした。

　性別？　性別ねえ……それが分からないんですよ。逆光だったのもあるんですが、それでも声を聞いたんだから分かるはずなんだけどねえ……きれいな人たちだったことは覚えています。私のようなクズとは違う。

さんざん吐いてから……もうそのときにはその人たちと言い争う気なんて残っていませんでした。むしろ謝りたいというか……死にたいみたいな。そうですね、死にたいと思っていました。それは今もですけど。

でも、その人たち、消えてしまったんですよね。車もなかったです。エコカーとかではなかったので、さすがにどんなに吐いていても車の走り去る音くらいは聞こえても良さそうですが……。

いつまでもそうしていても仕方がないし、段々人が集まってきてしまったので、どうにか車を運転して帰ったんですけど……その日からですかね。

ずうっと、頭の中から声が聞こえるんですよ。

信号が変わりかけの時に通過したり、ちょっとスピードを出そうとしたりするときとか。仕事中だけではないですね。この間は、コンビニの店員さんに話しかけたときも聞こえました。何が聞こえているのかと言うと……うまく説明できないですね。とにかく、私の存在の矮小《わいしょう》さを分からせてくださるというか、そう言った有難い言葉です。

多分、あのお二人が、私のことを見ているんだと思います。困っている……そうですね、少し前までは困っていたんですけど。何回か事故りかけて、もう来るなって言われちゃいましたし。

でもね、いつも見ていただいているというのは、幸せなことですし。気付いたんですよ。

やはりもうこれは、死ぬしかないってことなんです。私はカスで、人間のクズで、生きているだけで、ほら、迷惑でしょう。ずっと見ていただいているということは、相手様に「見る」という労働を強いているわけです。それって、クズがやっていいことだと思いますか？

それで多分なんですけど、恐らく死んだら、少しはあの方たちの負担が減るのですよね。そうしたら、クズでも、ちょっとはいいことができるっていうか。そんな気がします。

ええ、本当にそう、こちらから頼んでおいて大変、大変申し訳ないんですけどね、ええ、もう大丈夫ですから。

私、死ぬので。

主婦・村瀬舞美（息子の琢磨と同居）の話

早くに父親を亡くしたからでしょうか……愛情をもって育てたはずなんですけどね、ウチの息子、ヤンチャというか……ヤンチャじゃ済まされませんよね。はい。世間様は、チンピラとか言うと思います。前科もありますし……傷害と窃盗、あと恐喝と詐欺ですね。ええ、育て方を間違えたのでしょう。

すみません……その話ですね。

いつものようにろくでもない仲間と飲み歩いていて、相当酔っぱらっていたと聞きます。息子は酔うと特にひどくて……私にさえ、暴力を振るったりしますから。だからきっと、百パーセント息子が悪いと思います。どなたかが息子にぶつかって、そんなもの、お互いに謝って終わりのはずなのに、そういうことはできないんですよ。本人は正当防衛なんて言ってますけど、殴りかかったんだと思います。息子は体格も良くて、喧嘩《けんか》も強いので、いつもだったら相手の方がボロ雑巾《ぞうきん》のようになって……なんですけど、どうやら避《よ》けられたようなんですね。さらに、「おかわいそうに」ってバカにしたみたいな口調で言われたそうで。

見た目ですか？　うーん、それが、はっきりしないみたいなんですよ。最初は若い女って言ってたんですけど、時間が経つと男だったかもしんねえ、とか言ってまして……。息子よりは、背が低かったみたいですけど、それだけですね。大抵の人は息子より背が低いので、何の参考にもならないですよね、すみません。

それで、もう一回、殴ろうとしたら、呪文《じゅもん》のようなものをぼそぼそっと囁《ささや》かれたそうなんです。その次の瞬間、目が見えなくなったみたいです。最初は急に停電した、と思ったそうです。

パニックになって暴れているところを誰かが通報したみたいです。

子供の頃から慣れっこです、警察に引き取りに行くのは。でも、あんなに弱った息子は初めて見ました。ごめんなさいごめんなさいって、震えていて。病院に連れて行って、先生が根気よく宥《なだ》めて下さって、やっと話が聞けるようになりました。

結局、目が見えなくなった原因は分からなかったんですけど、薬物の使用を疑われて、尿検査もされましたね。前科もあるし当たり前なんですが。なにせ、少し落ち着いても、その呪文だかなんだかを思い出すと、頭が割れるように痛くなるんですって。そうなると、殺される、ごめんなさい、を繰り返すロボット状態に逆戻りです。もう一か月以上経ちますけど、今でも同じですよ。だから申し訳ないんですけど、会わせるわけにはいきません。ごめんなさい。

ええ、先生にも同じことを聞かれました。非現実的な話だけれど、おそらくはその呪文を囁いた人が、息子の目が見えなくなった原因に多少なりとも関わっているんだから、その人の話を聞きたい、って。警察の方たちも、一応、事件として捜査してくれているみたいですね。

でも、私はこのままでいいと思っているんです。

こんなに心が休まったこと、琢磨が赤ん坊だったとき以来です。

琢磨、私がいないとなんにもできないんですよ。トイレに行く時だって私の介助が必要なのに、暴力なんて、とても。この間なんて、ご飯を食べているとき――正確に言えば私があの子の口にご飯を運んでいた時ですけど――泣き出して、「ありがとう」って言われました。「ありがとう」ですよ。

こうなってはじめて、親子で楽しい時間を過ごせている気がします。

え、なんで依頼したかって、それは先方にお礼を言えればいいなと思って。最初は私だって、琢磨の目が見えるようになればいいと思ってましたけど……でも、目が見えるようになったらきっとまた、ねえ。

お願いします、その呪文を囁いた誰かさんを見つけてくださいね。お礼を言うのもそうですし、その呪文、教えてもらおうと思います。

◆

◆

◆

「この二つの話、どう思いますか？」

喫茶店のローテーブルの上に、サンドイッチのカスをまき散らしながらるみは言った。

普段なら「こんなに散らかして」とか「食べながらしゃべらないでください」とかお小言を言う青山だったが、この喫茶店はるみの実家なので何も言えない。るみにそっくりな見た目の、しかし非常に少女趣味な洋服を身に纏《まと》った母親が笑顔でこちらを見ている。

「どうって……うーん、確かに、関連性はありそうですよね」

手伝うと言った以上るみの役に立ちたいのだが、青山には曖昧《あいまい》に同調することしかできない。

「悪いこと……水野さんの場合は危険運転、村瀬さんの場合は暴力かな、悪いことをした後、罰を与えられている、あと、何故か憐《あわ》れまれてますね。『かわいそうに』って……だから、相手が、同じ人かもしれない」

「そうですそうです。さらに、相手が謎の呪文を唱えているのも共通点です」

るみは満足そうに頷《うなず》いた。

それ以前の問題で、るみは島本陽太の件に関連があるというアタリをつけて、依頼をピックアップしたはずなのだが、青山にはその共通点さえ分からない。

「でも、呪文を唱えていたというだけでは、ちょっと弱いかもしれませんね」

「ええ、勿論《もちろん》それだけではありません。水野さんのおかげで、一部かもしれませんが呪文が同じと言うことが分かったじゃないですか。これはもう同一人物、あるいは同じ団体に所属する人間と見て間違いないでしょう」

「呪文が同じ……？」

青山がオウム返しをすると、るみは嬉《うれ》しそうに続ける。

「島本君は『ヤン』という謎の青年に『あなて』ナントカ、と言われたと言っていましたね。島本君の場合は、彼のカンとやらが働いて、全て聞く前に逃げたそうですが、きっと全部聞いていたら、水野さんや村瀬さんと同じ目に遭っていたことでしょう」

――あなてまたるべし

るみはタブレットにそう打ち込んだ。

「よく覚えてますね……」

直近で聞いた二人分の話は覚えていても、島本陽太の話は流れしか思い出せない。こういうところがるみと自分の絶望的な差だ。青山は深くため息を吐いた。

「『べし』とついているからおそらく何らかの命令形。日本語のようですが、あなてまたる……なんのことかこの段階では分からない。水野さんの聞き間違いと言う線もある。でもあなて、までは共通。考察しがいがあると思いませんか？」

るみは青山とは反対に、興奮しているようだった。彼女は謎解きが好きなのだ。目が輝いている。

それにしても「あなてまたるべし」は「あなて・またる・べし」なのか、「あな・てま・たる・べし」なのか、あるいは。いずれにせよ、何か諏訪大社に関係のある言葉なのだろう。

青山は神学部を卒業している。神学部では、勿論キリスト教全般、特に聖書についてはみっちりと学ぶのだが、そのほかに、英語、ラテン語、アラム語などを、一通り齧《かじ》ることになる。

あくまで齧った程度であり、専門的に勉強したわけではないのだが、もしかしたら言語学方面のアプローチでは、るみの役に立てるかもしれない、と青山は思った。

「それと気になるのが、水野さんや村瀬さんへの仕打ちが、容赦のない勧善懲悪なところですね。この呪文を唱えた人間はダーティーハリー症候群かもしれません」

「ダーティーハリー症候群とは？」

情けないとは思いながらも、青山はまた、オウム返しをして話を繋《つな》ぐ。

「70年代の洋画『ダーティーハリー』の主人公、ハリー・キャラハンにちなんだ名前だそうですよ。ハリーは正義の名のもとに、悪党たちを次々と皆殺しにするのですが……そこから転じて、自分のことを正義の執行者だと思い込み、勝手な判断で人を裁いて正当化する人のことを指すのです。まさに今回の人はこれに当たるでしょうね」

　青山は黙って頷いた。

　確かに水野も村瀬も悪いことをしている。しかし希死念慮を煽《あお》ったり、視力を奪うなんて明らかにやりすぎた。

「でも……そんなことができる人、この世にいるんですかね」

　自然な疑問だった。

　るみと同行した事件で、生きている人間が人を害した、ということはあった。所謂《いわゆる》、生霊だ。

　生霊は亡霊よりもパワーが強い場合が多かった。生霊に悪意を向けられた人は、衰弱して、命を落としそうになることさえあった（亡霊よりも対処は簡単だ、とるみは言っていたが）。

　しかし、生きている人間が、生身のままで、他人をこのように害するのは見たことがなかった。何の力もない、詐欺師のような連中が、巧みな言葉で洗脳し、思い通りに操る、というようなことはあったが——常に監視し、直接語り掛けて絶望させたり、増してや失明させるなんて。そんなことができるのは――

「おりますよ」

人間じゃない、と言う言葉を青山が口に出す前にるみが言った。

誰ですか、と問う青山に、

「石神のおっさんです」

さらりと答えた。

「ええ、石神さんが？」

「そうです。あの人は、ちょっとした人なんですよ。善意だけで動いているような人間ですから、暴力的なことをするわけがないのですけど」

「ということは、石神さん以外にもそういう……呪文《じゅもん》とかで、人を思い通りにできる人がいてもおかしくない、ってことですね」

るみは頷いた。青山は気になっていたことを尋ねる。

「あの、先輩はどうやってアタリをつけたんですか？　確かに水野さんの事件と村瀬さんの事件は似ていますけど、他のものは、なんだか関連性が低いような」

「カンですよ」

るみはコーヒーを一気に流し込みながら言った。カンってなんですか、と詳しく聞こうと思ったとき、

「るみちゃん、幸喜くん、難しいお話はそこまでにして、甘いものでも食べて休憩しま

しょ!」

るみの母親が大きく切り分けられたチョコレートケーキを運んできた。るみは大喜びで飛びついた。

半ば無理やり話を切り上げられてしまったように感じる。

るみは口の周りにチョコレートクリームをべったりとつけ、ケーキを頰張りながら、

「まあ、石神のおっさんから連絡が来て、私の仕事が無駄になれば、それが一番いいんですけどね」

と、小さく呟《つぶや》く。

青山はるみの口周りをウェットティッシュで拭《ぬぐ》ってやりながら、やはり先輩は優しい人なんだ、と微笑んだ。

店内には品のいい洋楽がかかっている。女性シンガーだろうか、伸びやかな高音に癒《いや》される。るみの話によるとここは長くやっている古い喫茶店なのだそうだが、掃除も行き届いていて、壁も床も清潔な印象がある。

ふと周りを見ると、先ほどまでかなりいた客がほとんどいなくなっている。テラス席に座っている女性を除けば、るみと青山、それにキッチンにいるるみの母親だけだ。

それは、るみがトイレに立ってすぐだった。

黒電話が鳴った。青山はインテリアだと思い込んでいたが、どうやら現役で使えるらしい。静かな店内の中のジリリリリ、という音は大変耳障りだ。しかも、どういうわけ

かるみの母親が出る様子は一切ない。

「あの、鳴ってますよ」

おそるおそる声をかけるが、返事はない。なおも電話は鳴り続けている。

あまりにもうるさい。暴力的なまでにうるさい。

いっそ、出てしまおうか。とりあえず電話を取って、要件を聞いておけばいい。たまにここを手伝ったりしているのだし、関係者でないわけではないのだから。

そう思って青山は、受話器に手をかけた。

「取るな」

少し持ち上げた受話器を思わず取り落とす。それほどまでにるみの声は冷たかった。落とした衝撃で電話は切れてしまったようだった。

「先輩、どうして」

青山の声を遮るかのように、また電話が鳴った。

今度は黒電話だけではない。キッチンの奥にある固定電話、カウンターにある子機。るみと青山のスマホまでもが鳴っている。

るみが自分のスマートフォンを持ち上げて通話ボタンを押した。

『もしもしい』

スピーカーフォンに切り替えたわけでもないのにはっきりと聞こえた。

「……石神さん」

『お久しぶりですぅ。るみちゃん、元気そうですねぇ』

ファミレスで聞いた時と同じ、柔らかな口調だった。それなのに、耳の穴から蝸牛《かぎゅう》を引きずり出されて乱暴に擦《こす》られているように不快な声だ。吐き気がする。

「石神さん」

『二人そろっていらっしゃるようですので、お電話さしあげたんですよぉ』

「石神さん」

『ねえ、どうですか、私成功したんですけどぉ、なんで連絡下さらないんですか』

るみはしばらく動かなかった。下唇を噛《か》みしめて、小刻みに震えている。

青山はハッと気づかされた。いつも飄々《ひょうひょう》としていて冷静なるみだが、いくらなんでもこんな状況、怖いに決まっているではないか。

青山は意を決して声を出した。

「い、石神さん、連絡がつかなかったのは、石神さんですよ」

「青山君！」

るみが非難めいた声を出して制止する。しかし、もう遅かった。

『お、青山くぅん。勇気出したんですね？　大好きな先輩の前ですもんねえ？　かっこいい所見せたいですもんねえ、えらい、えらい』

青山の顔は一気に熱を持つ。狼狽《ろうばい》して、言葉に詰まってしまった。何を言おうか逡《しゅん》巡《じゅん》しているうちに、石神の声の不快なざらつきがより一層強く感じられる。

『ねえ、こそこそと嗅《か》ぎまわっているようですねえ、気付いていますよぉ。そんなことしていないで、堂々と会いにきたらどうなんですか』

るみはやおら鞄《かばん》の中からメモ帳を取り出し、なにかを書いた。それを持ち上げて、青山に見せる。

――なにせいこうしたかきけ

何に成功したか聞け、か。青山は震える声で、

「な、何に成功したんですか」

石神は忍び笑いを漏らした。息遣いさえ不快だった。

『それはね、神を知ることですよぉ。勉強です、毎日勉強の日々ですが、そうすることでどんなに素晴らしいことか分かったんですよ。神を知ったんです、私は』

「神……って、石神さんは、蛇、蛇様を信仰していたんじゃ……」

『アッハハハハハハッ』

声帯が爆発したかのように、石神はけたたましく笑った。嘲《あざけ》りの類《たぐい》だった。

『あなた、蛇なんかに様をつけるんですかぁ』

石神が話している後ろから、大勢の男女の笑い声が聞こえた。誰もかれもが青山を嘲って笑っているようだった。

『蛇なんて、ただ賢いだけですからねえ、結局癒しは与えられない、最期の日にもです！　そんな哀れな生き物を様だなんて』

石神の言葉を最後まで聞く前に、るみが強引に通話終了ボタンを押す。

それでも石神の声と、大勢の笑い声が止むことはなかった。

どこから聞こえてくるのかも分からない大声で石神は調子外れな歌を歌った。

『てっとてっをあっわせてし・あ・わ・せ』

手拍子と共に蛍光灯が割れた。床にガラスが飛び散り、細かい破片が肌に刺さる。石神は歌い続ける。壊れた機械のように、手と手を合わせて幸せ、と繰り返す。

「分かりました」

るみが声を出した。微塵《みじん》も怯《おび》えの色がない、力強い声だった。

「近いうちにお伺いしますよ、それでいいんですね」

『お待ちしておりますう』

それを最後にやっと電話が切れた。いや、既に切れているのだから、切れたという表現はおかしいのだが、とにかく石神の不快な声と、四方八方から聞こえる大爆笑は消えた。

青山はソファーに倒れ込んだ。動悸《どうき》が止まらない。情けないことだが、立ち上がれそうになかった。

カチッと音がする。見ると、るみがタバコに火を点《つ》けていた。

るみは青山にちらりと視線をよこした。煙を肺の深くまで行き渡らせてから一気に吐き出す。煙が目にまで沁《し》みて、青山は何度も瞬《まばた》きをした。

「ごめんなさい、一本だけ」

青山は涙を流してむせながらも頷《うなず》いた。るみも同じ体験をしたのだ。タバコは大嫌いだが、この場合仕方がない。

しばらくすると、ドタドタという足音とともに、るみの母親がカウンターからまろび出てくる。ガラスが散乱する店内の惨状を見て目を白黒させている。

「ちょっと、やだぁ、どうしたのこれ、めちゃくちゃじゃない。ごめんなさいねえ、ケガしなかった？」

「えっ……お母さまは、何も……」

「なあに？」

るみの母親は心配そうな顔で青山を見つめている。

黒電話のけたたましく鳴る音や、石神の大声、それに、蛍光灯が割れてフロアに飛び散ったのもかなり大きい音だったはずだ。それなのに一切出てくる様子がなかったのは、怖くて隠れていたわけではなく、全く気付かなかったからなのではないか。現に、るみの母親はこの惨状にただただ驚いている。

ということは、彼女だけは石神の不気味な力の影響を逃れているということかもしれない。青山は僅《わず》かに安堵《あんど》した。

「いえ、あの、なんでもないです。大丈夫です」

「すぐ片付けるからねえ」

「手伝います」

るみは、いそいそと掃除をしている二人など目に入らない様子で、難しい顔をしてタバコをふかしていた。灰が膝《ひざ》の上に落ち、服が焦げているのにも気付いていないようだった。

青山が散乱したガラスを掃除し終わってふたたびるみの正面に座ると、るみはまっすぐに青山の目を見つめた。思わず目を逸《そ》らしても、追いかけてくる。

「巻き込んでしまって申し訳ありません、とは言いません」

そう言われて、青山の心は陽が射したように温かくなる。るみは青山の「子ども扱いしないでくれ」をきちんと聞き入れてくれたのだ。

「でも、やはり確認します。あんなもののいる場所に、本当に付いてきてくれますか？」

「あんなものって……確かに様子はおかしかったけれど、石神さんで……」

「石神さんはもう、いないでしょうね」

るみは青山を遮って言った。

「死んだという意味ではありません。でも、もう会うことはないでしょう」

「そんな……」

言い澱《よど》む青山を軽く一瞥《いちべつ》して、

「あなたも聞いたでしょう。彼は蛇なんかと言った。信仰を捨てたのです」

「でも、信仰を捨てただけで、本人は本人ですよね？　助かるかもしれないじゃないですか。もう会えないなんて、そんな……」

なおも食い下がる青山の肩に、るみは優しく手を置いた。

「信じたくないでしょうが、もう、あれは石神さんではない、ひょっとすると人間でもない、別の生き物です。信仰を捨てるのは人間であることを捨てること——そういった類の人間もいるのですよ。彼は水野さんや村瀬さんと同じように」

「そうそう、もう終わったんですからねえ、諦《あきら》めましょう」

声が聞こえたときには、もう目の前にいた。

長い髪が青山の腕にからみついた。

テラス席にいた女性だ。いや、女性ではない。

石神の顔をしている。

華奢《きゃしゃ》な女性の首だけをすげかえたようなそれは、満面に笑みを浮かべている。

「ケエコオ」

青山はそこで意識を手放した。

顔にヒンヤリしたものを感じて青山は目を開けた。最初に目に入ったのは、るみの顔だった。

「起きましたか」

るみはほっとしたように笑った。

青山は慌てて起き上がる。きょろきょろと辺りを見回しても、そこにはいつもと変わらない、店内の風景があるだけだ。

「大丈夫、あの女ならもういませんよ」

青山が額に手をあてると、ヒンヤリしたものの正体が分かった。冷却ジェルシートが貼ってある。

「熱が出ていましたから、一応貼ってみたのですが」

「ありがとうございます」

お礼を言いながらよろよろと立ち上がったが、すぐに眩暈《めまい》がしてへたり込んでしまう。

「まだ寝ていた方がいいですよ」

「先輩は……」

「多分、あなたは正面から見てしまったからいけなかったのでしょうね……私は大丈夫です。あの女の顔、見ていないので」

「女じゃありませんでした」

青山はにやついた石神の表情を思い出した。頭痛がさらにひどくなるような気がした。

「顔が石神さんでした……顔だけ入れ替わったみたいでした」

るみはふたたび黙って考え込んでしまう。

そして、しばらく経ってから口を開いた。

「分かりかけてるのに、分からない感じです」

「すごいですね、僕には何も分からないですよ」

青山がそう言うとるみは口の端だけ上げて自嘲《じちょう》気味に笑った。

「青山君は優しいですね……まあ、ここでうだうだと考えていても仕方がないのでしょうね。体を動かしましょうか」

「行くんですか」

青山はまだ痛む頭を何とか持ち上げて、るみと目を合わせた。

「ええ。宣戦布告を受けてしまいましたし、行くしかないでしょうね。それに、さっき、青山君が寝ている間にこんなお招きまでいただいてしまいましたから」

るみは青山を支えるように横に密着して、タブレットの画面を見せてくる。

件名：はじめまして、佐々木るみと申します

島本笑美さま

はじめまして、佐々木るみと申します。笑美さんのお兄様、陽太さんの大学の時の同級生で、現在はカウンセラーをしている者です。

陽太さんは笑美さんの体調や行動を大変心配されております。連絡をしてほしい、と仰っていました。

しかし、お兄様には相談できないこともあるかもしれないと、勝手ながら考えました。

私では力不足かもしれませんが、女性同士、お悩みがあればお話ししていただけないでしょうか。勿論《もちろん》、陽太さん含め、笑美さん以外に口外することはいたしません。

お返事はすぐでなくても結構です。お待ち申し上げております。

佐々木るみ

件名：Re: はじめまして、佐々木るみと申します

佐々木るみさん、分かりました。

心配してくださってありがとうございます。

兄からどういうふうに話を聞いたのか分かりませんけど、私は兄に話すことはありません。悩みも相談もありません。

でも、紹介したい人がいます。

ぜひ、会いに来てください。待っています。


「島本君に依頼されてすぐ送ったメールの返事が、今このタイミングで来たんですよ。

我々、完全に誘い出されていますね」

「じゃあ、笑美さんはもう……」

「残念ながら取り込まれているでしょうね。石神さんのように全てを失ってしまったかどうかは分かりませんが……でも、石神さんと違って、こんなメールを送ってくるということは、もしかしたらまだ、笑美さんと対話することが可能かもしれません。笑美さんと話すことさえできれば、連れ戻せるかもしれない。メールを送っているのが全く別の、今回の案件の黒幕的ポジションの人間ならもうお手上げですがね」

るみは早口でまくし立てた。るみの早口を聞くと、調子が戻ってきたようで、青山は安心する。

「こうしていても仕方ないので、会いに行くこと自体は賛成なんですけど……石神さんみたいなすごい人もダメだったのに、大丈夫でしょうか」

青山の素朴な疑問にるみは答えなかった。

「多分アプローチは間違っていないと思うのです。動物のシンボルは諏訪大社の『御頭祭』、カエルは『蛙狩神事』……そして先程の女が発していた『ケエコオ』という声は……島本君が施設で聞いたカエルの鳴き真似と同じだと思うんです。『鶏鳴三声《けいめいさんせい》』です」

「待ってください、そんないっぺんに……けいめいさんせい？　ってなんですか」

「簡単に説明すると、朝が来たということを表すために神職が行う鶏の鳴きまねですね。伊勢《いせ》神宮などで儀式の最初にやるんです。もちろん諏訪大社でも。カケコー、って三回大声で。でもあれ、ケエコオって聞こえるんですよ。多分それなんです、だから」

　るみは話しているうちに興奮してきたようで、どんどん早口になる。青山はふたたび口を挟んだ。

「つまり先輩は何が」

「アプローチは間違ってないはずなんです。不思議な呪文を使って人を操り、私たちにまで手を伸ばしてきた誰かは、確実にこれらの——諏訪大社で行われている神事をベースにしている。でも、それならば何故石神さんがしくじったのか分からない」

「向こうにそれだけすごい人がいたってことなんじゃないですか」

　るみは首を振った。

「諏訪大社も石神さんも、蛇神を信仰しているわけです。どうして同じものを信仰しているのに、その信仰を捨てさせて新たなものを植え付けたのか、という話です。だから、もしかして私の推理が間違っているのかもしれないと思っています」

　青山はここにきてやっと自分でも役に立てそうな話が来た、と思った。内心少し喜びながらるみに言う。

「同じ宗教でも流派が違うことはよくあるでしょう。仏教でもそうだし、キリスト教なんてもっとたくさん」

「では、信仰対象が違うことがありますか？」

　青山は何も言えなくなってしまう。確かに多種多様な教えがあれど、プロテスタントの青山が信じるのも、他の宗派のキリスト教徒が信じるのも父なる神《ヤファ》だった。

「私は不安です。絶対大丈夫とは言えない。原因が分からないのは恐ろしいことです。できる限りのことはやりますが……」

安心してください、僕がついてますよ。そんな風に言えたらよかった、と青山は思った。

その後は一言も喋《しゃべ》らず、二人は粛々と荷物をまとめた。

◆　◆　◆

島本陽太の言ったとおり、その施設は鬱蒼《うっそう》とした雑木林に囲まれていた。

建物に続く道は一本道で、坂になっている。車が通れるくらいの幅はあったが、るみと青山は坂道の下でタクシーに降ろしてもらい、上までは足で行くことにした。

背の高い竹が覆いかぶさるように生えていて、陽も射さない。まるでトンネルのような坂道だった。

遠目に見たときはすぐに着きそうだったのに、ぐねぐねと折れ曲がっていて、ひどく長い回廊を無限に歩かされているような気分になる。加えて、いつもはこのようなときうるさいくらいずっと喋っているるみが無言であることが、青山の暗い気分に拍車をかけた。

「こんなことなら上まで送ってもらえばよかったですね」

無理やり明るい声で言ってみても、前を歩くるみは無言のままだった。

一時間にも、二時間にも感じられたが、実際には十分も経っていないかもしれない。

唐突に視界が開けた。

打ち放しコンクリートの近代的な建物だ。近くで見るとかなり大きい。確かに、何人も収容できそうな広さだ。

雑木林の中に突然こんな建物があるのは異様で、周りを囲む温室の中に無数に百合《ゆり》が植わっているのが、その異様さを殊更強調していた。

「こんにちは、わざわざお越しくださってありがとうございます」

背後から声をかけてくる者がいた。とても落ち着く、喩《たと》えるなら春の木漏れ日のような声だ。振り向くと、色白で落ち着いた雰囲気の男が微笑んでいる。

「こんにちは」

「では、こちらにおいでください。コーヒーと紅茶、どちらになさいますか？」

「ありがとうございます……じゃあ、僕は紅茶で。先輩は？」

「あ、お座りになってから決めても大丈夫ですよ。兄弟たち手作りのドーナツもありますので。お口に合えばいいのですが」

「それは楽しみですね」

感じの良い笑顔の男性について、百合の温室の間を通って建物に入る。

建物の外観から、青山はアートスペースのような吹き抜けのある間取りを想像していたが、どちらかというと学校施設のように、区分けされた部屋が並んでいる感じで、島本の言ったような宿泊スペースや風呂《ふろ》があるとは思えなかった。

男は学校の教室のような部屋を通り過ぎ、ぐんぐんと奥へ進んでいく。よそ見をする余裕もなく、青山は小走りで男についていった。

つきあたりの非常扉を男がどうぞ、と言って開ける。

素晴らしい見晴らしの庭園だった。まず、海が見える。ここに来るまでの暗い坂道のせいですっかり忘れていたが、この場所は海沿いなのだ。

海が見えるだけではない。

温室にあった百合のみならず、色とりどりの花が豪華に、しかし品よく並んでいる。

そこに背もたれのついた椅子とパラソル付きのテーブルがいくつか並べられており、おそらく誰でも一度は想像したことのある貴族のお茶会、というようなセッティングがされている。

二人が促されるまま席に着くと、どこからか見目の良い女性がワゴンを運んでくる。台車の上には二つのポット——恐らくコーヒーと、紅茶だろう、それと先程男性が言っていたドーナツらしき、三角形の揚げ菓子が載っていた。

「ちょうどよかった、今日はまるでぐらの日ですから」

「そうなんですか」

青山は隣で微笑む男性の顔を見て、なんだか幸せな気持ちになった。あまりにも幸福そうな人を見ると、こちらまでそれが伝搬して、気分が良くなる。

その幸せな気持ちのまま、いただきます、と言ってドーナツに伸ばした手を、叩《はた》かれた。

るみだった。冷え切った瞳《ひとみ》で青山を見つめている。

「あなたは誰ですか」

青山の背筋を冷たいものが走り抜けた。

真向かいに座っている男の存在をようやく認識した気がした。自分が何をしにここに来たかも今の今まで忘れていた。

突然話しかけ、この場所まで誘導し、軽食を振舞う。ここに来ることも予告していなかったのに、まるで知り合いのように親しげだった。よく考えれば違和感しかない。しかし、一連の行動に、るみに手を叩かれるまで一切疑問を抱かなかった。

「私は、あなたたちと仲良くしたいだけです」

男は笑顔のまま、るみを指さした。

「特にあなたとは、とても素晴らしいことができそうです」

「あなたは誰」

るみは冷たい表情を崩さずふたたび聞いた。

「私はあなたと仲良くしたくないです。私はその子に用があるだけ」

るみは立ち上がり、ワゴンを運んできた女性の前に立った。

女性は怯《おび》えた表情をし、しゃがみこんで男の陰に隠れてしまう。

「この方を威圧するのはやめなさい」

男は、るみから女性を守るように立ちふさがった。

「威圧などしていません、連れ戻しに来ただけです……島本笑美さん、あなたを」

名前を呼ぶと、女性——島本笑美の体がびくりと跳ねた。るみは尚《なお》も言いつのる。

「あなただって本当はおかしいと気付いているはず」

男はるみを見て大きなため息をついた。

「なぜ自分だけが正しいと思うのですか？　なぜ他人の気持ちを考えられないのです？　この方は自分で決めて、ここにいるのですから、ご家族も、増してやあなたみたいな他人が、この方の意志を無視して」

「うるさい」

るみは男の言葉を遮った。

「残念ながらあなたが何をしようとしているのかは完全には分からないけど、ろくでもないことなのは間違いない。でも、そんなことどうでもいい。あなたの一切に興味がない」

るみは男の背後に語り掛けた。

「心の拠《よ》り所として宗教というものがあるのは分かります。でも、信じるものは選ぶべきです。その男は、あなたを苦しめてきたものと何も変わらない」

青山は何が起こっているのか分からなかった。ただ場の空気に圧倒され、座っているだけのでくの坊になってしまっていた。

そもそも、話の流れが全く読めない。

先程まで非常に感じが良いと思っていた男の笑みは、何か企《たくら》んでいるようにしか感じられなかったが――それよりも笑美のことだ。彼女を苦しめてきたものとはなんなのだろう。

るみの言葉からも、その飄々《ひょうひょう》とした態度からも、彼が笑美を、もしかしたら石神をも狂わせた張本人、ヤンだということが窺《うかが》えた。多分、タクシー運転手の水野に希死念慮を抱かせ、チンピラの村瀬琢磨を失明させたのも彼に違いない。対面して分かる。彼は、そういうことができる人間だ。

それなのに。

おかしい。どうしてもヤンのことが嫌いになれないのだ。すっと入ってきて、全く警戒させずここまで連れてきた、そんな不気味な人間なのに、青山はヤンに対して嫌悪感を抱くことができなかった。

それが非常に恐ろしかった。

彼はこうやって、誰にも不自然に思われることなく、なんでもできる。そのことをつきつけられたような気がした。

そしてそんな、意味不明な力を持った人間と、るみはたった一人で対峙《たいじ》している。

幸いにも、ヤンはさほど身長が高いわけではない青山よりもさらに小柄で、物理的な力で押し負けることはなさそうだ。青山にできるのは、るみを守る肉の壁になることだけだった。

「あなたに何が分かるんですか」

消え入りそうなほど小さな声が聞こえた。

島本笑美が、震えながら、しかし目に強い光を湛《たた》えて必死にるみを睨《にら》みつけている。

「あ、あなたは……絶対、死にたいとか思ったことないでしょ。毎日、生きているのが嫌で嫌で、嘘つきのブスは死んだほうがいいって思ったことないでしょ。あなた、友達とか、色んな人に、愛されて育った人でしょ。今だってそう。連れ戻したいってなに？　そういう仕事なんでしょ？　仕事なのに、そんなに可愛い男の人連れて、幸せアピールかよって、思う。見れば分かる。その人、あなたのこと裏切ったりしないと思う、ずっとずっと、大好きなんだと思う。でも、私、私は……昔から誰もいないの。信じてくれる人いなかったの。分かってる、分かってるよ、それは私が、キモくて、嘘つきだから。でも、一人は嫌だったの。一人は嫌なの。絶対もう、嫌なの、だから」

「もう大丈夫です」

ヤンは笑美を優しく包み込むように抱きしめた。

「あなたを傷つける棘《とげ》は全て抜かなくては」

ヤンは雛鳥《ひなどり》を守る親鳥のように笑美の前に立ちふさがった。もう、あの柔らかい微笑みは浮かべていなかった。

「笑美さん、本当にそれでいいのですか」

るみはヤンを完全に無視して、なおも笑美に問い続けた。

「あなたたちはまむしの子ですか」

突然、ヤンはるみに手を伸ばしてそう尋ねた。青山は咄嗟《とっさ》にその手を叩く。予想以上に力がこもってしまい、大きな音がしてヤンの手は跳ね飛ばされた。

「ごめんなさい、痛くないですか」

次の瞬間、青山の口をついて出た言葉は謝罪だった。

よく考えれば、目の前にいるのは男性と言っても、成人に満たない、下手をすれば中学生くらいかもしれない少年なのだ。彼の発する油断ならない雰囲気と、この場の緊張に影響されてしまったが、自分より肉体的に弱そうな相手にこうして詰め寄っては、どちらが悪者か分からない。その、石神を洗脳し、笑美をこの場に捕えているということも、先入観からの思い込みかもしれない。ヤンはとても優しい声で、落ち着いて話している。それなのに、こちらは……。

冷静に話し合う、この観点が抜けている。青山はそう思った。

「あなたは善い方のようですね」

ヤンは青山の目をじっと見てそう言った。先程より態度が軟化したのを見逃さず、青

山は、

「そうです、僕たちに敵意はないです。ただ、笑美さんと話したいだけなんです。ご家族が、心配されているので」

青山の言葉にヤンは頷《うなず》く。やはりこうしてきちんと話せばよかったのだ。

「ということは、きっと悪霊に取り憑《つ》かれているのでしょう」

唖然《あぜん》とする青山を労《いた》わるように、ヤンは肩に優しく手を置いた。

「心配なさらなくても大丈夫ですよ。努力すれば報われます」

「一体、何を……」

青山が次に発する言葉を考えあぐねていると、横から素早く腕が伸びてきた。るみが、しゃがんでいる笑美の肩を摑《つか》んだ。強引に連れ帰るつもりなのだ、そう気付いたのと、ほぼ同時だった。どこかから声が聞こえた。

――べにでおみね
突如、体を串刺《くしざ》しにされるような痛みが襲ってくる。脳が揺れ、目から血が流れているような気さえした。歪《ゆが》む視界の奥にヤンを捉《とら》える。ヤンは指を三本立てて、口の前に当てている。

きちんと彼を見ることができたのはそこまでだった。

自分の意志とは全く関係なく、青山の体は立ち上がり、ヤンにくるりと背を向ける。横にぴったりと並んで歩くのは、おそらくるみだろう。最早指先一本自由に動かせないので確認することはできない。るみも同じ状態にされているのだとしたら——

青山は必死に抗《あらが》おうとしたが、無駄だった。体は一歩、一歩と進んでいく。その先は、海だ。柵《さく》もなく、切り立った崖《がけ》だ。

叫びだしそうだった。

死の恐怖だった。

ここから、落ちたら——

「さようならーっ！　次会うときは、ふさわしい実を結んでくださいねーっ！」

ふさわしい実。

その言葉を聞いて、青山の脳にかすかに何か呼び起こされるものがあった。しかし。

体が宙に浮く。そのまま、海に吸い込まれるように落ちて行く。

「あれは私の手には負えない」

よどみない口調でるみは言った。

青山は震えながら力なく頷いた。同感だった。

あのあと、二人は海に落下した。切り立った岸壁にぶち当たりながら——という最悪の事態は避けられたが、水面に強く叩《たた》きつけられた。

身体的には結構なダメージをくらったが、その衝撃で二人は覚醒《かくせい》した。体が自由に動かせるようになった。あのとき必死にもがかなければそのまま溺《おぼ》れて死んでいただろうし、散歩中の犬を連れた男性が気付いてくれることも無かっただろう。

助けてくれた男性、永田《ながた》は大変親切な人で、そのまま妻と二人暮らしだという家に二人を連れ帰ってくれた。風呂《ふろ》を貸してくれ、服が乾くまでの間説教された。

数年前にモリヤ食品に買われるまでは、あの土地は何もない雑木林だったそうだ。昔から、地元の若者が度胸試しと称して、あの崖から海に飛び込むことがあった。それはモリヤに土地が買い上げられてからも続き、たびたび飛び込んだ人間が大けがをするなどの事故もあったため、現在は厳重に封鎖されているのだという。

そんな苦い記憶のせいか、永田はるみと青山のことをＹｏｕＴｕｂｅｒだと決めつけ、これに懲りたら二度とするんじゃない、と厳しく言った。助けてもらった手前、反論することもできず、二人は小一時間タオルにくるまりながら大人しく反省する素振りを見せた。

しかし、青山の頭の中は恐怖で一杯だった。指の一本さえ動かせない恐怖。呼吸さえ満足にできなかった。体を刺し穿《うが》たれるような激痛の記憶が脳にへばりついて取れない。

べにでおみね。

そう聞こえたが、本当にそう言ったのか分からない。彼は穏やかだった。声に喜びすら乗せていた。

べにでおみね。

しかし、二度と聞きたくない。思い出すだけで内臓がぎりぎりと痛んだ。

始めた仕事が命にかかわるような危険を伴うものでも決して投げ出さず、最後までやり通するみが今回ばかりは手を引こうとしているのも頷けた。

悪霊でも悪魔でも、神でさえも、正体さえ分かればやりようがある。

しかし今回は――あのヤンという男は人間だ。

生身の人間が怪奇現象の原因だったことは前にもあった。何年前だろうか、ある映画館で起こった事件だ。上映中意識を失い、気が付くと所持品が消えている、と訴える観客が続出した。犯人はちょっとした超能力のような、人を眠らせる力を持っている男だった。しかし、眠らせる能力とは言ってもかなり限定的なもので、至近距離で「眠れ」と囁《ささや》くのが発動条件だったから、簡単に対処することができた。警察に通報したのだ。勿論《もちろん》、不思議な力のことを言っても信じてもらえはしないだろうから、カメラを仕掛けて、決定的な証拠を取った。その男は、窃盗と準強制わいせつの罪で現在は塀の中にいる。

つまり、相手が人間だと、極めて現実的な手段を取らざるを得なくなる。

ヤンはどうだろうか。

まず、何らかの罪に問われるかどうかすら怪しい。

タクシー運転手の件もチンピラの件も証拠はなく、島本笑美に至っては本人が望んでそこにいる。

あの力を体感した後だと、全てヤンによるものだということが分かるが、それを証明する手立てはなかった。きちんと状況を説明できる被害者がいないのだ。警察には頼れない。

あとは、島本陽太に連絡して、弁護士を紹介するか、だ。

入信して、家族に無断で教祖や信者たちと暮らすようになった人を取り戻すために、家族が強引な手段を取ったり、逆に宗教団体側から家族が危害を加えられたり、というニュースはいくつも見たことがある。

ただでさえ難しいのだ。増して、相手に本物の力がある場合は——

「ここからは、他人《ひと》の助けも借りなければ」

「えっ」

青山は思わず大きな声を出した。永田の妻が遠くから「どうしたの？」と聞いてくる。それに「なんでもないです」と答えながらるみは、

「仕方がないでしょう。予想より長くかかってしまいましたし、費用もかさみますが、ほら、私が働いた分だけ余裕もありますし」

「費用の心配はしてないですよ」

青山は信じられないものを見るような目でるみを見つめた。

「あんな目に遭って……」

「あんな目って言いますけどね、青山君。我々、今までもっと死ぬような目に遭ってい

ますよ」

　るみは、今まで二人で（といっても青山は見ていたり、囮《おとり》にされたりしただけのことが多い）解決にあたった案件の話を始めた。確かに、何度も危険な目には遭っていた。ただ、ここまで恐怖を植え付けられたことがないだけだ。そう気付くと、少し気持ちが軽くなった。

「所詮《しょせん》人間ですよ。私はむしろ、安心いたしました。人間のできることには限界がありますから……足りないのは専門家です」

　るみは永田の妻が用意した温かいお茶をぐびぐびと飲んだ。眼鏡が曇り、表情が分からなくなる。

「幸い、心当たりは有りますから」

「へえ、どんな方ですか」

　るみの微塵《みじん》も怯《おび》えを感じさせない様子に青山は安心する。気を取り直して「心当たり」について尋ねようとすると、スマートフォンの着信音が鳴った。

　青山のスマートフォンは海に落下したとき、行方が分からなくなった。恐らくあったとしてもデータは全て消えているだろう。その点、るみはスマホをフィッシングベストにしっかりとしまっていた上、防水や衝撃に強い機種だったようで、使うのに何の支障もなかった。

　るみは通話ボタンを押して、電話に出る。

しばらくして、何も言わないまま電話を切った。

「急がなくては」

るみは立ち上がり、まだ完全には乾いていない服をハンガーから取った。

「タクシー運転手の水野さんが死ぬそうです」

○

男が荒野に立っていた。男は粗末なぼろ布を纏《まと》い、痩《や》せこけていた。地面から灰をすくい、一回、また一回、男の体は灰にまみれていた。

男はひざまずいた。顔は天を仰ぎ、うわごとのように祈った。

「わたしたちは罪を犯しました」

灰まみれの男はかすれた声で言った。

「わたしたちはあなたの言葉を聞かなかった。正義はあなたのものだが、恥はわたしたちのものとして、今日のわたしたちがあるのです。近きものも、遠きものも、このような有様です。わたしたちが犯した罪によるのです」

答えはなかった。私も何も言わなかった。

「なればこそです。なればこそ、あなたはわたしたちに炎を下した。あなたは何事においても正しかったのに、わたしたちは従わなかった。わたしたちはよこしまなふるまいをしました」

男は涙を流していた。真っ赤に充血した目を見開いて、まばたきすらせず涙を流していた。

「わたしはあなたのしもべです。どうか、どうか願いを聞いてください。怒りと憤りをこの地から取り去って下さい。この荒れた土地に、ふたたびあなたの顔を、あなたの顔のみを輝かせてください」

男を嘲笑《あざわら》うかのように街が燃えた。

汚らわしい四つ足の獣のように人は這《は》い、そこら中に種をまき散らした。男は女を殺し、女は子供を殺した。富める者は貧しい者から奪い、貧しい者はより貧しい者から奪った。そこらじゅうに悪意に満ちた笑い声があった。

やがて街は燃えた。男も女も灰になった。

再び灰まみれの男は祈った。

「耳を傾けてください。目を開いてください。わたしたちのこの、荒れた土地を見てください。この地もまた、あなたのものであり、あなたのあわれみの場所なのです」

ゆるしてください、と男は言った。

ゆるしてください、ゆるしてください、ゆるしてください。

男は何度も繰り返した。

その度に私の胸は突き刺されたように痛んだ。そのように祈っても、そのように言っても。

日が暮れた。

男の口の周りにも灰がこびりついている。彼が息をするたびにざらついた呼吸音が耳を焼いた。

ついに男は倒れた。ひとかけらのパンも、一滴の水も口にせず、肋骨《ろっこつ》を浮かせて男は倒れた。

——回向、永眠、保温

あなたの声が聞こえた。

私ははじかれたように男の元に飛んだ。

灰まみれの顔をぬぐってやり、花弁についた蜜《みつ》を吸わせた。

男は夢を見るような蕩《とろ》けた顔で私を見つめた。

私はいたわりを持って彼を見つめ返した。

私は歌うように告げた。

「わたしはあなたに、智慧《ちえ》と悟りを与えに来た」

男は胸の前で手を合わせた。しかし、私に祈ってはならない。私は彼の手を優しく解《ほど》いた。

「あなたが祈った時、[redacted]のお言葉が出た。私はそれをあなたに告げるために来た」

男は頷《うなず》いた。死にかけているとは思えない力強さだった。

素晴らしい。彼は正しい者だ。

「あなたは[redacted]に、おおいに愛されている者だ。ゆえに、この言葉を聞き、悟ることができる。あなたとあなたの兄弟たちは、定められた時を経て、罪に終わりを告げるでしょう。不義をあがない、よい実をつけて、これからくる素晴らしい方に油をそそぐためだ」

男は希望に満ちた瞳《ひとみ》で笑顔を見せた。だから、私は彼に真実を告げるのが心苦しかった。

――回向、永眠、保温
あなたの声が聞こえた。

私はふたたび口を開いた。

「これよりまもなく世界は断たれる。きたるべき方はあなたの街を滅ぼすでしょう。その終わりは洪水のように臨むのだ。それまで戦争も続くでしょう、しかし」

絶望で目を曇らす男に、私は続けて言った。

「おおいに愛された人、悲しむことはありません。彼は犠牲と供物を廃する方だ。心を強くし、正しいことを行いなさい」

男の目は燃え盛るように輝き、一歩、また一歩と歩いていく。

私は振り返った。あなたはいない。

――回向、永眠、保温

まだそのときではない。

しかし、やがてくる。

○

結果的に、タクシー運転手の水野は手遅れだった。会社の前に車を停め、その中で死んでいたのだそうだ。

「まったく、死ぬならどこかよそで死んでほしいですよ。車だって……」

そう呟《つぶや》く彼の上司に反感を覚えつつも、青山は何も言えなかった。

あのときるみが取った水野からの電話は、「さようなら、色々とお世話になりました」という、実質自殺の予告だった。その電話の直後に、本当に死んでしまったということで、水野の携帯の最後の通話記録にはるみの名前が刻まれた。

顎《あご》から脳天に向かってボールペンを串刺《くしざ》しにして死ぬという異様な死にざまだったため、警察は、他殺あるいは自殺教唆の線もあると判断したらしく、るみは重要参考人として、警察で事情を聴かれることになってしまった。

るみを待っている間に日も暮れて、結局あの、島本笑美が囚《とら》われている謎の建物に行ってからまる二日が経過していた。

青山は、一度自宅に戻って休むことを提案したのだが、るみは、

「時間がないのです」

そう繰り返す。

どう時間がないのか、なぜるみは、島本笑美を取り戻すことに執心するのか、そのようなことを聞くのはやめた。青山がすることは、るみについていくことだけだ。

そういうわけで二人は今、電車に乗っている。東京駅からこだまで静岡まで行って、出雲《いずも》市行の寝台特急サンライズ出雲に乗った。岡山に着いたらまた乗り換えるのだが、それは明日《あした》の朝の話だ。

石神より確実に力がある、どころか、るみに「最終兵器」とまで言わしめる霊能力者に会いに行くのだと言う。

シングルツインという、ベッドが二段になっていて、一部屋に二人泊まれる個室を予約した。体格の問題で下段がるみ、上段が青山だ。

「青山君、まだ起きていますか」

色々なことがありすぎた二日間だった。様々な考えが頭を巡り、気もそぞろだ。下から聞こえてくる声も妙に響いて落ち着かない。

「眠れませんよ、こんな状況で」

「寝ておいた方がいいですよ。かなり歩くので。そうでなければ寝台車に乗った意味もない」

私が起こしますから、と言われて青山は曖昧《あいまい》にはい、と答えた。

目を瞑《つぶ》ると、どうしてもあの宗教団体で起きたことが思い起こされてしまう。

思い出すのは死の恐怖、それと、頭の中で何かがつながりそうな感覚だ。

「ふさわしい実を結んでくださいね」

ヤンの言ったこの言葉だ。青山はこの言葉を絶対にどこかで聞いたことがあった。

本か、漫画か、アニメか、映画か。

いや、創作物ではなかったような気がする。

もっと身近で、無意識下にまで浸透しているような言葉だ。

父の言葉か、母の言葉か——どちらもピンとこない。

脳の引き出しを開け閉めしている間に、青山の瞼《まぶた》は落ち始め、やがて深い眠りが訪れた。


予定通り岡山で下車して、今度は特急南風《なんぷう》に乗り換える。アンパンマンの絵が描いてある可愛らしい車両だった。

青山は眠たい頭のまま岡山駅で買ったおにぎりを食べていたが、車窓から見える美しい風景に次第に気分が高揚し、目が覚めてくる。

「すごい、海を渡ってますよ、先輩！」

そう言ってしまってから後悔する。二十七にもなって子供のようにはしゃいで、とても恥ずかしい。それに、青山もるみも、遊びで来ているわけではないというのに。

「ごめんなさい、はしゃいじゃって……」

「いえ、いいのです」

　るみはそう言って、青山と同じように身を乗り出して窓の外を眺めた。

「本当に綺《き》麗《れい》……私は色々と考えすぎてしまう癖があって、心に余裕がなかったですから、ありがたいです」

　るみは優しい顔をしていた。口では「相手は所詮《しょせん》人間」などと言っても、本心では「所詮」などとは思っていないのだろう。当たり前だ。るみだって、あの圧倒的な力を、恐怖を、体験したのだから。

　それに、るみ自身がかなり高く評価していた石神もあのヤンという男の力の前に敗北したのだ。石神を超える霊能力者となると、会うだけで緊張するような人間なのかもしれない。

　そこから目的地に到着するまで二時間、青山はつとめて明るく振舞った。単なる旅行に来ている友人同士のように取り留めもなく話していると、二時間はすぐに溶けた。

「斎藤先生の小旅行で熊野《くまの》本宮に行ったときみたいですね」

「まあそこよりもずっと田舎……いえ、趣深いですね」

　土佐《とさ》山田《やまだ》駅に到着した二人は、そこから徒歩で待ち合わせ場所に向かった。駅の周辺は販売所や学校施設らしきものもあり、よくある地方の風景だったが、赤い橋を渡ってからは、違った。視界一面、山、山、山だ。

るみと青山が所属していたゼミの教授・斎藤晴彦は、フィールドワークと称して、適当に選んだ学生を連れて、定期的に小旅行に行く人だった。小旅行は本当に自由なもので、斎藤先生に付き合って行動する必要はなく、各自好きな場所を観光などしていても文句を言われない。その上旅費もその他かかる経費もすべて斎藤先生が出してくれるので、選ばれた学生は皆から羨望《せんぼう》の目で見られたものだ。

とはいえ、大体の学生は趣味もかねてゼミに所属していることが多かったため、わざわざ別行動を取るものは少なかった。青山は、普段の講義はさほど熱心に聴いていなかったが授業から外れた斎藤先生の話は面白く、興味深かった。

青山は以前、幸運にも熊野本宮への小旅行についていく権利を得て、そこで大鳥居の逸話や、ヤタガラスに関する陰謀論的な小話を面白く聞いた。

そんな思い出に浸っている青山を置いて、るみはさっさと歩きだしてしまう。

一応道は整備されているのだが、山に分け入るような感覚を覚えた。ふと見上げると、山の斜面にへばりつくように集落が点々と存在している。

一体どこまで歩いたらいいのか。まだほんの少し歩いただけだというのに、青山は気が遠くなるのを感じた。

風景を楽しむ余裕はなかった。ここに来るまで長い時間がかかり、体力を使い果たしてしまったというのもあるし、やはりどうしても三日前のことを思い出してしまう。るみは一言も口を利かなかったたし、青山も今回は話しかけなかった。

なおも歩くと、遠目に建物が見えた。

青いトタン屋根の粗末な小屋だ。その周辺にいくつか民家のようなものがあるように見える。

とりあえずの目標地点ができて青山は少し安心する。安心すると視野が広くなり、すぐ近くにちょうど人が座ることのできそうな形の岩を見付けた。

「結構歩きましたし、休憩しませんか」

るみに声をかけた瞬間だった。

――ケエコオ
かすかに、しかし確実に声がした。

――ケエコケエコオ
振り返る。しかし、なにもいない。

で、あれば、きっと気のせいだ。青山は前を向いた。

風が吹いている。風は草木を揺らして、都会に暮らす人間には耳慣れない音を鳴らすものだ。今までにあったことと結びつけて、脳が聞こえもしない音を作り出しているだけだ。

――ケエエエコオオオオオ

るみは青山の手を摑《つか》み、猛然と走り出した。青山も必死で足を動かす。

どんなに走っても、声は背中に張り付いたように真後ろから聞こえてくる。

るみがぴたりと足を止めた。

全く姿が見えない、声だけの何か良くないもの。

呼吸が荒くなる。どうしていいか全く分からない。

空気が重い。

『その口から、ケエコケエコとカエルの鳴き声が出ているのです』

島本の声が頭に響くようだった。

姿が見えないのに、それは、

「そくめつそばか」


ばつん、と太いゴム紐《ひも》が切れるような音がした。斜面を黒いものが転がり落ちていく。

慌てて斜面を覗《のぞ》き込む。黒いものはもう見えなかった。

「そこ見とってもなんちゃあないき《なんにもないよ》」

声をかけられて振り向くと、視界に入ったのは車椅子の男だった。

「物部《もののべ》さん、お久しぶりですね」

るみが男に向かって答えた。

物部、と呼ばれた男は確かに車椅子の男だ。肌の艶《つや》から見て、年も同世代か、やや下というところだろう。目線だって身長170㎝の青山より低い。

しかし、彼と対峙《たいじ》すると、なにかずっと大きなものを相手にしているような気持ちがした。体格は細身で、目元が涼やかな美青年なのだが——青山は目を合わせることができなかった。

「お久しぶり、ようきんしゃった」

物部は挨拶《あいさつ》しながら、青山を指さした。

「るみちゃんの彼氏か？」

「違いますよ！」

青山が慌てて言うと、物部は鼻を鳴らした。

「こぉんなクソ田舎、えいところひとつもないき、別んとこ行け、言いたかったけんど、カップルやないがならいらんお世話じゃね」

そう言ってくくと笑う。揶揄《からか》われているような気がして面白くないが、先程までの威圧感がわずかに薄れ、青山は少し安心した。

そしてはっと思い出す。きっと物部のおかげで、あの声が聞こえなくなった。

「あの、ありがとうございます」

「なにが？」

「さっき、助けてくださって……」

「しらん」

物部は刺々《とげとげ》しく吐き捨てた。また冷え冷えとした目に戻って、青山を睨《にら》んでいるように見えた。

物部はフン、と鼻を鳴らしてるみに言った。

「電話でも言うたけど、俺がるみちゃんに教えられることなんてないがです、きちんと勉強しちゅう人いくらでもおるでしょう。そういう人に頼んでください」

「謙遜《けんそん》も過ぎれば卑屈というものですよ」

るみは物部に歩み寄って言った。

「あなたは素晴らしい拝み屋です。初めて祓《はら》ったのは五歳のときとお聞きしましたが……」

「五歳？　幼稚園児じゃないですか。そんな小さいときからお仕事されているんですか？　すごい……すごい人なんですね」

青山が純粋に感心すると、るみは大げさに頷《うなず》いてまくし立てた。

「すごいなんてもんではありません。簡単な動物霊から、人食い人魚、生霊や、祀《まつ》ろわぬ神まで——青山くん、君にこのすごさが分かりますか？」

「経験が多い……ということですよね」

「それも確かに素晴らしいことですが、彼の特異性を示すには足りません」

口を挟もうとする青山を遮るように、

「以前もこんな話をしましたね。拝み屋、祓い屋、そういった類《たぐい》の人は神主であったり坊さんであったり、君のお祖父《じい》様のように牧師であったりですね、結局そういった方々で……」

「お祓いなんて上等なもん、したことないが」

物部は車輪を漕《こ》ぎ、るみから距離を取るように後退した。よく見ると、少し捲《まく》れたシャツの袖《そで》から覗く腕は肌色をしていない。長い手袋でもしているようだった。

「いいえ、あなたは素晴らしい。今だって……いいえ、先程の話を続けましょう、お祓いというのは、大抵の場合、呪いだとか祟《たた》りだとか、その原因を突き止めてやっと執り行うことができる。だから本来は神父は悪魔、神主はケガレ、坊さんは悪霊しか祓えない。メソッドがないからです。ここまでは、この間話したこと……この世界の前提で、常識です」

るみは芝居がかった調子で物部を指さした。

「しかし彼は違う。彼にはそんなものはいらない。原因など知らなくても祓える、だから素晴らしいのです！」

物部はるみの美辞麗句に、顔色一つ変えず、

「ご高説、どうも。なんべんも言うけど、それは俺が勉強できんけん、どうしようもないだけやき」

勉強とかそういう問題なんだろうか、と青山は思った。

るみの言う通り、心霊現象が起こったとき、人は原因を突き止めるために奔走し、それに見合った方法をなんとか探り当てる。まさにるみと青山もそういう仕事をしている。そして、探り当てたあとはふさわしい専門家に解決を依頼するのだ。

そもそも、心霊現象というものは、ほとんどが気のせいである場合が多い。

例えば青山の実家、ポーリク青葉教会でやっている悪魔《あくま》祓《ばら》いの話だ。教会には悪魔だけでなく、悪霊に取り憑《つ》かれたと悩んで相談しにくる人も多いが、だいたいが牧師である父のカウンセリングや、しかるべき医療機関への紹介でどうにかなる。つまりほとんどの心霊現象に悩まされている人は、精神疾患だったり、長く患った病気により心が疲弊してなにもないところに悪いものを見出《みいだ》しているに過ぎないのだ。

本来お祓いというものは、こうして長い時間をかけ、本当に原因が本人の訴える超常的なものなのかそうでないのかを探るべきなのだ。

しかし、拝み屋を自称する者の中には「魔祓い」などといって、すべての悪いものを寄せ付けない技術を持つと豪語する者もある（それは大体の場合、「なにもできない」と同義なのだが）。

今までの体験を踏まえて、青山は、なんのプロセスも踏まず、対象を特定することも無く、「魔祓い」などと称してすぐに対応する拝み屋はなにも分かっていない偽物だ、と思っている。

物部も話だけ聞くと同じようなジャンルの偽物、ということになるのかもしれないが、彼には奇妙な説得力があった。

細い体に似合わない威圧的な雰囲気。ヤンも同じように華奢《きゃしゃ》ですごい力を持っていたが、彼とは違う。ヤンはあくまでも温かく、側にいるとつい気を許してしまいそうな雰囲気を出しているが、物部と向き合うと心臓が握り潰《つぶ》されるような緊張感がある。

二つの目は何色も色が重なったような深い色をしていて、ずっと見ていると別の世界に連れて行かれそうだ。それになにより、るみが嘘をつくとは思えない。

物部はけだるげに頭を傾けた。

「ほんで？　わざわざ褒めに来てくれたんですか？」

「そんなわけないがでしょう」

るみが物部の方言を真似て言った。物部はあからさまに眉《み》間《けん》にシワを寄せる。

「ほんなら何しに来よったん？」

「お祓いの依頼です。他にありますか？」

るみは物部が後退した分、距離を詰めた。

「きちんと報酬もお支払いいたしますよ」

「断る」

物部はるみの言葉を遮るように言った。見事な手《て》捌《さば》きで車椅子を操り、るみに背を向ける。

「なんべんも言うたが、お祓いなんちゅうもんしたことないき。俺はほういう勉強もなんもやらんかったき、おしかりかすそか知らんけど、ほういうのはウチのオカンかジジイに頼んだらえいがやないね。二人ともきちんとした教育を受けて、修行しゆう人やき、きちんとこなしますよ、俺と違って」

「ご謙遜《けんそん》を。さっきだって助けてくれたではないですか」

るみはなおも食い下がっていった。物部はあからさまに嫌な顔をして大きなため息をつく。

「ウチらんとこに、変なもんが来たら困りますから対処しただけです」

拒否の意思を隠さない物部を見て、なんとか空気を和ませようと思った青山はわざと話の腰を折って尋ねる。

「おしかりとかすそってどういう意味ですか？　そもそも、物部さんは、どういう」

「『おしかり』は神仏の祟り、『すそ』は人間の呪いですかね、簡単に言えば」

るみは鞄《かばん》の中からタブレットを出して何やら打ち込み、青山に見せる。

――即滅　蘇婆訶《そばか》

「これが先程我々を助けてくださったときに彼が唱えた言葉です。そくめつそばか。彼の流派で使う法文《ほうもん》……呪文《じゅもん》と言ったところでしょうか。物部さんの流派は山岳信仰と密接な関係があります」

るみは一気にまくしたてた。

「こちらではいったん死者を墓に埋めて、そのあと『塚起こし』と言って死者を現世に呼び戻し、魂を清めてから天に送るそうですよ。さっきの『そくめつそばか』は呪い調伏の呪文で、本来きちんと手順を踏んで儀式を行うそうですが」

「そこまで色々知っとるんやから、自分でやったらえいがやない？　俺、今言われたことの半分も分からんよ」

物部はるみを遮って言った。

るみはとうとう車椅子の取手に手をかけて、

「あなたは勉強の必要がなかったからしなかった。確かに知っていますよ。私もちょっとは調べたので。そちらの流派の祈禱《きとう》師として独立するためには厳しい修行を十年も積まなくてはいけない。しかしあなたはしなかった。あなたのお祖父様もお母様も文句は言えなかった。なぜなら、あなたは生まれた時からなんでもできてしまうから。修行などしなくても……そうでしょう？　普通の人は呪文だけで悪いものを消滅させることなんてできないんです。だから、勉強やら修行の有無やら、そんなことはどうでもいいのです。私は本物の力がある強い人に頼みたい。つまり、あなたに頼みたい」

物部はふたたび深くため息をついた。

そしてるみの手を車椅子から払い除《の》けて、もう一度こちらに向き直る。

「今から手品でもしよか。ここに珠があるよね」

唐突な展開に戸惑う青山を尻目《しりめ》に、物部は手のひらで透明なガラス玉を転がしている。縁日のラムネの中蓋《なかぶた》に使われるビー玉程度のサイズだ。

それよりも、やはり注目してしまうのは、物部が手袋をはめていることだった。ビニールのような不思議な素材でできていて、太陽の光を反射している。ガラス玉と相まって、まぶしくて目がきちんと開けられなかった。

「よお見とうせ。今から消えゆう」

物部がそう言うや否や、ガラス玉が掌《てのひら》に吸い込まれるようにして消えた。そのように見えただけなのかもしれないが、まさに種も仕掛けも分からなかった。

「す、すごい」

手品を目前で見たことが初めてだったこともあって、青山は手を叩《たた》いて称賛する。

「青山君……君、かわいらしい子やね」

また揶揄《からか》われているのかと思い思わず睨《にら》み付けるが、物部は小さな子を慈しむような顔をしていた。恥ずかしくなって俯《うつむ》くと、物部は優しい声のまま続けた。

「今の手品はな、光の反射とか、声をかけるタイミングとか……色々重なって成立しちゆうもんです。それは分かるよな」

「手品！　これが手品というのですか」

るみが大袈裟《おおげさ》なリアクションをつけて言った。物部はそれを完全に無視して、

「要はこっちが見てる者《モン》……青山君やな。君をある程度コントロールしゆう……こっちの世界に巻き込むいうんかな。うまく説明できんけど……そういうもんやき」

物部は車椅子を漕《こ》いで、青山の目前に来た。腕を伸ばして人差し指を立て、それを青

山の額に押し付ける。青山は避《よ》ける気にならなかった。それどころか、何故か落ち着く気がする。腰を落として、物部の腕が辛《つら》くならないようにさえした。

あれほど恐ろしいと思っていた物部と、今ははっきり目が合っている。彼の深い色の瞳《ひとみ》の奥に光が見えた。別の世界に連れて行かれそうだなどと思った自分を、青山は恥じた。指先は硬くて冷たいのに、そこから温かななにかが青山に流れ込んでくる。

「俺の『お祓《はら》い』はそういうもん。なーんもわからんき、こっちのルールをあっち側に押し付けて、なんとかやっとるんよ」

物部は青山から指を離した。そして、るみの方に向き直る。

「これは先輩としての助言やけど、関わったらいかんと思うよ。自分の手に余ることはしないのが一番じゃ」

物部はそう言いながら右の手袋を取った。

青山はあっと声を上げて、慌てて口を押さえる。

物部の二の腕より先は金属の色をしている。指先部分は別の黒い物質でできているようで、彼が閉じたり開いたりすると意志を持った生き物のように動いた。

「分を弁《わきま》えることです。なんでもできると思ったらいかん。思い上がった結果がこれじゃ」

物部はズボンの裾《すそ》を捲《まく》り上げて見せた。靴から膝《ひざ》まで、まっすぐな金属の棒が延びている。

つまり、彼は四肢を――

「分かりました。それでは帰りましょう、青山君」

るみはタブレットをしまい、早足で立ち去ろうとする。待ってください、と青山が言う前に、

「せっかく来たんやき」

物部は青山にしたのと同じように、るみにも手を伸ばした。

「私はいりません。それより、せっかく、というなら何か見せてほしいです」

物部はしばらく黙ってるみを見つめていたが、少しだけ表情を緩めると、こちらへ来い、とでもいうような仕草をして、奥の建物に入って行く。ぎりぎり整備されていると言えなくもない道路を、車椅子に乗っているとは思えないほどなめらかに動くので、ついつい見惚《みと》れてしまう。その間に二人と距離が離れてしまい、青山は慌てて追いかけた。

何もない、だだっ広い木造の部屋に誘《いざな》われた。ざらざらした床に寝転がるように指示された青山は、ひんやりした心地よさを背中に感じながら目を瞑《つぶ》る。

山間部であることを差し引いても、ここの空気は綺麗《きれい》で、美味《おい》しいような気がする。

ふと、どこからか人の声が聞こえてきた。

七つうねうね谷々までも咲や栄える花なれど
あの世じゃ咲かぬ花なれど
此《こ》の世じゃいさみの花よ
花をいさみて三五《さんご》斎幣《さいへい》これのりくらえ
さらさら御遊《ぎょゆう》影向《ようごう》成給《なしたま》え
これになびかん神もない
これになびかん仏なし

薄目を開けると、正面に物部がいた。色とりどりの紙で飾られた冠のようなものを頭に被《かぶ》っている。

先程の、モダンな美青年と言った雰囲気はなく、ただただ神秘的だ。もの悲しい調子の歌を、ささやくような小声で歌っている。

青山は空気に圧倒されて、ふたたび目を瞑った。

二月に入れば椿の花
三月に入れば桜の花
四月に入れば卯《う》の花
五月に入れば五穀の花

六月に入れば百合《ゆり》の花
七月に入ればそばらぎの花

物部の歌は聞こえるか聞こえないか、それくらいかすかなものなのに、体全体が振動するほどよく響く。

七つうねうね谷々までも咲や栄える花なれど
あの世じゃ咲かぬ花なれど
此の世じゃいさみの花
花をいさみてよりござれ
これになびかん神もない
これになびかん仏なし

意識が浮遊する感覚があった。
四肢が痛みなく体から離れ、その体も闇に溶けていく。
母の温かい手が頭を撫《な》でた。
その奥、もっと奥の奥にまばゆい光があった。
もうここにはない手を伸ばす。

聖堂だった。

青山は聖堂に立っていた。

誰かがオルガンを弾いている。讃美歌《さんびか》だ。

「山路こえて　ひとりゆけど」

いつの間にか口ずさんでいる。

「主の手にすがれる　身はやすけし」

そのまま歌っていると、遠くから誰かが近付いてくる気配がした。

去年亡くなった祖父だ。顔は見えなくてもすぐに分かる。思わず駆け寄って抱きつきたくなった。大学に入ってから青山は、数えるほどしか祖父と話さなかった。いずれ自分が継ぐことになる家業から少しでも目を背けたかったというのが大きい。

るみと仕事をするようになってからもそれは変わらなかった。るみが祖父の手を借りたい、と言ったときも、祖父とのやり取りはるみに任せ、青山は事務的な会話しかしていない。

小さい頃からかわいがってくれた祖父だった。いつも笑顔で優しく、皆から慕われていた。

青山に悪魔と神の実在を信じさせてくれた人だった。

もっと話しておけばよかったと、きちんと教わるべきだったと気付いたのは死んでからだった。

もとから狭心症を患っていた祖父は、ある晩、眠ってそれっきりだった。

美しい寝顔のまま、花に囲まれて出棺していった。

涙は出なかった。

家族は勿論《もちろん》、近隣住民や、悪魔《あくま》祓《ばら》いによって彼に救われたという、遠方から来た多くの人までもが彼を惜しんで泣いているのに、青山の目は乾いていた。

実感がなかった。

彼が死んで一か月、三か月、半年、どんなに時間が経っても、青山は家に帰るたび談《だん》話《わ》室《しっ》を覗《のぞ》きに行くのだ。そこに祖父が生きているような気がして。

たった今、唐突に理解してしまった。

祖父は死んだのだ。

死んでいて、もう帰ってこない。もう二度と会えない。

だからこんな場所にいる。

理解してしまった途端、涙が溢《あふ》れて止まらなかった。大声で泣いて騒ぎ立てたかった。

祖父はゆっくり近づいてきた。

祖父の大きな手が額を覆った。

「安心しなさい、心を強くして、勇気を出しなさい」

飛び上がるように立って、青山は叫んだ。

「おじいちゃん」

もうどこにもいなかった。
ただ額の温かさだけが、祖父の存在を残していた。
――ふさわしい実を結べ
脳に電流が走った。そうだ。
父の言葉よりも母の言葉よりも、無意識化に存在している忘れられない言葉。

七つうねうね谷々までも咲や栄える花なれど
あの世じゃ咲かぬ花なれど
此の世じゃいさみの花
花をいさみてよりござれ
これになびかん神もない
これになびかん仏なし

青山は起き上がった。目を開くと木目の壁が見える。視界が現実に切り替わったようだ。

青山が目覚めると同時に物部の歌がぴたりと止んだ。

急に起き上がったせいか、眩暈《めまい》がした。しかし、それに構わず、

「聖書です！」

興奮気味に叫ぶ青山に、物部は怪訝《けげん》な目を向けている。

「突然なんじゃ」

「分かったんです、あの男、聖書を」

まずは落ち着け、と言って物部が手渡したお茶を青山は一気に飲み干した。まだ冷めていない液体が喉《のど》を刺激したが、全く気にならなかった。

「違うんですよ。諏訪大社じゃ……蛇神信仰じゃ、なかったんです。人間を植物に喩《たと》えて、『実を結ぶ』というのは、聖書特有の表現です！　『まるてぐら』はマルディ・グラのことだ。謝肉祭の最終日のことで……」

そこまで言ってから、青山は自分が一方的に話してしまったことが恥ずかしくなった。おそるおそる、るみの様子を窺《うかが》う。

るみは笑顔だった。

「そうじゃないかと思っていました」

笑顔でそう言う。

「気付いてたんですか……？」

「憶測の範囲でしたけど、青山君のおかげで確信が持てました。勿論、延《ひ》いては物部さんのおかげなのですが」

「俺はなんもしちょらん」

憮然《ぶぜん》とした顔で首を横に振る物部の手を、るみは晴れやかな顔で握った。

「『花の歌』でしょう。文献で読んだことはありましたが聴いたのは初めてです。死者の霊を誘い出すという」

「べつに。この子が辛《つら》そうやったき」

物部は頭飾りを深くかぶりなおしてそっぽを向いた。

青山は改めて物部という男に感心した。

一言も話していないのに、青山が祖父の死を受け入れていないことに気付いた。さらに、るみが『花の歌』と呼んでいたあの歌のおかげで、青山はどこかにトリップし、祖父に会った。

ヤンの言葉が聖書の引用であると気付いたのはあくまで副産物で、物部の儀式によって青山は心が救われたような気がして、むしろそれに感謝していた。

そして同時に、物部がこの案件に協力してくれたら、何もかも解決する、と確信した。剥《む》き出しの刃物のように鋭い雰囲気で、口調も刺々《とげとげ》しいが、彼の根幹は善人だ。

彼は「なんでもできると思い上がった結果」だと言っていたが、あんな体になってまで人助けをしていたということだろう。

「あの、物部さん」

青山は物部を正面から見据えて言った。

「一緒に来てくれないでしょうか。どうか僕たちを」

「帰りますよ、これ以上迷惑をかけてはいけません」

助けてください、という前にるみが話を打ち切った。

　青山が反論する間もなく、るみはてきぱきと自分の荷物をまとめ、青山の荷物まで持って玄関に走った。物部にきちんとお礼を言うことさえできない。

　靴を履いたあと、るみは物部に分厚い封筒を押し付けた。

「何じゃこれは。こんなんいりませんよ」

　物部は、封筒を押し付け返した。

　るみは負けじと、また押し付ける。そのような不毛なやり取りを数回繰り返した後、物部は諦《あきら》めたように封筒を開け、半分だけ取って、残りをるみの鞄《かばん》に突っ込んだ。

「もうおしまい。これでえいでしょ。早く帰りなさいよ」

　るみはにっこりと笑って、

「実を言うと助かりました、予算ギリギリだったもので」

　そう言って、今度こそ本当に元来た道を戻る。

「るみちゃんも本気でやるなら、きちんと向き合いなさいよ」

　物部は後ろ姿にそう声をかけた。

　るみは一切振り返らなかった。

　青山は何度も何度も振り返り、頭を下げた。物部も、姿が視界から消えるまでずっと、二人を見ていた。

第四章　てんたさん

○

例えばうちでは食事の前に必ず食前の祈りをする。康平《こうへい》の家では食事の初めから終わりまで一言も話さない。地元の名士の次男坊である慶次《けいじ》の家では父親が食べ終わるまでコップ一杯の水さえ飲んではいけない。

その日僕たちは、自分の家庭特有の習慣、そういうのがどこの家にもあるという話をしていた。他人の家の習慣というのは奇妙で全く理解ができないことがある。でも否定したり、驚きすぎてはいけない。

よそはよそ、うちはうちなのだ。

そうは言っても――やはりうちが一番普通であると思ってしまう。

康平の家は大きい神社だし、慶次の家は言わずもがなだし、家庭環境的に考えても、うちは二人と比べてごくごく普通と言える。だから、面白味もない、ごく当たり前の、誰もがやっていることをやっているだけだ。

康平も慶次もそう思っていたみたいで、「おまえんち食事の時つまんなそー」とか「お前の父親怖すぎ！」とか互いに言い合いはしゃいでいたが、僕の家庭の習慣についてわざわざ尋ねることはなかった。

トイレに入ったら家族全員に必ず報告するだとか、玄関から家に入ったら玄関ではなく勝手口から出掛けるとか、カレーの付け合わせは福神漬けと決まっているだとか、そういう話は無限にある。

盛り上がって、いつの間にか話題はクリスマスの話になった。

「うちは勿論《もちろん》、クリスマス自体やらないね。と言いたいとこだけど、ケーキは食うしプレゼントも昔から貰《もら》ってたなあ」

高級ケーキの味でも思い出したのか康平が福々しい顔を綻《ほころ》ばせる。

これは偏見だが、裕福な神社仏閣の経営者家族ほど、伝統やしきたりを無視して振舞う傾向にある気がする。神社における生臭坊主にあたる言葉はなんだろう。生臭神主でいいのかな。

「うちは、いろんな知り合いを呼んでパーティーって感じかな。パーティーって言っても子供が喜ぶようなクリスマスパーティーじゃない。挨拶《あいさつ》回りってやつだよ……今は耐えられるけど、ホント、ガキの頃は地獄だったなあ」

「うえー」

慶次の話を聞いて僕と康平は揃って悲鳴を上げた。あまり裕福すぎるのも考えものだ。

「ところでさあ、二人のうちでは」

僕は一番気になっていた疑問を投げかける。

「水垢《みずご》離行者《りぎょうじゃ》さまへの御礼はどうやってる？」

「みず……え？」

康平は目をまんまるに見開いている。そうしていると、まるで目だけ力を込めて彫られた仏像みたいだ。

「御礼だよ。うちの場合はまず弟が下着姿になって行者さまの足を」

「いやいやいや待てよ」

今度は慶次が首を振りながら言う。

「その、みずごり？　ぎょうじゃさま？　っていうのがさ、まず分かんねえからさ」

僕は思わず噴き出しながら、

「だから、僕だってさすがにそんなのは引っかからないよ！」

いつもこうして、慶次は康平をそそのかし、騙《だま》されやすい僕にドッキリを仕掛けるのだ。

しかし、さすがの僕も、今回ばかりは騙されない。

水垢離行者さまがクリスマスに来て下さるので、それに御礼を返さなければ、その一年の厄災が蓄積して翌年にはカタストロフィが起こることは幼稚園児だって知っていることだ。

「いやお前……なんで笑ってんだよ、こええよ」

慶次の声が震えている。かなりの演技派だ。まだドッキリを続ける気なのだろうか。

「わかったわかった、乗るよ。水垢離行者さまを知らないのな、ハイハイ。そんなわけないけど、そういうネタね。じゃあ説明しますけど。そもそもイイススは眼窩女《がんかおんな》から生まれて犬に育てられてるでしょ、だから弟は裸になって」

「もういいよ、ほんとやめろよ、気持ち悪いよ」

見れば康平も慶次も食事の手を止めて僕を睨《にら》んでいる。気持ち悪いなんて、言われる筋合いもないし、ドッキリにしてもかなり無礼だ。

「慶次も康平も、失礼じゃない？　これ、イイススの話だよ？　まあ康平はさ、邪教徒だから関係ないかもしれないけど、慶次はダメじゃない？　あんまりイイスス関連の行事でそういうふざけ方すると、カタストロフィが起こると思うけど……」

「おい、ふざけてんのはどっちだよ」

康平が椅子を蹴《け》って立ち上がる。今にも握り潰《つぶ》されそうなグラスが康平のむちむちした手の中でミシミシと音を立てている。

「邪教徒ってなんだよ。笑えねぇんだけど。喧嘩《けんか》売ってんのか」

「ああ、ごめんごめん、邪教を信仰する自由は憲法で保障されてますもんね。本当にごめん、配慮が足りなかった。でも、二人が悪いんだよ？　クリスマスの起源を正しく理解してないみたいな、そんな失礼なドッキリ、今後はやめて欲しいな」

こちらが大人の対応をして折れたというのに、康平は目を真っ赤に充血させてぶるぶると震えている。

邪教を信じる人間は無知で、誤った伝統に縛られ、正しい信仰を受け入れる度量がないという話は、マーテルから聞いたことがあるが、まさか本当だとは思わなかった。

康平は邪教徒とは言え、余裕があるうちの子だから（何度も言うが裕福な神社仏閣の家族ほど伝統やしきたりを大事にしていない気がする）、安心していたのに。完全に失敗だ。

「まあ落ち着けよ康平」

慶次の声で康平は渋々と言った様子で再び着席する。こういう威厳というか、人をコントロールする手腕というかは、父親譲りだなと思う。僕は尊敬の念を込めて慶次の次の言葉を待った。

「とりあえず最後まで聞いてみようぜ。なあ、教えてくれよ。イイススっていうのは……」

「まさか、そこから？　国によってはイエス、なんて呼ばれているけれど、イイススという呼び方が正しいと僕は思うな」

「……わかったよ。イイススは……っていうか、お前の中でのクリスマスっていうのは何を起源とする行事で、おまえのうちでは何するか教えてくれ。何も知らない俺らに、丁寧にさ」

驚いた。慶次の表情には全く嘘がなかった。隣に座る康平も、まだ怒りは抜けていないようだが、真剣な表情をしていることには変わりがない。

彼ら二人は、揃いも揃って本当に知らないのだ。僕の二十六番目の弟だって知っているようなことをこの年になって。

でも、仕方ないことだ。彼らにはたまたま慈愛に満ちた母親《マーテル》も、知識を与える父親《パーテル》もいなかったのだから。誰もかれもが恵まれた環境で育つことができるわけではない。

しかし、彼らをこのままにしておくことはできない。

無《む》垢《く》でいるのは素晴らしいことだが、無知のままではふさわしい実を結ぶことはできないのだから。

無知な人への教育は慣れているのだ。僕は彼らへの失望を隠し、順を追って説明してやった。

赤い八角《はっかく》の星の予言どおり、眼窩女《がんかおんな》は全能者イイススをその巨大な眼窩に身《み》籠《ご》る。

眼窩女は、迫害されながらも牧場に辿《たど》りつき、牧羊犬の小屋でイイススを産み落とし息絶える。

その日がまさにクリスマスである。

眼窩女の血の滴りを舐《な》めとった牧羊犬にイイススは育てられ、やがて水垢離行者であるイオアンに見出《みいだ》される。

イオアンは全能であるイイススの足についた犬小屋の土を払い、イイススは御礼としてイオアンの足の汚れを舐めとったという。勿論イオアンとイイススの万民の救済と贖《しょく》罪《ざい》の話はまだ続くのだが、クリスマスとはイイススが眼窩女の眼窩から産み落とされたその日であり、水垢離行者さまはイオアンが今日迄《まで》生きた御姿《おすがた》、俗な言い方をすれば現《あら》人神《ひとがみ》で、当然クリスマスには水垢離行者さまが来訪なさるし、御礼を欠かしてはいけないのだ。

「正しく理解してはいなかったみたいだけど……慶次の家なら色んな人が来るだろうし、イイススの話はしないにしても、水垢離行者さまの話は知っていたよね。それに御礼は、邪教徒以外ならどこの家だってイベントとしてやっていることだと思う」

笑顔を作りながら慶次の顔を見ると、元ミス日本の母親に似た端整な顔は汗まみれだった。いま自分の無知と無関心さに焦りと羞恥《しゅうち》を感じているに違いない。

「改めて慶次に聞くけど、水垢離行者さまにどんな御礼してるわけ？」

慶次はしばらく黙ってこちらを見ていた。そして首を横に振って、

「帰ろう康平。こいつんちやべぇよ。カルトだよ、ほんと悪かったな誘って」

康平はのろのろと立ち上がり、コートを羽織った。

質問に答えないどころか、声をかけても完全に無視してくる。

脳が煮え立つような怒りを感じた。

だいたい、カルトとはどういうことだ。

自分たちの無知を棚に上げて、カルトなんて言い方はとんでもないカタストロフィだ。

そして、ふと「正解」に辿り着いた。簡単なことだった。

彼らは、悪魔《ディアヴォール》だ。まさかこんな身近に二頭もいたなんて。

僕はその場に膝《ひざ》をついて泣いてしまいそうだった。

しかし勇気を持って立ち上がる。

牝犬《サバーカ》の洗礼名を持つ女の息子が悪魔に気付かなかったとは、申し開きが立たない。

母の名にかけて、大丈夫だ。そう自分に言い聞かせる。

イオアンもイイススも、たとえ悪魔に近き罪人であろうと、決して見捨てなかった。

僕は決意を持ってハンドベルを鳴らす。

ちりちりという軽妙な音に引き寄せられるように兄弟たちが四つ足を地につけて這《は》い寄ってくる。

聖なる者たちが恐ろしいのか、悪魔たちは顔を汗と涙でぐちゃぐちゃにしながら、出口を求めて先ほど入ってきた扉に駆け寄っていく。しかし、残念ながら開くことはない。

そこは入り口専用で出口ではないのだ。

僕は悪魔《ディアヴォール》になってしまった友人二人に愛を持って微笑みかける。

「慶次、康平、水垢離行者さまがいらっしゃるまでうちで一緒に勉強しよう。大丈夫、すぐ慣れるよ。絶対に考え方や行動を押し付けたりなんかしないから。二人はこれから、自分で考えて、自分の意志で行動するんだよ。ふさわしい実を結ぼうね」

◆　◆　◆

帰りは行きより早かった。寝台列車ではなく、のぞみに乗ったのだ。

今回の案件――つまり島本陽太の依頼に関しては何も解決していないのだが、青山の心は晴れやかだった。

ヤンは、聖書から言葉を引用している。

それが分かった瞬間、何とかできそうな気がしてきたのだ。

生まれたときから常に身近にあったものだ。まだまだ勉強途中で詳しいとまで断言するつもりはないが、日本の宗教や風俗などよりは理解できる気がする。

「ふさわしい実を結ぶ」とは旧約聖書と新約聖書どちらにおいても用いられる表現で、人間を植物に喩《たと》えたものだ。良い環境で育った植物が豊かな実をつけるように、良い言葉や正しい教えによって育った人間は善人になる、ということだ。

それにヤンは「兄弟たち」と言っていた。これも非常にクリスチャン的な表現だ。

特にカトリックの人間は、同じ教会に集う信者たちを「兄弟」と表現する。といってもミサや説法のときに言うのであって、日常会話で使う人間はほとんどいない。

そういうふうに考えていくと色々と腑《ふ》に落ちた。

それをそのままるみに話すと、るみもどうやら同じ見解のようだった。

もう一度、るみのタブレットの記録を確認し、整理する。

○石田冴子・友人が食べ物を食べず、指摘すると激怒する。数週間前、怪しげなセミナーに参加。↓依頼人と連絡つかず。

このセミナーは、モリヤ食品の所有するレンタルオフィスで行われていた。

途中で石田とも連絡が取れなくなったため、石田の家族や同僚に聞き込みを行ったが、彼女もその友人と同じように態度がおかしくなり、失踪《しっそう》してしまったという。失踪の一日前に家族にセミナーを受講することを勧めていたようだ。

○水野翼・すべての行動が監視されているような気がする。最初は気のせいだと思ったが、徐々に自分は罰せられるべき人間だと思うようになった。仕事でミスを連発し、クビになりそうである。

「原罪」という考え方がキリスト教には浸透している。

人は生まれながらにして罪があるというもので、特にプロテスタントは「全的堕落」といって、すべての人間が罪によって堕落していると考えている。

自らを罪人だと思い込む部分をるみは「キリスト教的である」と捉《とら》えたようだ。青山としては色々言いたいこともあるが。

○・村瀬舞美・依頼人の息子、琢磨は、酔って歩いていたところ、誰かと言い争いになった。次の日から目が見えない。病院にかかっても異常はないと言われる。

新約聖書において、父なる神《ヤファ》やキリストを信じない者に「失明」というしるしが表れるエピソードはよくある。るみはこれを連想したようだ。そして、この場合正解だったということになる。

「まあ、これらの情報を統合すると、確定ではないですが……ヤンという男は、自分のことを神の代弁者、恐らくイエス・キリストだと思い込んでいる、というところでしょうね」

青山は頷《うなず》いた。

「僕もそう思います。『あなてまたるべし』も、そこから考えれば何か分かりました」

るみは嬉《うれ》しそうな顔をする。

「教えて下さい」

知識や洞察力では全くかなわないと思っていたるみにこんなことを言われると、照れてしまう。青山はにやけそうになるのを誤魔化すように咳払《せきばら》いをした。

「Anathema《アナテマ》たるべし、です。アナテマとは、和訳すれば『聖絶』になるでしょうか…

…本来は神に捧《ささ》げられるもの、という意味なんですが、聖書においては「滅ぶ」という意味で用いられることが多いです。それに、べにでおみね、も、今なら分かります……Veni de homine……これも聖書の引用です。イエス様が悪霊に取り憑《つ》かれた男を癒《いや》すとき、『その男から出て行け』と言うわけですけど、そのラテン語ですね。こうやって少しでも分かることがあると、正直、ちょっとだけ気が楽になりました」

「どうして？」

るみは窓に手を這わせながら言った。

「私は不安になりました。規格外の力を持つ、悪意あるただの人間、というだけならやりようもあったんでしょうが……あのヤンという男が自分のことをキリストだと思い込んでいるというのなら、そこに悪意はなく、従って人間的アプローチも通用しないということになります」

るみは息を吐いて窓を曇らせ、そこに指で十字のマークを描いた。

「神を信じ、多くの信奉者がいて、まさに奇跡としか言いようのない事象を起こすことができる男は、本物のイエス・キリストだといえるのでは？」

青山はヤンの顔を思い出した。何の特徴もない顔。しかし、暖かな日差しのような男だった。おそらくこれも彼の力で、そう思わされているだけなのだろうが、死の恐怖を植え付けられてなお、青山はヤンのことを嫌いになれなかった。

「青山君はイエス・キリストと戦って勝てると思いますか？」

「思いません、そもそも、イエス様と戦うなんて」

青山が即答すると、るみは声を上げて笑った。

「冗談ですよ。それに、私たちは戦って勝つことが目的ではないですしね」

敬虔なキリスト教徒だと知っていたのに、青山君に失礼なことを言ってしまいました、と打って変わってしおらしく謝罪するるみの言葉を流して、

「あの、どうして諦《あきら》めて帰っちゃったんですか」

「南風」の中ではるみが爆睡していたため聞けなかったことを青山は尋ねた。

「ご迷惑なのは分かりますけど、物部さん、きっとお願いすれば助けてくれたんじゃないでしょうか。本当にすごい方のようですし」

「もう助けてもらってますから」

るみは口いっぱいにすき焼き弁当を頬張りながら答えた。

「そうでなけりゃ報酬なんか渡しませんよ」

「確かに、僕自身は救われましたけど……」

青山が祖父の死を受け入れ、ヤンの言葉が聖書の引用だと気付いたのは大きなことではある。しかし、それが問題解決に繋《つな》がるかというと、そうは思えなかった。

解決の要《かなめ》はるみであり、青山ができることなどほんのわずかだ。

「青山君のお祖父《じい》様の件はあくまでオプションでしょうね」

じゃあ他に何を、と問いかけようとして、青山は喉《のど》に違和感を覚えた。

ものすごく熱い塊のようなものがある。

息を吸おうとして、そのまま激しくむせた。呼吸ができない。

るみが何度も背中を殴打して、何回目かにそれは青山の口から飛び出した。慌てて拾い上げる。

透明なガラス玉だった。

物部の手の中に吸い込まれるようにして消えた、あの玉だった。

青山がガラス玉を握りしめて固まっていると、

「物部さんは本当にすごい方ですよねえ」

何故かるみが、誇らしげにそう言った。

☆　☆　☆

「きちんと向き合いなさいよ」

あの顔の美しい男はそう言った。

私もそう思う。私はいい加減向き合わなくてはいけない。

幼いころの記憶を辿《たど》るのはとても辛《つら》いことだ。

不幸自慢をするつもりはない。しかし、私がありのままを語ると、それがそのまま不幸自慢になってしまうのだ。だから、誰にも言ったことはない。

私の父親はゴミだった。

フィクションに出てくるゴミ男の、全ての要素を持っていた。

つまり、働かず、家庭を省みず、女にだらしなく、酒と賭博《とばく》にどっぷりとはまり込み、借金まみれだった。

勿論《もちろん》、御多分に漏れず、暴力も振るった。

母は毎日殴られていた。

しかし、私は母親に同情したことはない。

ゴミ男と家庭を作る女もまた、ゴミ女だった。

母は父に殴られた分だけ、私を殴った。私は父にも殴られていたから、暴力を一身に受けていたことになる。

物心ついたときにはすでに、家庭は暴力の世界だった。一体全体どうして、こんな人間未満の男と女が家庭など持ってしまったのかは分からない。

しかし、それでもまだ、私の奥歯が生え変わるころくらいまでは、どうにか「家庭」という形を維持していたと思う。ゴミどもは、私の見ている前で、平気でセックスをしたからだ。

おぞましいゴミどもは、行為のあとだけはわずかに機嫌がよく、泥臭い野菜が生煮えのカレーを作って、忌々《いまいま》しい笑顔で「一緒に食べるよ」などと言ってきた。ゴミの考えることはよく分からないが、一家団欒《だんらん》のつもりだったのだろう。

それもなくなってしまってからどうなったかと言うと、父は家に帰ってこなくなった。ふらふらとどこかに出かけることはそれまでも何回かあったが、徐々に期間が長くなり、最終的にはひと月に一回家にいるかいないか、という状態になってしまった。

　最初のうち、母は荒れていた。勿論、捨てられたことに対する怒りもあっただろうが、恐らく怒りの源は金銭面での不安だろう、というのは大人になった今なら分かる。

　父は借金まみれだったが、恐らくは日雇いのようなもので、必要最低限の日銭は家に入れていたようなのだ。それがなくなるというのは、実質的な死を意味した。

　母は体を売るようになった。

　本当は私をそういった趣味の人間に売るつもりだったようだが、私は醜かった。

　父も母も、さしてひどい顔をしていたわけではないが、私は父と母の悪いところを合わせたような醜い顔をしていた。私は自分が醜いかどうかなどどうでも良かったが、母の役に立てないのは辛いなあ、などと思ったのを覚えている。

　母はまだ若く、容姿も悪くなかったため、相手に困っているようには見えなかった。

　母の売春は、家の中で行われた。何人もの男が家を訪れた。

　当然私は邪魔者だった。

　客の中には、父や母と同等のゴミがいて、私が見ている前で行為することを求めてきたが、そういう場合以外は、私はがらくたと一緒に押し入れに放り込まれた。暗くて埃《ほこり》っぽい空間の中で、母親の嬌声《きょうせい》を聞きながら過ごすことを余儀なくされたのだった。扉はガムテープでぴっちりと閉じられ、一筋の光も射さなかった。ほんの狭い空間なのに、闇がどこまでも続いているような気がした。

最初は勿論、怖かった。あのときの私は、殴られ蹴《け》られ罵倒《ばとう》されることよりも、いないもののように扱われることの方が怖かった。

健気にも、おかあさん、たすけて、と何度も祈った。勿論、誰も助けてはくれなかった。

変化が訪れたのはしばらく経ってからだった。

その日、いつものように、私は押し入れに放り込まれた。男が母と二、三言交わして、すぐにボロアパートの部屋全体が軋《きし》み始める。これもいつものことだった。

いつもと違ったのは、ミシミシと部屋が軋む音に交じって、囁《ささや》き声が聞こえてくることだった。

「おかあさん？」

私は消え入りそうなほど小さい声で呼びかけた。しかし、外からは品のない喘《あえ》ぎ声が聞こえるだけだ。その間も囁き声は聞こえるのだから、これは母ではない。

そう気付くと、途端に恐ろしくなった。

両親が、恐らく加虐心を満たすためだけに見せたホラー映画。青白い顔をした黒髪の女がどこまでも付いてくるという、今思えば稚拙な内容だったが、幼い私に恐怖を植え付けるには十分だった。その女が囁いている。どんなに頭の中からイメージを振り払おうとしても、女のにやついた顔まで思い浮かんでくる。目を瞑《つぶ》って、気を紛らわせようとした。

「目をあーけーてっ」

声の主がそう言った。

女の声だった。私は必死に、そんなことをしても無駄なのに、口を押さえて、吐く息の音さえ聞こえないように身を縮めた。

「目をあーけーって」

また、歌うように囁いてくる。

いやだいやだ、はやくいなくなってくれ。

「どうしてそんなことを言うの？」

声は悲しみを帯びていた。

「わたしはあなたのお友達なのに！」

耳に息がかかる。お友達。その言葉に思わず目を開けてしまう。

小さい顔に、くりくりとした可愛い目。形のいい唇は綺麗《きれい》に弧を描いている。華奢《きゃしゃ》な体は、下半身だけが鱗《うろこ》のようなもので覆われている。

人魚姫だった。

母が気まぐれに買い与えたアニメ絵本の表紙の、美しいお姫様がそこにいた。

「一緒にお話ししましょう」

人魚姫は泣き出したくなるほどやさしい顔をしていた。

それから何を話したのかはよく覚えていない。

人魚姫は声に出さなくても私の考えていることが分かるようだった。生まれて初めて知った「幸福」という感情がそこにあった。

ふと目が覚めると母がいて、お前はのうのうと寝ていられていい身分だ、というようなことを言われ、殴られた。幸せを知ってしまった後の不幸は前より辛いかというとそうでもなく、むしろこのわずかな幸せのために生きて行こうという気持ちにさえなった。それまでは生きているも死んでいるもなく、両親の付属品として存在している何かだと自分では思っていたから、人魚姫というのは唯一、両親ではなく、私に紐《ひも》づいた大事な存在だった。

私はその日から、人魚姫のために押し入れを綺麗にするようになった。

母親が外出した隙に、雑巾《ぞうきん》で埃や汚れを拭《ふ》き、床に落ちていた金属片や卵の殻、バナナの皮、宝石の写真が載っているチラシなどで飾り立てた。

人魚姫は私の造った稚拙な宮殿をたいそう喜んだ。鈴の鳴るような声で笑い、彼女が笑うとその周りを魚たちが舞い踊った。

「お友達を増やさないの？」

人魚姫は唐突にそう言った。

「増やせるの？」

「増やしましょうよ」

彼女は答えになっていない答えを、朗らかに歌うのだった。

彼女の言った通り、友達はどんどん増えた。

と言っても人間の形をした者はいなくて、犬だとか猫だとか、果ては丸だとか三角とか、なんの形にもなっていない、ただ漂っているだけの者も多かった。

私はそれらと一緒に歌ったり踊ったり（私は身動き一つしていないが、そのような雰囲気を味わったということだ）、楽しい時間を過ごした。その時間だけは私も、人魚姫のために存在する、美しい物語の登場人物だった。

しかし、楽しい時間は長く続かないという通説通り、終わりはすぐに訪れた。

父が本当にしばらくぶりに帰ってきたのだった。

父は帰ってきてすぐ、

「ここは臭《くせ》ぇな」

と言った。そこから口論が始まった。

母は父の不在を、父は母の不貞を責めた。父は母を殴ったが、母も道具を使って応戦していて、決して一方的な被害者にはなっていなかった。

私は少し安心していた。日常が戻ってきたようだ、と思ったのだ。

だから歌を歌った。人魚姫が私に聞かせてくれた、美しい歌だ。

その瞬間、二人は争いをやめた。

私は嬉《うれ》しかった。

やはり人魚姫の歌には素晴らしい力があって、その前では痛みも憎しみも悲しみも、霧のように消えてしまうものなのだ、愚かにもそう思った。

勿論《もちろん》、そんなわけはない。いや、ある意味そうだったかもしれない。

父と母は、争いを忘れて、私を甚振《いたぶ》った。

殴り、蹴り、水に沈め、回復を待たずにまた殴った。歯が砕けて、血とともに吐き出された。それくらいのことしか覚えていない。人間は痛みに弱いので、泣き喚《わめ》いたとは思う。

外が薄暗くなってくると、二人は私への暴行をやめた。

単純に疲れてしまったのだろう。

私は指先一つ動かせなかった。春先の暖かい頃で、寒いわけがないのに全身ががたがたと震えて、それで自分がまだ生きている、ということが分かった。

母は私が震えているのを見て、

「こいつ死ぬんじゃないの」

そんなことを怯《おび》えた口調で言った。

よくニュースなどで、人を殺した犯罪者が、「殺すつもりはなかった」などと供述する。人はそれを言い訳と捉《とら》えがちだが、母のこの言葉を思い返すと、あながちそうとも言えない、と思う。

きっと彼らは、本当に頭が足りないのだ。壊滅的に頭が悪いと、人間は死ぬ生き物であるということも分からないのだ。

「死ぬわけねえだろ」

父はそう言いながらも、その言葉には覇気がなかった。

そのあと、二人であれこれ相談していた。私はその間中ずっと、耳鳴りがして、目の前が明るくなったり、暗くなったりを繰り返していたので、内容は聞こえなかった。

協議の結果、私はやはり、押し入れに放り込まれることになったようだった。

変な方向に曲がった腕を父が引く。ざらざらと畳を擦って私の体は押し入れの前まで送られる。

父の分厚い手が、押し入れの扉を引いた。

「うわっ臭ぇ！」

父が大げさに身を引いた。

私の造った宮殿は、要は生ごみでできていたわけだから、つまりそういうことだったのだろう。

「てめえ、掃除ぐらいしとけや！」

父が母に怒鳴る。

「知るかよ！　こいつがやったんだよ！」

母が私を指さした。

「クソ、きったねえな」

私は投げ捨てられるように、頭を押し入れに向かって蹴《け》り飛ばされた。

母はなおも怒鳴っていたが、私の頭はいよいよ朦朧《もうろう》としてきて、何の単語も拾えなくなっていた。

「いらないんじゃない？」

鈴の鳴るような声が聞こえた。

薄目に、きらきらした宝石のような瞳《ひとみ》が映った。

「ねえ、あいつら、いらないんじゃないの？」

人魚姫はやはりとてもやさしい顔で私を見ていた。

「いらない」

私は鼻血が詰まったままの声で言った。

「二人とも、いらない、死ね」

地面が揺れるほどの轟音《ごうおん》が鳴った。足元が何か生温かいもので濡《ぬ》れるのが分かった。

体の震えもなくなっていた。凍えるような寒さが、そっくりそのまま恐怖に置き換わった。

なにか取り返しのつかないことが起こった。そして、それをやったのは。

聞こえないはずの耳に、拍手がこだまする。大喝采《かっさい》だ。

人魚姫とその有象無象の僕《しもべ》たちが手を叩《たた》き、歌い、舞い狂っている。

人魚姫は大声で笑っていた。大きく開いた口腔《こうくう》に鮫《さめ》のような歯がびっしりと生えて、真珠のように光沢を放っていた。

狂瀾怒濤《きょうらんどとう》の宴《うたげ》を見ながら、私は深い眠りに落ちた。

陳腐な表現だが、次に目が覚めたとき真っ先に目に入ったのは白い天井だった。

すう、と大きく息を吸うと、消毒液の臭いが鼻腔《びくう》に充満した。病院だった。

その時の私は病院というものさえ知らなかったから、私のした取り返しのつかない行いによって、白くて狭い箱に閉じ込められているのだと思った。

私はとにかく、体じゅうがたがたになっていたので、大人の人——つまり、刑事だとか、主治医だとか——と話したのは何日も経ってからだった。

私は自分が何歳かも分からないため、彼らは大変苦労したことだろうと思う。

中学生になる少し前くらいに聞いたところによると、爆発音を聞いた隣人が警察に通報したそうだ。両親の死因は調理器具が頭に刺さったことだという。その状況だけで判断するなら、「爆発事故が起こり、それによって生じた爆風に吹き飛ばされた調理器具が両親の頭に刺さった」と推察することができるが、部屋自体には何の損害もなく、私の体の傷も両親から受けたもの以外はなかった。

ともあれ、ゴミとゴミの産物である私は死ななかった。

その後の私は、他の虐待を受けた悲惨な子供と同じように児童養護施設に送られた。施設のスタッフは皆、とても優しい人だった。本来ならばとっくに小学校に通っている年齢なのに、人としての振る舞いさえ知らない私に、根気よく色々なことを教えてくれた。きっと、彼らの助けがなければ、私は椅子に大人しく座っていることさえできなかっただろう。

　そのおかげで、私はやっとこの世にいてもいい資格を得ることができた。名前さえない無戸籍児だったため、家庭裁判所に行き、就籍の許可を得なくてはならなかったのだ。本来出生届の提出漏れなどで戸籍が無かったとしても、このような手段を踏む必要はないはずなのだが、私を産み落としたゴミどもが死んでしまっているので、どうしようもなかった。

　間に合わせの名前と、付け焼刃の社会性を手に入れた私は小学校に通うようになった。そこは病院や施設と違って、優しい人の少ない場所だった。ほとんどの人間は子供だからだ。そして子供は愚かだからだ。私の両親と同じように、愚かな人間は、人は死ぬ生き物だということが分からないのだ。

　容姿が悪いこと、陰気で輪を乱すこと、施設で暮らしていること、この三つの要素で私は虐《いじ》められた。

　気付いた時にはクラス全員が一丸となって私を虐めているというような状態だったが、その中でも手ひどく甚振っていたのが橋口《はしぐち》という、女王蜂のような女子で、特段どの分野においても優れているというわけでもなかったし、容姿もごく一般的であったのに、人心掌握というか、人を扇動することには恐ろしいほど長《た》けた子供だった。

担任の教師——思えば彼は新任で、子供は純粋であると信じ切っている、勘違い熱血教師といった感じだった——彼までもが橋口の言いなりで、私が汚水の滴るモップをくわえさせられているときも、

「るみ、よかったな！　もうクラスに馴染《なじ》めたんだな！　四年三組は全員仲が良くて先生嬉しいよ」

などと言っていたのだから驚きだ。

そのようにして、橋口は狡猾《こうかつ》に私を虐めぬいた。

限界が訪れたのは五年生に上がってすぐのときくらいだっただろうか。

その日、私はウサギ小屋の当番だった。当番の児童は朝早く登校して、小屋の清掃をし、野菜くずをウサギに与える決まりになっていた。

誰もやりたがらないこの当番だったが、私は嫌いではなかった。動物が好きだったのだ。少なくとも動物は人間よりも無害だと思われたからだ。

用務員から野菜くずの入った籠《かご》をもらい、小屋に向かう途中で、一緒に当番だった男子とすれ違った。何故か気まずい顔をして、目が合うと顔を逸《そ》らし、そのまま走り去っていく。

同じ当番や係になった児童が、私に仕事を押し付けたりするのは日常茶飯事だったが、

それとは違う妙な雰囲気を感じて、嫌な予感がした。

早足で小屋に急ぐと、おぞましい臭いが鼻を衝《つ》いた。

鉄錆《さび》の臭い。暴力の臭い。血の臭いだ。

見たくもない光景が広がっている。

小屋の中央に薄汚れた白い塊があった。

そこからその臭いが発せられている。

何が起こっているか理解はできても、足が竦《すく》んで動けなかった。

「おはよう、ブタミちゃん」

甲高い声が背後から聞こえた。振り向かなくても分かる。橋口だ。

橋口は薄気味悪い忍び笑いを漏らしながら私の正面に回り込む。

そして、何かを私の前に放った。

小さくとがった毛の塊のようなものが二つ。血に塗《まみ》れて、ところどころ赤くなっている。

「ねえ、あんたお腹空《す》いてるでしょ」

橋口は笑いながら言った。

「シセツだと全然、ごはんとかもらえないんでしょ？　カワイソウだから、朝ごはん用意してあげたんだよ」

どこから出てきたのか、橋口の周りには女子が複数人群がっていて、ウソー、カナエちゃんやさしーい、などと同調している。

「ねえ、早く食べなよ」

橋口は投げたものをもう一度拾い上げ、私の顔の前に突き出した。

「ここで食べなよ、はやく」

苛立《いらだ》ったようにそう言うと、他の女子が私の鼻をつまみ、強制的に口を開けさせた。

そこにすかさず、塊がねじ込まれる。

ごわごわの毛と、泥と埃《ほこり》と血、良くないものがないまぜになって私の口になだれ込む。

吐き戻したいのに、彼女たちは私の鼻から手を放す気はなさそうだった。

酸欠状態になり、意識が朦朧とし始める。生死の境にいたあの日を思い出す。

一筋の光さえ差し込まない、埃っぽくて狭い押し入れ。

酸素を求めて気道を痙攣《けいれん》させながら、私は忌まわしい押し入れの中を思い出した。

「ハハハハハハハハハ」

誰かが大声で笑っている。橋口ではない。その取り巻きの女子たちでも。

口の中になまぐさい臭いが溢《あふ》れ、胃から嘔吐《おうと》物がせり上がってくる。

大口を開けて笑っているのは人魚姫だった。

「いらないんじゃない？」

口腔にびっしりと並んだ楯鱗《じゅんりん》を煌《きら》めかせて人魚姫は私に問うた。

「いらないでしょう？」

私は答えなかった。その代わりに強く思った。

いらない。消えてしまえ。

橋口香苗《かなえ》は死んでしまった。飛んできた看板が彼女の胴体を刺し貫いた。その日は風一つなかったし、その看板の出所も分からなかった。しかし、橋口は血を流してしばらく苦しんだ後、死んでしまった。

彼女の臓物が潰《つぶ》されてこぼれ落ちる様を目の前で見た取り巻きの女子たちは、重い心的外傷を負ったようで、その後彼女たちが楽しそうにしているのを見ることはなかった。

私への虐めも、ウサギの死もなかったことになった。

そしてそれ以降、私が学校の愚かな子供たちからひどい仕打ちを受けることはなかった。

橋口香苗の命と、イジメと、もうひとつなくなったものがある。

人魚姫だ。

人魚姫はいなくなった。私が消した。私がいらないと望んだのは人魚姫だ。

私は唐突に気付いてしまったのだ。

私の両親を消したのは人魚姫ではない。私がいらないと言ったから、親切なお姫様が私の代わりに殺したのではない。

私だ。

私がすべて造ったのだ。

思えば人魚姫は、私の知っていることしか話さなかった。人魚姫の僕《しもべ》たちは、うろ覚えのいびつな造形をした動物モドキだった。人魚姫の歌は、大型家電量販店のコマーシャルソングだった。

人魚姫は私だった。私が造った、理想の私だった。

私は恐らく、強く考えたことが実現してしまう力を持って生まれたのだ。

ゴミどもと暮らしていたアパート、その押し入れの中の稚拙な宮殿。その中でなら私はきっとなんでもできるのだろう。

その後、私はたびたびこの力を使った。

何か嫌なことがあれば、私だけの宮殿を思い浮かべ、願うだけで良かった。

力に気付いてからは、私は尊大に振舞った。施設に入る前の野獣のような状態に戻り、誰の言うことも聞かなかった。ゴミから生まれたゴミ女と言うに相応《ふさわ》しかった。

私がなんとか人間のふりができるまでになったのは、私が母と呼ぶ人のおかげなのだが、そのことは今考えるべきことではない。

今考えるべきことは、私の本質である。

私は自分の力を使うことになんの躊躇《ちゅうちょ》もない。

私と仕事をしている仔《こ》犬《いぬ》のような男は気付いてもいないだろうが、心霊関係の案件を扱う仕事は私の能力と暴力性を発散するのにうってつけなのである。

人間と違って、霊に対しては、どれだけむごたらしく殺《あや》めても誰も文句を言わない。なにせ、殆《ほとん》どの人間は、私と違って、それをはっきり認識することもできないのだ。

たまに、あの顔が綺麗《きれい》な男のような本物もいる。彼は私のように、例外中の例外だ。一度だけ私の処理を見られたことがあり、そのときから彼は私に何かと説教をしてくる。彼は、私と同等以上の力を持ちながら、それを他人のためだけに使う変わった人間なので、私のような人間は気に入らないのだろう。彼からすると私の方が変わっているのかもしれないが。

ともかく、私は彼と違って私利私欲で生きており、この力を使って金儲《かねもう》けをすることも当然だと思っているし、ゴミどもに似て嗜虐心《しぎゃくしん》も強いので、かなり荒っぽい方法で所謂《いわゆる》「お祓《はら》い」などをやっている。

問題は、今回の相手が人間だということだ。

恐らく「ヤン」と名乗るあの少年も「例外中の例外」だ。

ヤンの力は本物だ。私はなんの抵抗もできず意識を拘束され、思うままに動かされた。こんな体験は久しくしたことがなかった。

そんな凄《すさ》まじい力を持つ少年と対峙《たいじ》しなければいけないというのに、今の私は人を傷付けることができない。

もう二十年も前に、「母」の腕を折った。それが、私が特別な力によって人を傷付けた最後の記憶だ。

それ以来、二十年かけて私は、この力によって人を攻撃しないように自分自身に言いつけた。私が願うことは実現する。だから、不可能なのだ。

しかし、それではヤンから島本笑美を取り戻すことはできない。

島本笑美は、初めて、私が心の底から救いたいと思った女だ。

それは決して彼女の兄のためではない。

彼女は私に似ている。あのまま放っておいてはゴミになってしまう。ゴミは増えてはいけないのだ。

彼女を救うためには必然的にヤンを処理しなくてはいけない。平和的な手段はもう試した。あとは——

私が彼を殺せるかだ。人を殺せるかだ。

今の私は弱い。大切な人間が何人もできてしまった。

本来の私、つまりゴミとゴミの産物であり、満足に人間をすることもできない獣に戻る自信がない。そういった自分と向き合う強さがない。

「きちんと向き合いなさいよ」

そうだ。あの男の言うことはいつも正しい。きちんと向き合わなくてはいけない。

腐臭の漂う、猥雑《わいざつ》で稚拙な押し入れの宮殿を思い浮かべる。

あの宮殿の中では、私は万能だ。ヤンの信じる神のように、あの宮殿《押し入れ》の中でだけは。

私は押し入れの女王だ。

†　†　†

東京に戻ってからの一週間は目まぐるしく過ぎた。

るみは帰ってすぐ、調べることがあると言って、色々な場所に奔走し、ほとんど話すことも無かった。

青山は青山で実家の仕事に追われた。彼は未《いま》だ副牧師という立場ですらないのだが、待降節の子供向けイベントの準備には、資格も知識もいらないのだ。

一旦《いったん》、ヤンのことも笑美のことも端に置いて、青山は目の前の作業を一生懸命にこなした。

普段何もしないからこんなことくらいで疲れるのだ、と姉に嫌味を言われながら休憩に入る。青山の足は自然と談話室に向かったが、今度はきちんと分かっていた。そこに祖父はいない。そこに向かうのは、単に思い出に浸るためだ。

談話室は相変わらず温かで、それでいて荘厳な気持ちにさせられる不思議な雰囲気の場所だった。背もたれのついた簡素な椅子が木製の格子に向けて置いてある。本来、このように懺悔《ざんげ》を聞くのは、カトリックの神父が行うことらしいのだが——祖父はそこに座って、格子の向こうに座っている相談者の話を聞いていた。

近付くと、格子が嵌《はま》っている枠の部分に埃が溜《た》まっていた。

祖父のように頻繁にではないが、父もこの部屋を使用しているはずだ。それなのにこの状態は不衛生でいけない。

格子を外して全体を掃除しよう、そう思って青山が手をかけたときだった。

「神父《パードレ》様、お話を聞いてください」

格子の向こうから男の声が聞こえた。

本来、相談者は、相談の前に予約を入れるか、それがなくともブザーを鳴らすことになっている。いつなんどきでも対応できるというわけではないからだ。しかし、確かに教会の正門は開いている。男の声は張りつめていて、余裕がない雰囲気だ。恐らく急を要する事態であり、目についた場所にかけ込んだ、というところなのだろう。

「僕は神父《パードレ》ではありません。ここにはそもそも神父はいないのですが……いえ、困っておいでなのですね。すぐに牧師を呼んで参りますから、少しお待ちください」

ドアの方に向かって足を進めると、

「待ってください」

格子の隙間から白く細い指が突き出していた。

「幸喜くん、お話を聞いてください」

凍り付くような寒気が背中から全身に広がる。

カタン、と格子が揺れた。指が三本、格子を揺らしている。

ここから逃げなくてはいけない。それなのに、足に根が張ったように前にも後ろにも進むことができない。

「幸喜、なんでこっちに来ないんだ」

悲しげな声だ。もはや揺らすなどという生易しいものではなく、両手を角にかけて、ガタガタと揺すっている。

「幸喜、今すぐやめなさい。正しいことをしなさい。お前が行くのは蛇の道です」

祖父の声だ。格子をガタガタと激しく揺さぶる骨ばった指も、祖父の手に違いなかった。

青山の目から止めどなく涙が流れた。

「どうして泣いている？　まだ自分だけが正しいと思っているのか？」

手が格子から伸びてきて、椅子を引き倒した。

「鹿を整え頭を捧《ささ》げ、甕《かめ》の水を嘗《な》め尽くし、歩く道にマナが生える。そうやって彼は準備を整えているんだ。それを邪魔してどうしようというんだ」

祖父の声は徐々に勢いを増していき、とうとう怒鳴るような大声で、

「人の子に逆らうことは許されても、聖霊に逆らうことは許されない」

罰が下るでしょう、と言った。

青山は笑った。かつてないほど大声で爆笑した。自分でもこんなに大声が出せたのかと驚くほど笑った。

「ヤンさん」

そう問いかけると、格子を今にも外さんとする手の動きがピタリと止まった。

「ヤンさん、なんで僕が泣いたと思いますか」

青山は右手を伸ばして、骨ばった指を握りしめた。

「祖父はそんなこと言わないからです。祖父は自分以外の人間を、間違っているとか正しいとか判断しないからです」

指は必死に蠢《うごめ》いて、今度はこの場から逃亡を図っているようだった。手のひらに爪が食い込み、痛みが走る。それでも絶対に逃がすまいと青山は左手も添えて握り込んだ。

「なんで笑ったかも教えてあげますね。あなたは自分のことを神の子と思い込んでいる。知識のひけらかしのために神の言葉をみだりに引用して、あまつさえ罰を下している。まったく神を、聖書を、理解していない証拠です、すごく幼稚で……すごく滑稽《こっけい》です」

青山は手に力を込めた。

「人を罰するのも許すのも神だけです。あなたがしているのはただの暴力だ。あなたは気に入らないことがあると癇癪《かんしゃく》を起こす幼稚な子供と同じです、神の子では有り得ない！」

ぐちゅり、と生の豚肉を掴《つか》んだような嫌な感触があった。青山が思わず手のひらを開いても、もうそこには何もなかった。

しばらく呆然《ぼうぜん》としてしまう。息をする度に心臓の脈打つ音が耳から聞こえる。恐ろしかった。

あの声も手も、ヤンがよこしたものであることは間違いがないだろう。彼は好きな時に、好きな姿で現れることができるということだ。祖父の姿と声を模していたということは、頭の中全てを見られていると言っても過言ではないと思う。もしかして、今この時も。

　祖父を侮辱された怒りでなんとか追い返すことができたが——その気になれば、ヤンは青山を殺すことなど簡単にできるのだろう。そう思うと心の底から冷えるような思いだった。

　そして、もう一つ気になることがあった。先ほどのヤンの言葉。

鹿、つまり生贄《いけにえ》の頭を捧げる、甕の水を嘗め尽くす、これは列王記（旧約聖書に収められているユダヤの歴史書）の、預言者エリヤと父なる神《ヤフア》のやり取りを引用していると思われる。エリヤはイエス・キリスト誕生以前の、モーセと並び称される預言者であり、エリヤと言う名前もヘブライ語で「ヤフア我が神なり」という意味である。

　エリヤの人生はほぼすべてが、アダトという土地の神の信仰者との戦い、およびヤフアの信仰の守護である。となれば、イエス誕生以降の新約聖書には出てこないと思われるだろうが、彼はしばしば新約聖書の重要な場面に登場する。ヤフア信仰（ユダヤ教）ではなく、キリスト教におけるエリヤの最も重要な役割は、メシア誕生の預言と言えるだろう。

　ヤンの言葉の引用は、今までは、イエスとその弟子の伝記という側面の強い新約聖書からのものだと思い込んでいた。

実際、るみの言う通り、ヤンは自分自身をイエス・キリストだと思って、そのように行動しているように見える。

しかし、今回彼はエリヤの言葉を使ったのである。

何か重要な気付きに至りそうだった。

彼は本当に自分のことをイエス・キリストだと思い込んでいる人間なのだろうか。

モリヤ食品。

アナテマ。

島本陽太の体験した、諏訪大社の祭りに似た奇妙な儀式。

ヤンは島本笑美のことを特別気にかけていた。彼は笑美と、いや、笑美を使って何をするつもりなのか。

「ちょっと、いつまで休憩してんの？　いい加減仕事戻ってよね」

姉に声を掛けられて、青山の思考はそこで途切れた。

そうだ、まずは目の前のやるべきことをやらなければ。

青山は姉の後ろについて談話室をあとにした。

○

三人の男が空を仰いでいる。

年若い男はカグファと名乗った。手に一杯の黄金を持っている。

盛年を過ぎたころの男はバダダハリダと名乗った。乳香の詰まった壺《つぼ》を抱え、辺り一面を芳《かぐわ》しい香りが包んでいる。

年老いた男はバダディルマと名乗った。彼は砂を一粒一粒数えており、全身から死の臭いがした。

彼らは一様に空を見上げ、指差し、あれを見よと人に告げている。

人は空を見ない。

空には大きな、赤い、八角の星が浮かんでいる。

人は星を見ない。

恐れているからだ。

三人は無知で傲慢《ごうまん》な人々をかきわけて、あの建物に入ってゆく。そしてしばらくのち、手に多くの祝福を抱いて帰ってきた。三人とも同様の清々《すがすが》しい笑みを浮かべていた。

「あの方こそ我々の光です」

三人の男は帰って行った。

再び建物に目を向けると、老いた夫婦が互いを労《いた》わり合うように立っている。ひどく懐かしい人々だった。

彼らは私の姿を見ると、目に涙を浮かべて微笑んだ。

そして彼らも建物へ入ってゆく。彼らもまた、しばらくすると抱えきれんばかりの祝福を持って帰って行った。

私は空を見上げる。

もう間もなく八角の星は建物の真上に来るだろう。

私は地面を蹴《け》って飛び上がった。

――回向、永眠、保温――

そうだ。

建物の扉が開いている。

中から大きな頭の女が細い腕を動かしながら這《は》い出てくる。

女は空を見上げた。

八角の星が瞬き、女の巨大な眼窩《がんか》を照らした。何層にも重なった柔らかい肉が蠢いている。それは素晴らしいものだった。

――回向、永眠、保温――

今、今がそのときだ。

私は高らかに宣言する。

「天では、神に栄光があるように。地上では、平和が、神に喜ばれる人々にあるように」

人々はやっと、空を見上げた。思い思いに祝福の声を上げ、私はそれを聞いてますます囀《さえず》った。

女の眼窩から蠕動《ぜんどう》する肉塊がひり出された。女はそのまま息絶え、代わりに犬たちがその方に群がる。このような最期を遂げてもなお、この女は恵まれた者だ。

この方はすべてを照らす光です。

誰もがこの方を祝福する。

――回向、永眠、保温――

この方は我々の栄光です。

○

遠目から見てもはっきりと分かる。

引き締まった体軀《たいく》によく合った浅黒い肌。顔がとても小さい。まさにモデル顔負けのスタイルだ。

学生時代、学部・学年を超えて女子生徒に人気があったのも頷《うなず》ける、と青山は思った。

島本陽太は連れ立って歩くるみと青山に気付いたようで、近付いてくる。どうやら事務所の前で待ち伏せをしていたようだった。

「島本君」

るみが何か言う前に、島本は大声で、

「一体いつまで待たせるんですか」

身が竦《すく》むようだった。事務所はうらびれた通りにあるので、人通りは少ないが、それでも少なくない人数がちらちらと様子を窺《うかが》っている。

「島本君、落ち着いて」

「落ち着けるわけがないだろう」

なおも食って掛かる島本をどうにか宥《なだ》めて、事務所に上げる。

島本はソファーに音がするほど勢い良く腰掛け、ふんぞり返った。

「それで、いつまで待てばいいんですか？」

「厄介な案件だとご説明しましたよね。期間は長くかかる場合があると契約書にも書いてありますし、口頭でも」

島本はローテーブルに拳《こぶし》を叩《たた》きつけた。大きな音がして、ティーカップがひっくり返る。

「そもそも、こっちは信じてないんだよ。俺は『もしかして心霊関係の事件かもしれない』と相談しただけなのに、あんたたちが勝手に霊だか何だかのせいにしたんだよな？」

るみは何も言わず、島本をじっと見つめた。その態度がカンに障ったのか、島本はますますヒートアップしてるみに詰め寄った。

「こっちは高い金を払ってるんですよ。詐欺で訴えましょうか？」

「では、訴えてみては？」

るみは全くひるむことなく、島本を正面から見据えて、

「あなたに言わせれば我々は霊感商法のインチキ野郎なのでしょう？　それならば、訴えたらよろしい。訴えられるものなら」

島本の整った眉間《みけん》にわずかに皺《しわ》が寄った。体を引いて、ソファーに座りなおす。

打って変わって赤子をあやすような口調で、

「そんな、真剣に捉《とら》えないでください。脅しているわけではないんです。ただ、笑美のことが心配で心配で。どうしたら、あの異常な組織から脱出させることができるのか」

「異常？」

るみは噴き出した。おかしくてたまらないというふうに、笑いながら、

「どっちが異常なんです？」

そう聞いた。

島本の大きな目がさらに大きく見開かれている。顔に笑顔を張り付けているが、口角が小刻みに震えていた。

「ねえ、異常なのはどっち？　地元にいるときも、東京に出てきてからも四六時中妹を

監視している兄は異常ではないの？」

「なんの証拠があって」

「ガラスのウサギ」

　るみは冷たく言い放った。

　青山は、るみと一緒に行った、島本笑美の部屋を思い出す。管理人は杜撰《ずさん》な人間で、「笑美さんの兄弟の依頼で参りました」と言うと、島本陽太に書かせた委任状など見ることも無く合い鍵《かぎ》を渡してきた。

　扉を開けると、何者かに荒らされたのではないかと思うほど物が散乱しており、床がキラキラと光っていた。るみはその光る破片を拾い、溜息《ためいき》を吐いた。

「これは、すごいことですね」

　青山も黙って頷いた。

　粉々に砕け散ったガラス片の原形がウサギであることはすぐに分かった。なぜなら、全く同じデザインの、目の部分だけ黒々としたウサギのガラス細工が、ベッドの脇やら、食器棚の上やら、狭い部屋のいたるところに並んでいたからだ。

「笑美さんはちょっと……収集癖があるみたいですね」

「いいえ、おそらく違いますね」

　るみは机の上のウサギを一体手に取り、ヘアピンで目玉の部分をほじくった。目の周りの薄いガラスを壊す。黒い物体が出てきた。

「これは……」

絶句する青山を横目に、るみはそれをウエストポーチにしまった。

るみは今、回収したそれを、島本の前にばらばらと撒《ま》く。

「監視カメラですね。よくもまあ、これだけ仕掛けたものです」

島本の喉《のど》がヒュッと鳴った。よく見ると、大量に発汗しているようだった。

「あなたはさしずめ、アブラハムと言ったところでしょうか」

「俺は、笑美のことが心配で……妹を心配するのは、当然のことだろう？」

「トイレにも、風呂場《ふろば》にもありましたよ、ウサギが」

ローテーブルが音を立てて倒れた。島本が勢いよく立ち上がったのだ。

「そんなもの、俺がやったという証拠にはならない」

島本はもう笑顔を作る余裕もないらしく、歪《ゆが》んだ顔でるみを見下ろしている。

馬脚を現すというのはこういうことなのだろう、と青山は思った。

るみが「アブラハム」を喩《たと》えに出したのはある意味的確だった。旧約聖書の登場人物であるアブラハム（アラブの民の祖、信仰の父として知られている）の妻サラは、彼の実の妹だという説がある。しかし、当たり前だが、旧約聖書の倫理観と、現代日本の倫理観は大きく乖離《かいり》している。

青山は島本のことを心底軽蔑《けいべつ》していたから、彼がどんなに怒っても全く恐怖を感じなかった。あるのは嫌悪感だけだ。しかし、暴力を振るうかもしれないので、さりげなく金属トレーを持って、るみをいつでも守れるように準備をした。

「ええ、証拠にはなりません。これだけではね」

るみは依然として意地の悪い笑みを浮かべて、

「でも、あなたが笑美さんに送信したメッセージや、通話の記録などと合わせたらどうでしょうか」

るみの合図を受けて、青山は書類を手渡す。るみはそれを、パラパラとめくって見せた。

「お前、プライバシーをなんだと」

「あなたがプライバシーを語りますか」

るみは倒れたローテーブルを起こしながら、

「では、山池さんのお話をしましょうか」

そう言った。

「誰だ、それは」

間髪を容《い》れずに島本が怒鳴る。るみは眉《まゆ》一つ動かさず、

「山池龍生《りゅうせい》、あなたのご友人の話です。笑美さんをずいぶん、気にかけてらしたようですね。残念ながら笑美さんの卒業直前に、交通事故で亡くなられたようですが……ご愁傷さまです、通報者および救護者はあなただそうですね」

今度は島本が笑った。下品な本性を隠しもせず、耳が痛くなるような声で大笑いして

いる。

「なるほど、随分調べてくれたんですね、僕のことを。でも残念でした。確かに龍生は僕の目の前でトラックに轢《ひ》かれましたけど、それだけです」

島本は腰を下ろし、膝《ひざ》が当たるような位置までるみに詰め寄った。

「佐々木さん、あんたって最低ですね。自分のインチキを誤魔化すために、死んだ友達のことまで持ち出して。まるで僕が殺したみたいに」

「ええ、そうです、あなたは殺していない。殺したのは長距離トラックの運転手ですね。あなたは、ハイビームを焚《た》いて山池さんに自分の車に乗るよう合図をしただけ」

蒸発現象。対向車と自分の車のヘッドライトが交差する位置の歩行者が消えたように見える現象のことだ。夜間、雨天で起こりやすく、ドライバー本人が対策するのは難しい。故意でない限りは。

「雨の日だったそうですね」

「それも証拠なんてねえだろうが！」

島本はるみの胸ぐらを摑《つか》んで拳を振り上げた。止めに入ろうとする青山を制して、るみは、

「ええ、だから憶測です。証拠はない。でも、私がインチキという証拠もないでしょう？　戦いますか？　憶測と憶測で、どちらもボロボロになるまで」

るみは島本の手を叩き落として言った。

「もう一度言います、訴えられるものなら訴えたらよろしい。でもどんなことをされても、私は仕事をやりとげます。あなたから依頼された通り、笑美さんにはこちらの世界に帰ってきてもらう」

それはあなたも同じ気持ちでしょう、とるみは言った。

島本は振り上げた拳《こぶし》をうろうろと彷徨《さまよ》わせて、その後膝に置いた。

「ふざけんなよ、このブス」

低い声でそう吐き捨てるが、その声には先程までの覇気はなかった。

「島本さん」

青山はるみと島本の間に割り込んで、

「先輩に謝ってください。恫喝《どうかつ》して、暴言を吐いて……目に余ります。先輩が自分より弱そうな、女だからですか？」

島本は舌打ちをして、しばらく青山を睨《にら》んだ。

そしておもむろに立ち上がる。

「オマエみたいな奴は知らないだろうけど、女は怖《こえ》ぇぞ。狡《ずる》くて、煩《うるさ》くて、すぐに嘘を吐く。そのくせ自分が危ない目に遭ったら男の陰に隠れて被害者ぶることしかできない、どうしようもない存在だ。弱くて、どうしようもない」

「謝ることもできないなら、もう帰ってください」

青山は島本の目を見据えてそう言った。嫌悪感を通り越して、呆《あき》れるばかりだった。

生まれてこの方、男性でも女性でも、こんな幼稚で恥ずかしい意見を堂々と口に出して言う人間は見たことがなかった。

島本はしばらく青山を睨みつけていた。しかし、青山が心底呆れた顔をしているのに気付いたのか、乱暴に青山を押しのけて、扉を蹴破《けやぶ》らんばかりの勢いで開け、帰って行った。事務所の大窓から、島本の後ろ姿が完全に雑踏に消えるのを確認して、青山は大きく息を吐く。

「ごめんなさい、苦手でしょう、こういう雰囲気」

「先輩が謝ることは一つもないです」

むしろありがとうございます、と青山はお礼を言った。るみは、あの体格のいい島本相手に一歩も引かなかった。あくまで冷静に、言葉のみで、逆に彼を引き下がらせた。

青山にとって心残りなのは、島本を謝罪させ、反省させられなかったことだった。青山は島本の様々な言動を反芻《はんすう》して、不愉快な気分になった。

「なんというか、見た目は良くても、中身がどうしようもない人でしたね。そもそも彼が……近親相姦《きんしんそうかん》的な情欲を笑美さんに向けていたのにも驚きましたが」

「思ったより馬鹿で良かったですね。憶測どころかハッタリでしたけど」

実は通話記録や、メッセージの記録などなかった。監視カメラと盗聴器がいくつも見つかっただけだ。でも、そのようなものがなくても、るみにはすぐ分かったという。

「彼女のこと、どう思いましたか……ああ、青山君は女性の容姿について、あまり言わない方でしたね。はっきりと聞きましょう。彼女の容姿のこと、どう思いましたか？」

「どうって……そうですね、かなりの美人、でしたね」

　島本笑美は紛《まご》うことなき美人だった。兄と違って覇気のようなものは全くなかったが、それでも十分に目立っていた。真っ白な服を着てヤンに寄り添う彼女は、まるで天のお使いのようだった。

「あんなに美人なのにあの自己肯定感の低さ……最初は、虐待を疑いました。でも彼女の地元の人の話を聞くと、ご両親は近所でも評判の溺愛《できあい》ぶりだったようで」

　るみは宙を睨んだ。

「彼女が霊を見ることができると言うのも、有名な話でした。ご両親は笑美さんの力を消すために、お金も時間もかけて、色々なツテを頼ったようですね。まあ、一人として本物に当たらなかったみたいですが。『霊能力を消して欲しい』なんて土台無理なんですから、そんな依頼を受ける時点でインチキです。小学校では確かにからかわれたりもしたようですが、仲の良いお友達もいて、クラスでは普通に過ごしていたとか」

「だったらなぜ……」

「その、仲の良いお友達に聞いたのです。正確には、小学校低学年まで仲の良かったお友達、ですが」

　るみはボイスレコーダーを取り出し、再生ボタンを押した。

『笑美ちゃんはほんとにいい子でした。

プリキュアって分かりますか？　そう、色々ありますけど、そのときはプリキュア5、っていうシリーズで。私がキュアルージュで、笑美ちゃんがキュアドリームで。玩具《おもちゃ》は買ってもらえなかったから、二人でアイテムを手作りしたりして、遊んでました。

そうですね……たしかに、血まみれの女の人とか、頭が破裂したおじさんとか、私には見えない……オバケ、だったんだと思います。そういうのが見えるって言ってて……怖いとは思いましたよ。でも、一回怖いって、私泣いちゃったんですけど。そしたら、もうそういうこと言わなくなって。明らかに何もいないところ見てて、すごく怖がってたのに……それからは、聞いてもなんでもないよって言ってくれて。本当にいい子だったんだと思います。

私だって、ずっと一緒に仲良くしたかった。でもダメだったんです。笑美ちゃんのお兄ちゃん、ヤバい人です。これ聞かれませんよね？　大丈夫ですよね？

私……プールの帰り、笑美ちゃんといつもみたいに遊んで、バイバイ、また明日《あした》ね、って言って……家に帰る途中でした。前から笑美ちゃんのお兄ちゃんが歩いてきて。何回か家に遊びに行ったことがあるし、分かりました。

優しくて、かっこよくて、私もお兄ちゃんが欲しいって思ってました……今思えば、あれは、笑美ちゃんにだけ、優しかったんですけど……とにかく、素通りするのも変だなって思って、挨拶《あいさつ》したんです。

でも、お兄ちゃんはこちらに気付いている風なのに、黙ってるんです。もう一度挨拶したら、ニヤッて笑うんです。そのときの笑顔が……本当に怖くて。

家と逆方向だけど、逃げなきゃいけないと思って、全速力で走りました。でも、あっと言う間に追いつかれて。道の途中にあった、小さな休憩所みたいなところに連れ込まれて。ここ、ド田舎ですから……誰も見てなくて。一枚一枚、服を脱がされて、写真を何枚も撮られました。

大丈夫です、いやらしい目的じゃないって、子供心にも分かりましたし、今でもそう思う。小さい男の子が虫の足を千切って遊んだりするじゃないですか。そういうやつです。私は、彼の中でまさに、虫でした。

明日から笑美と話すな、って言われて。約束守らなかったら、写真をばら撒《ま》くって言われて。私は頷《うなず》くしかありませんでした。家に帰って、目を閉じても、お兄ちゃんの顔が浮かんできて、怖くて怖くて……。

次の日、いつもみたいに笑美ちゃんが迎えに来て……でも私、笑美ちゃんを無視しました。後ろで、お兄ちゃんがニヤニヤしてたんです。あのときと同じ、怖い顔で。

本当に私は虫なんだなって思って。私なんか、すぐに潰《つぶ》されちゃうんだろうなって思いました。

そのあとも、笑美ちゃんは話しかけてきたんですけど、私はずっと無視しました。

笑美ちゃんはすごく可愛いから、すぐに別のお友達ができたみたいなんですけど……

気が付くと、また一人ぼっちになっていて。多分、私と同じ目に遭ったんでしょうね。

中学に上がって、笑美ちゃんがイジメ、みたいなことされてても、助けてあげられなかった。

可哀想だとは思いましたよ。でも、お兄ちゃんのあの顔を思い出すと、申し訳ないですけど、声をかける気にはならなかったです。

彼が高校を出て、東京に行くまで、生きた心地がしませんでした。すごく狭くて小さな町ですから、すれ違うんですよ。何度も。目が合うと手とか振ってきて。

笑美ちゃんのお父さんもお母さんもいい人だったので、それを無視するのもすごく辛《つら》くて。本当に、どうしてあんないい人たちから……。

多分、あの人の中には、笑美ちゃんと自分しかいないんだと思います。それ以外は、全部虫ですよ。

笑美ちゃん、東京で暮らしてるんですよね。あの人また……笑美ちゃんに変なことしてないかな。心配です。謝りたい。笑美ちゃん……』

るみは勢いよく停止ボタンを押した。

「ここから先は聞く価値ないです」

恐らく、「仲の良かったお友達」の言い訳なのだろうな、と青山は思った。

「とにかく、こんな調子だったようですよ。島本君が東京の大学に進学したのは、優秀だったのもあるでしょうが、ご両親のいないところで笑美さんをコントロールするためだったんでしょうね」

青山は頷いて、

「でも、すごいですね、山池さんのことも……」

「アレも完全にハッタリですね。島本君の元同級生のＳＮＳに山池さんの命日だ、というような投稿がありまして、それに島本君が返信していたのですよ。そこから調べたところ……と言う感じです。確実なのは山池さんのフルネームと、事故当日雨だったということだけだったのですが、当たって欲しくなかった憶測が当たってしまいましたね」

るみは腕を目一杯伸ばして大きく伸びをした。

「彼のせいでタイムロスです。早く、当初の目的を遂行しなければ」

勢いをつけて立ち上がり、るみはにやりと笑った。

「答え合わせといきましょう」

☨　☨　☨

[redacted]が生まれたのは、八角教という、イイスス・ハリストスの復活と人類の罪の許しを信奉する団体だった。[redacted]の父は団体の長であり、[redacted]が生まれたときにはすでに六十歳という年齢だった。母は八角教婦人部の代表で、彼女もまた、四十をとうに超えていた。

八角教は小さな団体だったが、団員同士の結束は固かった。団員たちは皆同じ場所で暮らし、衣服など生活用品は共用で、欲しいものがあればその都度合議して購入した。また、医師免許を持つ者もいたので、誰かが病気になっても困ることはほとんどなかった。

八角教の聖典は、八角教の司祭である父が翻訳した旧約聖書と新約聖書であり、[redacted]含め、団体の子供たちは小学校に上がるまで聖書だけを読んで過ごす。テレビ・書籍・漫画・ゲーム・インターネットなどは原則として禁止だったが、それ以外の娯楽は許されており、[redacted]は両親に恥じることのないよう一生懸命勉強しつつ、毎日聖書に出てくる神や人の姿を粘土で造った。粘土細工を見せると両親も喜ぶので、[redacted]は毎日毎日、廊下が像で溢《あふ》れかえるほど造り続けた。

[redacted]は間違いなく両親に愛されて成長し、小学校に入学した。

八角教の子供は、世間一般の常識との乖離《かいり》に苦労することもある。そういう子供は学校に通わず、八角教の大人（外部で塾講師をしている者もいた。今思えば、妙に教育レベルの高い大人の集まりだった）の手で家庭学習を選ぶ者もあったし、またある者は、外部の知識に触れて悪魔になってしまった。後者の矯正は大変で、子供の[redacted]は直接見せては貰《もら》えなかったが、矯正を受けたあとの兄弟たちの様子で、その壮絶さが推察できた。

[redacted]はおそらく、適応能力が兄弟たちに比べて高かったのだろう。それに、誰よりも強く主を信じていた。強い信仰心があれば、外部の誤った常識になど惑わされたりしな

いのだ。[redacted]には少ないながらも友人はいたし、小学校の先生との関係も良好だった。

唯一、衝撃を受けたのは、小学校にいる大人たちが、誰も目合《まぐわ》っていないことだった。八角教では、主の教え、『産めよ増やせよ地に満ちよ』という言葉通り、大人の団員同士は（場合によっては子供も）いついかなるときでも、積極的に性交をしていた。

「どうして先生たちはセックスをしないのですか？」

そう聞いた時の三年生の時の担任、石川《いしかわ》先生の顔は忘れられない。彼女はしばらく絶句した後、[redacted]を空き教室に連れて行った。

彼女が[redacted]に渡したのは、数冊の恋愛小説だった。

「大人向けの本だけど、[redacted]くんは賢いから読めると思う。読んで、ゆっくり分かってくれると嬉《うれ》しいな」

彼女は目を潤ませながらそのようなことを言った。

小学校に上がってからの外部の書籍の閲覧は、制限付きで許可されていた（必ず大人に検閲してもらう）が、先生の貸してくれた本は全て高尚な文学作品として評価されていたため、なんなく読むことを許可してもらえた。[redacted]は三冊を一日で読んだ。

読んだ結果、彼女の言わんとすることが何かを理解した。

外部の男女は、長い期間をかけて関係をつくり、お互い合意の取れた段階で初めて性交をするらしかった。兄弟たちは常に寝食を共にし、お互いがお互いを知り尽くしているのでそこは良いとしても、場所も時も問わず性交をするのは、野蛮とされるらしかった。[redacted]は、教えを守る上で合理的であると分かっていても、性交をしているときの兄弟たちは犬のようだと思っていたので、外部の価値観であっても、それは納得のできる話だった。

とはいえ、主への信仰も、教えを守る兄弟たちのことも疑うことはなかったから、翌日石川先生に本を返却して、

「なるほど、好き合った人と二人きりの時じゃないと、そういうことはしないんですね」

と言った。

彼女はこの答えに満足したようだった。優しい人であり、また賢い人でもあったから、彼女は両親に連絡したり、大ごとに発展させることも無く、

「なにかあったら先生に相談してね」

そう言うに留《とど》まった。

彼女は元気だろうか。六年生の時に、[redacted]の異端審問に耐えられず、彼女は死んでしまった。それから、ことあるごとに思い出す。

彼女は最後まで主の存在を認めなかったし、そもそも異教徒であるので、すぐに天国へはいけないだろうが、正しい心の持ち主は最終的には正しい場所に向かうことができるのだ。

というより、そうあって欲しい。彼女の持ち込んだ外部の価値観は、[redacted]に新たな気付きを与えたからだ。感謝している。

つまり、正しい教えを受けた人々が、過ちを犯すのは何故か、という発想だ。

両親も兄弟たちも、悪魔になってしまった者を除けば、皆正しくあろうとしていた。聖書を読み、自我を持たず、ともに助け合って主を信じていた。

しかし、正しいはずなのに、姉妹たちの中には苦しんでいる者が多かった。婦人部の代表であった母にしてもそうだった。

父は、優しく、正しい人だったが、礼拝と儀式、食事のとき以外、性交をしていた記憶しかない。

三十代くらいの美しい一人の姉妹に、ある日「光を見出《みいだ》した」と言って、子供たちに彼女のことを「母様《マーテル》」と呼ばせるようになった。それが、母をひどく悲しませる原因になった。

マーテルは常に溌溂《はつらつ》としており、まるで女王のように振舞っていたが、光が影をより濃い色に染めるように、他の姉妹たちは不幸せな顔の者が増えた。

私たちは所有権を持たない（地上の全てのものは主がお造りになったのだ）し、自我もできるだけ持ってはいけないので、恐らく母がマーテルに感じていた嫉妬《しっと》心というのは正しくないものではあるのだが、それを抜きにしても、姉妹たちが不幸せそうであるのは過ちである。

また、それとは別の兄弟が、大人になったばかりの姉妹と性交をし、その姉妹が精神に異常を来《きた》してしまったこともあった。

しかし、それを行った兄弟は特に何の咎《とが》めを受けることも無く過ごしていたのだ。すぐにまた、別の姉妹と目合っていた。

これは間違いなく過ちである。

主の教えは人間に対する愛そのものであるし、愛とは幸福につながるものだ。姉妹たちが不幸になるのは、明らかに主の教えに反していた。

このジレンマを解消してくれたのが、石川先生の与えてくれた気付きである。

つまり、誰とでも、または、お互いの同意のない状態で、性交をしているという状態は、野蛮なのだ。

これは、外部の誤った常識などではなく、本当にそうなのだ。

事実、[redacted]が幼い頃、両親は愛に満《み》ち溢れ、全ての兄弟姉妹が笑顔だったが、今では悲しみと暴力の臭いが常に漂っている。

[redacted]は、ほんの小さな気付きを発展させるため、さらに勉強に励んだ。

八角教の聖典に加え、同じ神を信じる別の団体の聖典、さらにはそれを批判的に解説した学術書も読み込んだ。[redacted]の年齢に見合わない優秀さは団体内でも知られており、「後学のため」といえばどんな本でも閲覧の許可が下りた。子供だったので分からないことも多かったが、そんなときは図書室にあるパソコンを使って調べる。その過程で聖書に書いてある以上の恐ろしい悪魔の存在を多く知り、なるほど、大人たちがインターネットの使用制限を設けるのも理解できると思った。

いろいろと調べた結果、旧約聖書の登場人物たちも、主の教えを受けた人々であるはずなのに、正しくない行いをしていることがままあった。主のことを疑い、裏切り、何度も罰せられていた。

そして、主の御子《みこ》イイススは、そのような人々の罪穢《けが》れを取り払う、主が人々に遣わした救い主である。イイススは十字架にかけられ、全ての人の罪を背負って死んでいった。どの書にもそう書いてあった。それなのに、未《いま》だに八角教の人間も、その他の人間も、全く正しくなったように見えない。[redacted]にはそれが理解できなかった。

[redacted]は、さらに必死に勉強した。何度も何度も聖書を読み込んだ。

そして、読み込むうちに気付いた、八角教聖典と一般的な聖書の違いが、[redacted]の人生を変えることになる。

それは、イイススに洗礼を与えた、水垢《みずご》離行者《りぎょうしゃ》イオアンについてである。

主にヨーロッパに広まっていると言われる聖典では、イオアンはヨハネと呼ばれていた。ヨハネは[redacted]の知るイオアンと同じように、イイススに洗礼を授ける。しかしそこからが違っていた。一般的な聖書では、ヨハネはイイススと道を違《たが》え、主の教えを伝道する道すがら、ヘロデヤという女の謀略によって斬首され、その首を盆に載せられ晒《さら》されるという最期を遂げる。

しかし、八角教の聖典においては、イオアンはイイススと共に、彼を従者のように支えながら伝道の道を歩む。

イイススを心の底から尊敬していた彼がイイススと違う道を選ぶとは考えにくく、[redacted]はこれを後世の創作だと捉《とら》えた。

[redacted]が興味を持ったのは、イオアン――つまりヨハネの出自だった。

○

ヨハネはユダヤ教の祭司ザカリヤと、その妻エリザベトの元に生まれた。彼らは主の教えを正しく守る人間だったが、年老いていて、子供がいなかった。

ザカリヤがある日礼拝の場でお香を焚《た》くと、主の天使ガブリエルが現れ、恐れるザカリヤに向かって、

「恐れることはない、ザカリヤよ。エリザベトは男の子を産む。その子にヨハネと名付けなさい。その子は人々の悦《よろこ》びとなり、楽しみとなる。その誕生を多くの人が喜び、彼は主の御前で偉大な人となるのだ」

と告げる。

ザカリヤはそれに対して、

「なぜそれを信じられましょうか。私も妻も年を取っていて、子供を望むべくもありません」

と答える。

ガブリエルは、

「わたしはガブリエル。神の前に立つ者。喜ばしい知らせをあなたに伝えるために遣わされた。あなたはヨハネが生まれるまで口を利くことができなくなるだろう。わたしの伝える主の御言葉を信じなかったためである」

その言葉通りザカリヤはしばらく口が利けなくなり、さらにエリザベトも身ごもった。

さらにエリザベトは、生神女《テオトコス》マリアの親戚《しんせき》にあたる女だった。エリザベトの胎《はら》が誰の目にも明らかに膨れ始めてきたとき、マリアが彼女の元を訪れた。マリアが声を出した途端、エリザベトの中で胎児が躍った。

やがて月が満ち、エリザベトは出産した。ガブリエルの言葉通り、男児だった。

人々はその子に父の名を取ってザカリヤと名付けようとした。しかし、エリザベトは、

「いけません。この子のことはヨハネと呼ばなくては」

「ヨハネなどという名前の者は親戚の中に誰もいない。ザカリヤ、お前はどう思う」

そう尋ねられるが、ザカリヤは口を封じられていた。彼は書き板にしっかりとした文字で、

「この子供の名前はヨハネである」

と書いた。

その瞬間、ザカリヤは言葉を発することができるようになり、高らかに主を称《たた》えた。

それを見た人々は皆恐れ、この話はユダヤの山里中で話題になった。

「この子供は一体どういう者なのだろう」

「この子供の未来はどうなるか想像もできない」

人々はそのようにヨハネのことを評価した。ヨハネには既に主の力が及んでいることは、誰の目にも明らかであった。

ザカリヤは聖霊に満たされ、

「幼子よ、お前はいと高き方の預言者と呼ばれる。主に先立って歩き、その道を整え、民に罪の赦しによる救いを知らせるからである」

そうヨハネに言った。

○

この一節を読んで、[redacted]は膝《ひざ》から崩れ落ちそうな思いだった。自分の生まれてきた意味を唐突に、完全に理解したのだ。

[redacted]は、イオアン――ヨハネである。

年老いた父と母の元に生まれた意味が分かった。

八角教の人間の生活が荒廃している理由も分かった。八角教だけではない。人は些細《ささい》なことで憎み、盗み、犯し、殺し合っていた。世界は全く平和とは言えない。

聖書の教えがずっと前に起こった事実である、という認識自体が間違っていた。

この世界はイイスス誕生前の、荒廃し、罪で溢《あふ》れ、それが赦されることのない絶望的な世の中なのである。

逆説的に、イイススが誕生しなければ、この絶望的な世界は永遠に続くのである。

[redacted]がこの世に生を受けたのは、イイススを降臨させるためだ。[redacted]の使命はイイススを祝福し、彼の歩く道を整えることだ。[redacted]は、そのようにして、世界を救わなくてはいけないのだ。

[redacted]は自らのことをヨハネから取って、「ヤン」と名乗るようになった。

✝　✝　✝

私《ヤン》は成人式《バル・ミツワー》まで待つ必要があった。年齢に換算すると十三歳、そうなってやっと八角教では大人として責任を果たせるようになったと認められるからだ。

成人式では、大人の仲間入りをした子供にスピーチの機会が与えられる。

私《ヤン》はそれまで一生懸命に勉強をして、その日、今まで学んだことを兄弟たちに教え示した。

兄弟たちは最初驚いている様子だったが、すぐに理解を示してくれた。

淫蕩《いんとう》の象徴であったマーテルも、神の言葉を理解するようになった。女王のように振舞うのをやめたのだ。

私《ヤン》の提案で、週に一回「奉仕の会」という時間を設け、マーテルに仕事を与えた。彼女が兄弟たちに癒《いや》しを与える様子は、まるで聖女のようだった。

父も母も笑顔だった。

最も嬉《うれ》しい気付きは、幼い頃からずっと私《ヤン》と共にある、この眼窩《がんか》のひどく大きい女の正体が分かったことである。この女はこちらが気付いたような素振りを見せると近寄ってきて、理解できない言葉で喚《わめ》きつつ、頭を潰《つぶ》すような勢いで握りしめてくる。何も反応せず無視していればそのうちまた空中を所在なげに漂うだけの存在に戻るのだが、何せ常に私《ヤン》の側にいるので、とても難儀させられていた。しかしこれからは違う。

この女は生神女《テオトコス》だ。この巨大な眼窩こそ、イイススを受胎するための胎《はら》に違いない。これは使命を持った者にしか見えない。両親もマーテルも、兄弟たちにも認識できないようだった。私《ヤン》にしか見えないのだ。ここに早く、イイススを宿らせなくては。

「生神女《テオトコス》」

そう呼ぶと、女はびくりと震え、頭を上下左右に激しく揺らしながら近寄ってきた。大声で笑っている。とても下品だった。これではとても生神女と呼ぶことはできない。

私《ヤン》が完全なイオアンでなく、不完全なので、この女もまた不完全なのだ。

私《ヤン》はひどく反省して、跪《ひざまず》き、彼女に生神女としての振る舞いを教え諭した。

彼女はすぐに教えを理解するようになった。

彼女のことを認識することができる者は皆使命を持った人間であるので、同志を集める際の参考にした。

中でも、守屋秀光——彼とは偶然、彼の乗った車に轢《ひ》かれそうになったという出会いだったのだが——彼は素晴らしい同志だった。名前があの聖なる土地モリヤと同じであることも嬉しかったが、それより何より彼は私《ヤン》の伝道の手助けを最も積極的に行ってくれたからだ。彼は大きな食品会社の代表だった。彼の助けで、さらに多くの人が目覚めた。彼らは同志にはなり得なかったが、イイススが誕生した後の平和な世界に相応《ふさわ》しい、正しい人々になった。

守屋のように彼女の姿を見ることができる者はその後も何人か現れた。しかし、なかなか彼女の声を聞く者は現れなかった。

そもそも皆、見えているとはいっても、私《ヤン》のようにはっきりと認識できているわけではないようだった。ある者は彼女を黒い塊と言い、ある者は彼女をヘドロのような流体、またある者は虫の集合体であると表現した。私《ヤン》は、彼女を特に強く認識したその三人は、三博士の使命を持って生まれてきたのだと理解した。聖書の三博士は、イイススの誕生を示す星にいち早く気付いた者たちだった。三博士と同じように、彼らはモリヤ食品に来た人々の中から、ふさわしい実を選別することができた。

勿論《もちろん》、守屋が最も強く彼女を認識しており、彼女の頭部の位置を把握していたようなのだが、守屋には経営という最も大切な仕事があったのだから仕方ない。「必要なことはただ一つである」というのも、イイススの言葉だ。

そもそも生神女を生神女と認識できたのはエリザベトの胎児ヨハネ——すなわちイオアンと、主の言葉を伝えに降臨した天使ガブリエルだけだった。

ということは、私《ヤン》以外の者で、彼女の姿をはっきりと見ることができ、また彼女の声を聞くことができる者がいるとしたら、それは同志などではなく、私《ヤン》とて足元にも及ばない天使そのものなのだということではないか。

それからは、イイススの生誕の準備の他に、ガブリエルを探すこともしなくてはいけなくなった。ガブリエルが生神女に、その身に子を身籠《みごも》ることを告知しなければ、イイスス誕生は起こり得ない。こんな単純なことに気付かなかったことを私《ヤン》は恥じた。

生神女には、ガブリエルに出会うことがあれば、聖書に書いてあるとおり答えるように言っておいた。

「sit《そのように》 mihi《なりますように》」と。

彼女はやはり完全な生神女ではないので、残念ながら誰に対しても同じように語り掛けていたが、彼女の声を聞くことができる者はいなかったのだから許容範囲だ。

結局、私《ヤン》がガブリエルを見付けるまで、五年もかかってしまった。

島本笑美という、その人《ガブリエル》は、初めて見たときから神々しいまでに輝いていた。

モリヤビルのエントランスに入るまで、生神女には及ばないが、彼女は多くの迷える光を連れて歩いていたのだ。残念ながらビルに入った途端、それらは生神女によって処理されてしまったのだが。

そして予感は当たった。

彼女は生神女を確実に視界に捉《とら》えていた。今まで誰も聞こえなかった彼女の声までもだ。怯《おび》え、戸惑い、震えていたが、それは彼女がまだ使命に気付いていないからだった。

さらに、話していくうちに、美しく気高い彼女の自信のなさは、悪魔《ディアヴォール》に呪いをかけられ、穢《けが》されていることによるものだと悟った。

彼女の振る舞いを見るにつけ、心が痛んだ。世界がここまで穢れているとは思わなかった。時間がない。一刻も早く、イイススを降臨させなければいけないと思った。

彼女の不安を取り除き、本物のガブリエルにするために。

来るべき救いを迎えるために。

世界を正しい形にするために。

私《ヤン》は精一杯献身した。その甲斐《かい》あって、彼女は預言の夢を見、使命に気付き、恐る恐るではあるが生神女に受胎を告知もした。

あともう少しだ。あともう少しでお生まれになる。

―― Ἐγώ《エゴー》 εἰμι《エイミ》 ὁ《ホ》 ὢν《オーン》

過った人間たちの造ったクリスマスソングを聴きながら、私《ヤン》は神の言葉を呟《つぶや》いた。

第五章　ばうちずも

◆◆◆

タクシーはこの間と同じルートを通っているはずなのに、ドライバーの技量のせいだろうか。妙な揺れを繰り返し、車酔いをしやすい体質の青山は何度か吐きそうになった。海沿いを走っているとどうしても、あの海水の冷たさや呪いの言葉（本来ならばむしろ祝福の言葉だが）を思い出してしまい、青山の気分の悪さに拍車がかかった。

るみは妙にすっきりした顔をしてまっすぐ前を向いている。風景どころか、青山やドライバーの存在が彼女の認識の中にあるかどうかも怪しかった。青山は彼女に、ほんの小さな疑念、つまり、「彼は本当にイエス・キリストを模倣した人間なのか」ということを何度か聞こうとしたが、案の定生返事ばかりだった。確かに、こうして敵地に乗り込もうとしてしまっているわけなのだから、今更かもしれないが――

急ブレーキをかけてタクシーが停まった。青山は耳を思い切り窓ガラスにぶつけて呻《うめ》く。胃の中がシェイカーにかけられたような気持ち悪さ。口を押さえてすんでのところで吐くのを堪《こら》える。

「ねえ、やめません？」

運転手が早口で言った。

「行ってもいいこと、一つもない気がするんですよ」

運転手は首をほぼ180度近くぐるりと回してこちらを向いた。黒目が全く見当違いの方向を向いていて、口の端から涎《よだれ》が垂れている。

「何もないですよ、邪魔なだけですから」

「なるほど、ここからですか」

るみはそう言って、運転手の額に手を当てた。

「随分お優しいこと。車を停めたりしなければ全員殺すこともできたでしょうに」

運転手の口から低いうめき声が漏れた。次の瞬間、彼は全身の力が抜けたかのようにぐったりと目を閉じていた。

るみは運転席のボタンを押してロックを解除してから車を降り、運転手をずるずると外へ引き出した。青山も降りて彼の脈を取る。どうやら、眠っているだけのようだ。

るみと二人で協力して、彼を後部座席に寝かせた後、るみは運転席に、青山は助手席に座りなおした。

「ヤンさんがやったんでしょうね……3㎞くらい離れていても彼はこんなこと、できるんですね」

青山は未《いま》だ遠くに見える、あの建物がある山を見て言った。

「それに、僕は行くのをやめたらどうですかなんて今更言いませんけど、確かにものすごく嫌な気配はずっと感じます」

「それはそうですね。でも私は安心しました。彼は私たちのことを羽虫程度としか思っていない。勿論監視はされているのですが、殆《ほとん》ど警戒していない。殺すつもりもないようです」

るみは車を発進させた。青山は慌ててシートベルトを締める。

「私はどんなことでもする所存です」

車が近付くにつれ、不快感は増していく。どうやらドライバーの技量の問題ではなく、あの土地全体から発せられている嫌な空気のせいで体調が悪くなっているようだ。青山はポケットの中のロザリオを握りしめた。神の言葉をみだりに使って人を支配するような輩《やから》を認めたくない。

島本笑美は典型的な、支配的な人間に育成された女性だ。今は「毒親」という言葉で呼ぶそうだが、我が子の成長の妨げになるような親——彼女の場合は兄だが、そういう人間に育てられた人間だ。そういう人間は悲しいことに、他者とのコミュニケーションが不得意で、軋轢《あつれき》を起こしやすく、「毒親」的な人間の元を離れても、結局また同じような性質の人間に囚《とら》われてしまうことも多い。

ヤンは彼女を物理的に傷付けはしないだろうし、兄のように性的な欲望を抱いている様子もなかった。ただ、るみの話を聞いた今となっては、彼女は結局、また別の種類の欲望のはけ口にされているだけだと思う。

「そろそろですよ」

そう声を掛けられて青山は降りる支度を始めたが、車はこの間降りた麓《ふもと》の駐車スペースではなく、細い坂道をすさまじい勢いで上っていく。

「先輩、何を」

「ドライバーさんには申し訳ないですが、仕方ないでしょう。急がなくては」

感じませんか、とるみに問いかけられて、ぐらぐら揺れる頭を押さえながら視線を外に向ける。

昼間なのにそこだけ夜が来たかのように陽が射さない。それに、

「臭い」

汚濁した川のような臭いがそこかしこから漂ってきた。

るみはもう返事もせず、アクセルを踏み続けた。

† † †

百合《ゆり》の庭園を抜けて扉を開けると、白い服を着た人々が平伏している。

「これは……」

「そんなことに構っている暇はない。行きますよ」

るみは平然と人を踏みながら前に進んでいく。青山も心の中で謝りながら進んでいくと、平伏する人の群れはある一つの部屋の前に集中しているようだった。

るみは立ち止まることなく、大きな音を立てて引き戸を開けた。

そこに広がっているのは驚くべき光景だった。

木の棒で組み上げられた巨大な塔。鹿。兎。鳥。魚。蛙。動物の死体が、串刺《くしざ》しになって塔の周囲に配置されている。

青山は鼻を覆った。そうでもしないと耐えられないほどの腐臭が、死体ではなく、何故か塔から漂っている。塔の先端に目を向ける。まだ小学生くらいにも見える華奢《きゃしゃ》な少年が括《くく》り付けられていた。生気のない表情をしていて、かなりの高さなのに泣きもしていない。

「ケエコオ」

耳元でささやかれた気がしたが、振り返っても誰もいない。

「ケエエコオオオ」

今度は前方から聞こえた。しかし目の前には、ところどころ肉が腐り落ちたウサギの死体があるだけだ。

「ケエエエエコオオオオオオオオ」

空気が震えるような音がする。

その瞬間、るみが動いた。

猛然と走って行き、掲げられていた鹿の頭をなぎ倒す。そしてそのまま、死角になって見えなかった白い服の男を突き飛ばした。男はもんどりうって倒れ込む。床に硬いものが落ちる音がして、見るとそれは弓矢だった。

ぞっとする。るみが止めていなかったら、この男は、少年を射殺すつもりだったのだ。

「ああ、代わりにやってくださったんですね、ありがとうございます」

柔らかい声がした。どこから現れたのか、横に笑美を従えて、ヤンが立っている。

「こんにちは、また来てくださったんですね」

ヤンは音もなく近寄ってきて、青山に向かって微笑んだ。

「ふさわしい実は実らなかったようですね。お祖父《じい》様もお悲しみになっていることでしょう」

怒りで全身に血が巡るのを感じる。悪臭さえも忘れ、咄嗟《とっさ》に手が出そうになるより早く、るみの手が強くヤンの頬を打った。

乾いた音が響き、ヤンは倒れ込む。

「黙りなさい」

るみがヤンを睨《にら》みつけても、彼は全くひるむことなくそのままの体勢で笑顔を見せた。

同意するように笑美も弱々しく微笑む。

「あなたたちは幸福な人です」

ヤンは立ち上がり、人差し指、中指、薬指、と一本ずつ立てていく。

「父と、子と、聖霊の祝福が、皆さんの上にありますように」

気付くと、青山は地面に伏していた。体が重い。立ち上がることなど到底できそうにない。それでもなんとか首に力を入れて、上半身を起こした。るみを横目で見る。彼女はこの重圧の中にあって、まっすぐ立っているようだった。

「あなた方もまた、主の民には違いありません。しかし、あなた方を気遣っている場合ではなくなってしまったのですよ。無礼を許してくださいね。あなた方は兄弟でも姉妹でもありませんが……尊い瞬間をご一緒できることを幸せに思います」

笑美がおずおずと前に出てきて、両手をまっすぐに上げた。

「天では、神に栄光があるように。地上では、平和が、神に喜ばれる人々にあるように」

地響きがした。動物の死骸《しがい》が倒れ、土埃《つちぼこり》が舞う。粉塵《ふんじん》を吸い込んで青山は激しくむせた。口いっぱいに鉄の味が広がる。

目にも埃が入り、涙が止めどなく流れ落ちる。霞《かす》んだ視界の向こうに、何もかも吸い込む闇のような色の大きな影が見えた。腐臭の中心だ。それが激しく揺れている。

「なるほど、これが『眼窩女《がんかおんな》』」

るみが嘲《あざけ》るような口調で言った。

「本当にどこまでも幼稚ですね、柏木春樹くん」

その途端、内臓が押しつぶされそうなほどの重圧が消えた。

青山は急いで立ち上がる。重圧は消えたものの、闇は全く大きさを変えずそこにあった。

刺すような寒気がする。ヤンが、目を見開いてるみを見据えていた。

るみは大声で笑って、

「びっくりしましたか？ 柏木春樹《かしわぎはるき》くん。あなただけが勝手にこっちを覗《のぞ》き見できると思った？ いつも幼稚な手品に頼っているから、そんな思い上がりをするのですよ」

「手品……？」

ヤンはふたたび三本指を立てて、

「Ἐγώ《エゴー》……」

「『エゴー・エイミ・ホ・オーン』ですか」

青山はヤンが言うより早く唱えた。

「エゴー・エイミ・ホ・オーン、私は在る者である、父なる神の言葉です。人間がみだりに唱えていいものではない。聖書にも基本の基本として書いてある。勉強以前の問題です。君はこんな簡単なことも守れない。同じ神を信じる者として、情けなくて涙が出ます。そんな状態で、よくも他人を裁けましたね」

「なるほど、全く考えつきもしませんでした。やはり餅《もち》は餅屋、ですねえ」

るみはいつものおどけた口調に戻り、芝居がかった調子で笑った。

ひとしきり笑い終わった後、るみは硬直しているヤンに向かって言った。

「ねえ、可哀想な柏木春樹くん。私全部読んだんですよ、あなたのために。八角教、でしたっけ？　あなたの造ったつぎはぎの宗教。きっと色んな新興宗教の本を読んだんですね」

るみは床に本を放り投げた。八角教聖典、と書いてある。

「中学生が書いた冒険小説みたいでそこそこ楽しめましたよ。イイススとイオアンの珍道中。他者を一切排除した、二人だけの優しい世界。あなたはこういうものに憧《あこが》れていたんですね。自分を理解してくれる、自分と対等の人間。あなたの周りには、対等な人間関係を築いてくれる人が誰もいなかったから。半分は自業自得よ？　でもまともな育ち方ができなかったあなたには同情します」

るみは自らヤンに歩み寄って、目の前に仁王立ちした。

「それで？　可哀想ななりきりイエスくんは次は何をしてくれるの？」

ふたたび地面が揺れた。先程より強い揺れだった。よろける青山をるみがしっかりと支えた。お礼を言おうとしたとき、地響きが、笑い声と共鳴していることに気付く。

そう、ヤンは笑っていた。例の顔面に張り付いたような笑みとは違う。

大口を開けて、顔をのけぞらせて笑っていた。

「長々とありがとうございます」

ヤンは不気味なほど破顔したまま、

「大変面白い考察でした。でもほとんどすべて間違っている！　言うに事欠いて私がイイスス？　信じられない！　私には彼の履物の紐《ひも》を解《ほど》く値打ちもない！」

闇の塊が一面に広がった。

自分の指先さえ見えない。

遠くに赤い光が見える。

「お祝いしましょう」

それだけが聞こえた。

☆　☆　☆

ヤン——柏木春樹の儀式は、イサクの燔祭《はんさい》を模していた。

旧約聖書の登場人物であるアブラハムが、その妻サラと年老いてから設けた一人息子イサクを生贄《いけにえ》にせよと神に命じられ、葛藤《かっとう》しながらもその通りにする。アブラハムがイサクの喉《のど》を掻《か》き切る寸前に神自身がそれを止め、神はアブラハムが真の信仰を持っていることを知る、というエピソードだ。

驚いたことに、これに非常によく似た儀式が諏訪大社で行われている。御頭祭と呼ばれるそれでは、柱に八歳の男児をくくりつけ、神官が男児を小刀で刺す真似をする。そこに馬に乗った別の神官が駆け込んできてそれを止め、儀式は終了する。

非常に似通っているうえ、カケコーという鶏の鳴き声まで使う。私はヤンがどちらの神を信じているのか分からなかった。

その後、彼の根幹にキリスト教があるという確証を得ても、まだ分からないことがあった。

それでも何とかなると思っていた。私は油断していたのだ。

彼の力が私よりずっと強いのは分かっていた。だから十分に警戒しなくてはいけなかった。こうなったのはひとえに私の甘さによるものだ。私は彼に同情してしまったのだ。

彼は私と同じように、妙な力を持って生まれてしまっただけの、ゴミのような大人に育てられたゴミだ。

もっと可哀想なのは、彼は自分自身の力に気付いていないことだ。

彼は自らの深い信仰心によって、彼の信じる神に祈りが届いたと思い込んでいる。自分の力ではなく、神が起こした奇跡だと信じ込んでいるのだ。

私は彼を、哀れな子供だと思った。ひょっとすると、そこに見下しの気持ちもあった。だから、はっきりと真実を付きつければ、彼の信じるものが崩壊し、彼が聖書ごっこをやめるのではないか、などと考えてしまった。

逆効果でしかなかった。

彼の「信仰心」を強めることにしかならなかった。

こうなってしまっては何の意味もない。私は判断を誤ったのだ。

そのせいで自分どころか、青山君をも守れなかった。彼は私たちとは違う。彼は純粋で優しくて、愛に溢《あふ》れている。私のようなゴミにも、愛を与えようとする人間だ。

（青山君）

私は何もない虚空に向かって念じた。

（青山君）

何度も、何度も呼んだ。

そうして無意味に呼んでいる間にも、意識が吸い込まれそうになる。

私は今まさにあの、ヤンが乙女マリアと同一視している「眼窩女」という悪霊に飲み込まれ、殺されようとしているのだ。

恐らくは単なる悪霊だったのだろう。反吐《へど》が出るほど醜かった。目が洞穴のようにぽっかりと空いて、人体のその他の部位はないがしろになっていた。単なる悪霊に過ぎなかったあれを、ここまで凶悪に、従順に、私を飲み込むまでに成長させたのは間違いなく——彼の「信仰心」の賜物《たまもの》だ。

（青山君）

最後の力を振り絞って私は叫んだ。

そこから先は、私はもう、

耳元でため息が聞こえた。

気のせいだと思ったが、どうやら違うらしい。

私の手は、大きな手に包み込まれていた。

視界が色を取り戻す。

光が見えた。

眼窩女が発していたのとは全く違う、純白の光だ。

その光は指先から私の全身を覆うように広がっていく。

はっきりと見えるようになった。

私は青山君に支えられて立っていた。私の手を握っているのは青山君の手だった。

青山君は色素の薄い目で私をじっと見ていた。

「いちがいな《言い出したら聞かない》女よねや」

そう言って、さらに強く手を握りしめる。

青山君ではない。

青山君はこんな喋《しゃべ》り方をしない。彼は。

「一人ではどもこもできん。疲れちゅうのは分かるが、手伝ってくれ」

姿も声も、バターのような体臭も、青山君だった。でも、これは青山君ではない。あの男が、青山君の姿を借りて喋っている。

握りしめられた手の中に、皮膚の柔らかさとは別に硬い感触があった。おそらく、あのときのガラス玉だ。

あらためて、この男はすごい男だ。ガラス玉は単なるお守りで、青山君の身を守ってくれるだけだと思っていた。それが、こんなことまで——

私は、安堵《あんど》感《かん》を無理やり頭の隅に追いやった。

状況は何一つ改善していないどころか、悪くなっているようだった。

眼窩女《がんかおんな》の発した闇はヤンをも吸い込もうとしている。塔の木材が折れていくつも床に転がっており、今にも倒壊しそうに軋《きし》んでいる。

ヤンは笑っている。最早こちらのことなど気にも留めていないようだった。

意味不明な——恐らく青山君が聞けば意味が分かる、謎の言語で楽しそうに何か唱えている。

さらに恐ろしいのが、そこに島本笑美が立っていたことだった。彼女は、ヤンの力によって洗脳されていない。彼女自身の力がヤンにも劣らないほど強いからだ。彼女は何一つヤンの教義も信仰も分からない。加えて、このおぞましい状況をはっきりと見ることができる。それなのに、彼女はそこに立っていた。弱々しい笑みを浮かべて、ヤンに寄り添っていた。

「手伝うって……どうやったら」

私は半ば絶望しながら話しかける。

「目を閉じろ」

耳元で囁《ささや》かれた。

「そこにあるんよね」

言われるがまま目を閉じた視界に飛び込んできたのは人魚姫だった。

彼女は相変わらず、真珠のような歯を見せて笑っている。

私は怖くなって目を開けてしまう。

握りしめる手に力がこもったのが分かる。

「言うたやろ。こっちのルールをあっちに押し付けることや」

こっちのルール。

私は、押し入れの中の宮殿においては、全てが思い通りだ。

神のように振舞える。

私が再び目を閉じたときには、もう人魚姫はいなかった。

狭くて腐臭の漂う暗い箱。そうだ。人魚姫は違う。

この場所でだけは、ヤンでさえも違う。

この場所の女王は私だ。

私は押し入れの女王だ。

「柏木春樹くん」

私は押し入れの扉を開けて叫んだ。

「柏木春樹くん、入りなさい」

†　†　†

気付くと、私《ヤン》は暗い部屋にいた。腐った果物の甘ったるい臭いが鼻を刺激する。

先程までの、主の誕生への高揚感は急速に萎《しぼ》んでいった。

イイススが誕生したのはお世辞にも衛生的とは言えない場所だった。しかし、預言には、天使の大軍勢と、それに感化された人々の悦《よろこ》びの歌で地上が揺れるはずだ。まばゆく照らされるはずだ。

こんな暗く、悪臭のする場所であっていいはずがない。

このような場所が、我々の栄光たるイイススに相応《ふさわ》しいはずがない。

しかしすぐに思い直した。

私《ヤン》は完璧《かんぺき》なイオアンではない。だからこれは、主が与えたもうた最後の試練なのだ。

この暗い、薄汚く湿った場所で、我々の救い主を探し出すのだ。

そうすれば、やっと、我々正しい民による完璧な王国が、彼の支配によって完全なものとなる。

私《ヤン》は這《は》いまわってイイススを探した。しかし、どこにも見当たらない。

この部屋は、恐らく狭いはずだ。少しでも動くとつきあたりにぶつかってしまう。しかし、四方を囲っているはずの壁は目に見えず、どこまでも深く、無限に続くのではないかと思わせる奥行きに、闇が広がっている。立ち上がることもできない。この場所にいると、体が自然と平伏してしまう。

我が主。イイスス。一体どこにいらっしゃるのか。

私《ヤン》は気が長い方だと思っていた。気付きを得てから幾月も、ただイイスス誕生のために耐え忍んだ。しかし、そんな私《ヤン》でも、方角どころか、天地さえも定かではない闇には耐えられなくなってきた。

膝《ひざ》と掌《てのひら》が擦り切れているのが分かる。

「イイスス・ハリストス」

ついに限界を迎えた私《ヤン》がそう呼びかけると、目の前に何かが現れた。

玉座だった。

その玉座は段ボールで出来ていて、周りをごちゃごちゃと飾られている。

セミの羽や、色紙、釘《くぎ》、クレヨン、バナナの皮、そのようなもので。

待ち望んでいた救い主が、このような汚い玉座に君臨するはずがない。

いや、しかし、主がそれを望まれているとしたら？

主は、イイススが茨《いばら》の冠を被せられ、ヴィア・ドロローサを嘲《あざけ》られながら歩き、十字架にかけられ、ロンギヌスにわき腹を刺し貫かれたときでも、イイススを救うことはなかったのだ。

「ヤン」

そう呼ばれて辺りを見回す。

「ヤン」

もう一度呼ばれる。

玉座に人が座っていた。

襤褸《ぼろ》の衣服を身に纏《まと》い、髪をだらしなく伸ばし、お世辞にも美しいとは言えない、あの女。

佐々木るみ。彼女は佐々木るみだ。

私《ヤン》の信仰を見下し、馬鹿にして、床に叩《たた》きつけた女。

その女がなぜ、イイススの、救い主のために用意された玉座に座っているのか。

「玉座から降りろ」

私《ヤン》は思わず、彼女を怒鳴りつけた。許し難い。その玉座に座ることができるのは、唯一、イイススしかいないというのに。

「なぜ？」

佐々木るみは不思議そうに私を見下ろしている。

「ここは私の宮殿なのに」

佐々木るみはこちらに向かって手を伸ばしてくる。体を揺すって避《よ》けようとしても、どこにも逃げ場がなかった。

「怖がらないで」

佐々木るみの手が頬に触れた。私《ヤン》は何故か、吸い込まれるように彼女の腕に縋《すが》りついていた。

「ヤン、眠りなさい」

瞼《まぶた》が落ちてくる。抗《あらが》いがたい温かさが頬を伝って体の芯《しん》まで流れてくるようだった。

私《ヤン》は、その時やっと真理に到達したのだ。

イイススとはどういう存在だったか。

イイススは神の嬰児《えいじ》である。しかしながら、人の形をして、女の胎《はら》から生まれた。

イイススは家畜のひしめく納屋で生まれ、人を導き、人に裏切られ、穢《けが》れに塗《まみ》れ、罪を一身に背負って死んだ。

あの方は美しくも神々しくもなかった。しかし、無償の愛を持って人類に奉仕する方だった。

あの方は、常に人と歩んだ方だった。

私《ヤン》は自らを恥じ入った。「新約聖書」は正しかったのだ。八角教聖典は、彼女の言う通り、稚拙な冒険小説に過ぎなかった。

私《ヤン》のような者が、あの方と過ごせるわけがない。永久《とこしえ》の従者になれるはずもない。

「眠りなさい」

そうだ。佐々木るみは生神女のことを視認していた。

私《ヤン》と、ガブリエルと、もう一人、彼女のことを認識できる者がいるとすれば、それは。

「あなたがイイスだったのか」

イイスの熱が私の罪《ヤン》を焼いた。

イイスは微笑んでいる。

イイスが降臨した。

これで、世界は正しい形になるのだ。

世界は、イイスの手によって、安らかに支配されるのだ。

やっと私の使命は終わったのだった。

◆

◆

◆

「起きましたか、青山君」

そう声をかけられて青山は起き上がる。

息を吸い込むと強くむせた。喉《のど》が切れているようで、激しく痛んだ。しかしそんなことを気にしている余裕はない、と急いで立ち上がる。

「ヤンは……？」

「私の口から説明するより、見てもらった方が早いでしょう」

それより、とるみは言葉を切って、

「青山君、ありがとう」

頭を下げた。

身に覚えのない青山は動揺し、るみを制止した。

「そんな……僕、結局今回も何もできなくて……」

「いいえ、あなたはいつも私を助けてくれる」

るみはもう一度ありがとう、と言ってから青山を抱きしめた。青山の脈は上がり、耳まで赤くなる。

しかし青山が腕を背中に回す前に、るみはさっさと体勢を立て直して、歩いて行ってしまった。

改めてひどい有様だった。

そこら中に木片が散乱しており、いくつかは当たったら生命の危険に関わりそうな大きさだった。塔はほとんど倒壊しそうだが、中までみっしりと木を組み込んでいる構造だからか、なんとか形を保っている。

木片や、出所の分からない肉片を避けながらドアに近付いていくと、目の前に躍り出てきた者があった。

島本笑美だった。

笑美の顔は土埃《つちぼこり》で汚れていて、純白のドレスもボロボロだった。

しかしそれでも彼女は美しい。

大きな目をぎょろぎょろと動かして、るみを睨《にら》んでいる。

「笑美さん、無事でよかった。一緒に帰りましょう」

「イヤッ！」

彼女は木材を振り回した。どうしても見せたくない何かが、二人の進行方向にあるようだった。

「それは、私と彼が、警察に引き渡します」

るみが指さす先には、ヤンがいた。

瓦礫《がれき》に埋もれている彼からはもうなんの脅威も威圧感も感じない。指を吸って寝ている様子は、彼の年齢、十九歳よりずっと下に見えた。

「笑美さん」

るみがもう一度呼び掛ける。それでも笑美はヤンの前に立ちはだかり彼を守るように手を広げた。

「なんで皆……皆、恵まれているくせに！　そんな人たちが、どうして、何もかも私たちから取っていくの？　好きにさせてよ」

「その男は、人生のどん底にある人たちにあたかも救いのような言葉を投げかけて、好きなように操って道具のように使っていた男ですよ」

るみはまた一歩、笑美に近付いて言った。

「人間、人生がうまく行かないときはいくらでもあるでしょう。悪い人の甘い言葉に乗せられて、引き返せないところまで流されてしまった人もいる。そういう人たちは自業自得ですか？　どうなっても構わない？」

　るみは途中から、自分自身に言い聞かせるように語った。

「そんなわけないんですよ。この世の中にどうなっても構わない人なんているわけない。その男はきちんと、罰を受けなくてはいけない」

「イヤ！」

　耳を劈《つんざ》くような声で叫んで、笑美は首を大きく横に振る。

「私は救われた！」

　笑美は目に涙を一杯に溜《た》めて、力の限り叫んでいた。

「この人、私のこと綺麗《きれい》って、尊いって、言ったもん！　馬鹿にする人から守ってくれた。愛してくれた」

「あなたのお兄さんみたいに？」

「あんなのお兄ちゃんじゃないっ」

　笑美はヤンに折り重なるように強く抱きしめた。

「私だって分かってる。お兄ちゃんはおかしかった。私のこと毎日毎日毎日馬鹿にするくせに、下着の色とかチェックされたり、体を触られたりして、いやらしい目で見てきた。でもブスだから、どうしようもない、我慢するしかないって思ってた。でも違った。ヤンはそんなことしなかった。私のこと綺麗で、価値があって、私のこと馬鹿にする人たちのために頑張らなくていいって言ったの！　ずっとずっと、優しかったの！」

「それはあなたがヤンにとって都合のいい存在だったから」

るみは冷たく言い放った。

「あなたは洗脳なんかされていなかったんだから、分かるでしょう？　彼は幼稚なお人形劇を本物の人間を使って上演していただけ。島本笑美そのもののあなたは、彼にとって価値がない」

「違う、違うもん」

「違わない。その男は根本的にはあなたのお兄さんと同じですよ。心の弱い人に目をつけて、支配して、好きなように操っている、それだけの」

「もうやめてよ」

笑美はるみの言葉を遮った。声に力はなかった。

嗚咽《おえつ》交じりの声で、彼女は、

「私はずっと彼と生きていきたい」

そう短く言った。

るみはしばらく立ち尽くしていた。青山もそれを見守った。最終的にどうするかの判断は、今回も何もできなかった自分がすることではないと思っていたからだ。

ややあって、るみはコートのポケットから、封筒を取り出した。あのとき、物部が突き返したものだった。

るみは笑美の目の前に、それを放り投げる。

「これで人生をやり直しなさい、と言うにはあまりに少ない金額ですね」

笑美は動揺しながらも封筒を拾い上げた。

「なんなの……？」

「あなたたちを見逃します、可哀想な子供たちですから」

「上から目線で、なんなのっ」

気色ばむ笑美を冷え冷えとした目で見つめながらるみは言った。

「本当なら人間が持ってはいけないような力を持って生まれて、ゴミみたいな環境で育つしかなかった。本当に可哀想です」

るみの口唇が小刻みに震えている。なんだか泣いているみたいに見えて、青山は駆け寄ろうとした。しかし、るみは片手でそれを制する。

「都会で暮らした方が良いでしょう。行政の支援が受けやすい。今暮らしているところには帰らないで。ご実家にも。間違いなく、連れ戻される。できれば仕事も、辞めた方がいい。これに関しては、どちらにせよ辞めることになるかもしれませんが。私は何も言いません。こちらに来ても、絶対に追い返す。そのあとは」

一呼吸おいて、るみは、

「あなたが、自分で考えなさい」

そう言った。

「この人を私のものにしていいの？」

笑美の顔が花が開くように輝いた。

るみは答えない。

輝くような美しい笑みを満面に浮かべて、笑美は言う。

「ねえ、私、この人を[redacted]ていいの？」

「帰りますよ」

るみは大声で笑美の声を遮った。青山には、笑美が何を言ったのか聞き取れなかった。

るみの表情は複雑だった。そのまま、笑美に背を向ける。

青山は何も言わず頷《うなず》いて、彼女の後を歩いた。

部屋を出るときにもう一度だけ振り返ると、笑美は膝《ひざ》にヤンを寝かせて、静かに涙を流していた。その部分にだけ光が当たっているように輝いている。

「ピエタみたいだ」

青山が思わず呟《つぶや》くと、るみが口に手を当てて制止した。

「君がそれを言うのは駄目でしょう」

そう言って、一度も振り返らず歩いて行った。

青山も、もう振り返ったりはしなかった。

＊　＊　＊

どうやらこの仕事は私に合っているみたいだった。

ネットでは同業者の女の子たちの愚痴がいくらでも転がっている。

「やることやったら説教するおっさんなんなの、死ねよ。どさくさに紛れて店外誘ってんじゃねー」

「今日もクソ客に本番ねだられた！　一往復だけってなに？　無理に決まってんだろカス」

「日本語読めてないオッサンのＬＩＮＥに付き合わなきゃいけない重労働is何。ほんとさっさと死滅してくれ〜」

「マジ勘違いすんな、付き合ってってバカじゃねーのどうしてお前が付き合えると思った？」

私はひとつも共感できなかった。

私のお客さんたちは皆優しくて、丁寧で、いやらしいことなんて一つもしない。ただ一緒に寝るだけで満足そうにお礼を言って、お金を置いて帰って行った。

一応はお店から、そういうこともしなくてはいけないと教えてもらったけれど、今のところ一度も実践する機会はない。

それは本当に私にとってこれが天職だというのもあるし、世の中には優しい人の方が多い、ということなのだろう。

私は今では自分のことを価値のある存在だと思っている。人から愛され、大切にされるべきだと思っている。

他人を変えるにはまず自分から、というのは正しかった。

ものの見かたを変えるだけで、色々な人が私に親切になり、私もまた、色々な人に優しくすることができた。

それはこの仕事のおかげではないけれど、この仕事を始めてよかったと思う、最大の理由がある。

お金だ。

前の職場でのお給料は急に下げられた。それまでがおかしかったのだと説明されたけれど、五分の一以下になってしまったら二人で暮らすことはできない。

あの、佐々木さんという女の人がくれたお金を足しても、新しい部屋を借りて、家具や洋服を用意したら、ほとんど何も残らない。彼女は行政の支援を受けるようにと言ったけれど、二人の関係性とか、戸籍とか、言いたくないことを沢山聞かれるに決まっている。そんなことは耐えられなかった。それに、私はあのモリヤの正社員だから、どうせ支援なんか受けられないに決まっている。

そういった理由で、せっかく大手の、私の実力では分不相応なほどすごい企業に就職できたのだけれど、辞めざるを得なかった。

代わりに始めたのが今の仕事だ。

最初は怖かった。男の人の裸は、どうしても兄を思い出してしまう。

それに、偏見もあった。とりあえず一刻も早くお金を稼ぐ必要があったからやっただけだ。きちんと他の就職先を探して、こんなことは一回きりにしようと思っていた。

でも。

勇気を出してやってみたら、こんなに素敵な仕事はない、と言うことが分かった。

男の人も私も裸になるけれど、いやらしいことはひとつもしない。ただ抱き合って眠るだけだ。それだけで、元のお給料に負けないくらい沢山お金がもらえた。

そういえば、彼がずっと前に言っていた。

人間が裸を恥ずかしがるようになったのは、ナーカーシュというバケモノに女の人が唆されて、林檎《りんご》を食べてしまったからだと。林檎を食べて悪い知恵をつけた人間は、裸でいることが恥ずかしくなってしまったのだと。

私はそんなことを思い出しながら家に帰った。

今日も一日五人の男の人と寝た。皆、赤ちゃんみたいでかわいくて、私も幸せになった。

私は間違っていない。

彼も言っていた。

――あなたはガブリエル、神の左におわす方、愛の天使

そのときは、私がそんな大層なものとは思えなかった。

でも、仕事をしていると、本当にそうじゃないかと思えてくる。私は、色々な人に愛を与えられているのではないか。そんなふうに。

だから、私がこの仕事を続けるのは、間違っていない。

私の仕事は、色々な人に愛を与えること。

だから彼も言ったのだ。

――私はあなたを愛しますが、あなたは愛さないでほしい

きっと、特定の人に愛を与えるのは良くない。そういうことだったのだと思う。

でも。それでも。

「ただいま！」

そう言ってドアを開けると、私を押し倒す勢いで足にまとわりついてくる。私が微笑むと、彼は心底嬉《うれ》しそうに声を上げて笑う。

こんなにかわいい人はいない。こんなに愛《いと》しい人はいない。

彼はまだ、言葉を話せないけれど、どういうわけか、私が仕事に行っている間に部屋を綺麗《きれい》にしておいてくれる。質素だけれど、食事も用意してある。すぐに眠ってしまうので、一緒に出掛けられないのは残念だけれど。

「今日は何を食べる？」

そう聞いても返事はない。机の上にパンが置いてあるだけだ。

私は心に込み上げてくるものがあって、強く彼を抱きしめた。

佐々木さんは良い人かもしれない。

彼は、善意からとは言え、色々な人に迷惑をかけた。彼のせいで今も苦しんでいる人だっているらしい。それなのに、佐々木さんは警察に通報しなかった。

彼がこうなってしまったのも、おそらく佐々木さんが何かしたからだ。どういうふうに何をしたかは分からないけど、そんなことができるくらいなのだから、彼を殺すことだってできたはず。でも、そうはしなかった。だからきっと、彼女も私たちの味方で、良い人だ。

でも、だからと言って、私は彼女の思う通りにはならない。

私たちは可哀想な子供なんかじゃない。

無邪気に笑う彼を見つめる。いまはただ、かわいいだけだけれど。彼は素晴らしい力と、素晴らしい目的を持っている。

千年帝国。

そう、確か千年帝国と言っていた。もっとまじめに聞いておけばよかった。でも、きちんと聞いていたとしても、全然キリスト教に詳しくない私では、分からなかったかもしれない。

千年帝国。イエス・キリストが統治する、争いも憎しみもない、素晴らしい世界。

彼はそれを夢見ていたのだ。やり方は間違っていたかもしれないけれど、彼の目的は純粋で、美しいものだった。

私は信じている。彼ならきっと、いつか実現させられる。

今よりずっと、賢くて正しい、誰にも邪魔できないやり方で。

頬に温かさを感じた。彼が、私の頬に掌《てのひら》を押し付けている。そこから、じんわりと全身が温まっていく。

涙が出るほど嬉しい。

今はまだ、言葉も話せないけれど。絶対にすぐ、元通りになる。

「はやく大きくなってね」

話しかけても、彼から答えは返ってこないけれど。

「だいすきよ、私のかみさま」

終章　なたる

†　†　†

モリヤ食品の社員たちや、施設にいた従業員は、無事、洗脳が解け、元の暮らしに戻りました。めでたしめでたし。

とは当然ならなかった。

あの騒動は、爆発事故として大々的に取り上げられた。僕も先輩も、事故の目撃者として通報したあと、さっさと脱出してしまったけれど、どうやらあの塔のようなオブジェが倒壊して、怪我人どころか、死者まで出てしまったらしい。

さらに、あの鬱蒼《うっそう》と生い茂った竹林の中から、本当に様々なものが見つかったらしい。

例えば——

「人間だったんでしょうね」

「へっ？」

突然声をかけられて、声が裏返ってしまう。

先輩は表紙に【スピリチュアルで人生を棒に振った若者たち～洗脳のすべて～】と黄色い文字ででかでかと書かれた雑誌を机に投げるように置いて、ソファーに腰かけた。

「『鹿』ですよ」

発言の意味が分からず固まってしまう。先輩はコーヒーを一口啜《すす》って、

「島本君が体験した儀式の話です。バイトの六日目に、彼はカエルを解体させられた、と言っていましたよね。その時の話で、不思議だったんですよ。『鹿』『鳥』『兎』『魚』『蛙』の部屋の人たちがいて、恐らくその部屋の名前と同じ動物を解体させられていた。島本君は横目で大量のウサギを解体している人を見ていますが――その人の解体しているもののことは『ウサギ』と明言していたのに、その隣の人が解体しているものは『何か大きい生き物だったらしきもの』と言っているんですよ。それは、どうしてなのか」

僕はしばらく考えて、そして気分が悪くなる。見てもいないのに、頭の中で像を結んでしまう。先輩が読んでいた雑誌の特集を思い出す。【行方不明者続出！　謎の高額バイトとは？　闇の臓器売買】。

大量の動物の死体。血と臓物の飛び散った部屋。中央には、人間の――

「嫌な想像、しますね……」

僕が絞り出すような声で言うと、先輩は笑い声を漏らした。

「憶測ですよ、憶測。でも、当たっているかも」

そうなのだ。憶測とは言い切れない。

施設の周りを囲う、雑多な木々で埋め尽くされた林からは、何人もの人間の痕跡《こんせき》が出てきたという。

おそらくこのおぞましい所業を命令したヤンはもういない。実行した信者にも記憶はなかったはずだ。そうなると当然、責任を問われたのは所有者である守屋秀光だろう。

しかし、信者たちと同様、守屋秀光にも記憶はない。

守屋秀光は事件発生二週間後に、諸々《もろもろ》の責任を取る形で辞任してしまった。辞任しても、追及は続くに違いない。僕はそのことを思うと心が痛んだ。

張本人であるヤンを見逃した。警察にきちんと真実を証言しなかった。

最終的に決定したのは先輩だとしても、僕も同罪だ。

「気に病んでいるようですね」

僕の心を読んだかのように、先輩が言った。

「気に病む必要はないですよ、とは言いませんが……仮に、真実を話したところで、信じてもらえるはずがありませんしね」

それもそうなのだ。

宗教団体の洗脳、というだけなら信じる人もいるだろうが、ヤンの行った洗脳というのは、一般的な洗脳とは異なる。

一般的な洗脳は、長い時間をかけて、外部との接触を断ち、頼れる人間が他に誰もいないと信じ込ませ、暴力なども織り交ぜて相手をコントロールする。しかし、ヤンは違う。一言二言囁《ささや》くだけ、いや、彼の姿を見るだけで、相手はヤンの言いなりに動く人形のようになってしまう。

ただの人間にそんなことができると、誰が信じるだろうか。

例えば僕が警察に「柏木春樹という十九歳の少年が社会不適合者を集めて宗教的儀式を行っていた。儀式には殺人を始めとして違法性が疑われる行為が含まれていた。モリヤ食品は役員から末端従業員に至るまで洗脳されており、守屋秀光も場所を提供していただけで何も知らないだろう」などと言っても妄言扱いされるか、中途半端に要素だけ抜き取られ、モリヤ食品に宗教団体と言う側面がある、と解釈されるだけだろう。

そんなことになってしまっては、罪のない何人もの人々に重い罰が下るだけだ。

であれば、正しくなくても、行き場のない若者たちの共同体で起こった凄惨《せいさん》な殺人事件、そういうふうに片付けた方が犠牲者は少ないのだ。

ただの被害者なのに——

僕は、スマートフォンの画面に映る憔悴《しょうすい》した顔の守屋秀光を見て、憂鬱《ゆううつ》な気持ちになった。

「彼らは今、どうしているんでしょうね」

守屋秀光の顔を頭の中から消すために、無理やり話題を変える。数日前、島本笑美から一通の手紙が届いた。彼女らしい、美しく、非常に小さい文字で、今住んでいるであろう住所だけが書かれていた。

「さて、どうでしょうね。案外ふつうに過ごしていると思いますよ」

先輩があまりにも当然のことのように言うので、いささか面食らってしまう。

「ふつうにって……」

「おや、許せませんか？　気持ちは分かりますよ。否定していたけど、恐らく彼は、イエス・キリストとして、万人を救いたかっただけ。でも、それはあまりにも幼稚な発想だった。色々な人が迷惑を被った。客観的に見ればただの犯罪者。そんな犯罪者、許せませんよね」

「そうじゃなくて」

僕は先輩の正面に座った。

「あんな強い能力を持った人間を、そのままにしておいていいのかということですよ。先輩が何をしたかは分からないけれど……あのときの彼は、眠っているだけに見えました。目が覚めたら、また同じことをするんじゃないですか？」

「大丈夫です」

先輩は左胸を拳《こぶし》で叩《たた》いた。

「彼は私の中にいるので」

「どういうことですか？」

「開いて、入れて、閉じました」

「全然説明になっていない……」

僕の言葉を完全に無視して、先輩はロールケーキにかじりついた。

まあ、僕もこれ以上突っ込んだことを聞く気はない。知りたい気持ちはあるが、先輩は話したいことはどんなタイミングでも話すタイプだ。話さないと言うことは、今はまだ話したくないと言うことなのだ。いずれにせよ、ヤンには既に危険性がない。あのおぞましいほど強大な力は消えた、と解釈していいだろう。

「じゃあ、ヤンさんのことはいいです。笑美さんは大丈夫でしょうか」

「ふつうに過ごしているとは、思いますが」

先輩は胃の中に紅茶でロールケーキを流し込む。動物の鳴き声のような音が彼女の喉《のど》から鳴った。

「まあ、こまめに様子は見た方が良いでしょうね。島本君が彼女に何かしないかも心配ですし」

僕は島本陽太の怒りで歪《ゆが》んだ顔を思い出した。

数日前、島本陽太は佐々木事務所に訪ねて来た。鉄パイプのような鈍器を持って。

危険を察知した先輩が警察に通報したため、直接的に暴行を加えられることはなかったが、彼が事務所に乱入しようと鈍器を振り回したため、事務所の玄関はめちゃくちゃに破壊された。器物損壊と住居侵入、傷害未遂の現行犯で彼は逮捕された。

さらに、彼は物理的な加害に加えて、佐々木事務所の悪評をネットにばら撒《ま》いた可能性も高い。

　ここ一か月で佐々木事務所の口コミサイトには根拠のない誹謗《ひぼう》中傷が殺到し、建物の情報も以前まで「占いサービス」になっていたのが、今は「公衆便所」に書き換えられてしまっている。

　事務所乱入事件と誹謗中傷の両方で、これから訴訟をすることになるが、初犯で、社会的信用も僕たちよりある彼だ。たいした罪にはならないだろう。

　かけつけた警察官に喚《わめ》き散らしながら連行される島本陽太。あのときの彼ほど醜い顔をした人間を、僕は見たことがなかった。ヤンの創造した不気味な宗教、そして一連の体験よりも、ひょっとすると恐ろしかった。

「本当にそれはそうですね。何か助けてあげられればいいですけど……僕にできることがあるとは思えません」

「あなたは優しくていい人だから、穏やかに話を聞いてあげるだけで助けになると思いますよ。ついでに勧誘して、ポーリク青葉教会の信者にしてしまえば？」

「ちょっと先輩、それは」

「冗談ですよ」

　先輩は声を上げて笑ってから、真顔になる。

「……完全に冗談ではないです。残念ながら」

「どういうことですか？」

「彼女は自分の意志、というものが非常に希薄な人なんです」

先輩は遠くを見つめた。

「仕方のないことです。彼女は被害者です。それでも……就職するまではお兄さんの言う通り、モリヤに入ってからはヤンの言う通り……そんな彼女が急に放り出されてどうなるでしょうか。加えて、あの容姿……世の中には島本君と同じくらい悪くて、ヤンと同じくらい危険な人だって沢山います。彼女はそんな奴らの恰好《かっこう》の標的になるでしょうね。またそんな人に捕まるくらいなら、あなたやあなたのご家族のようなまともな人がいる教会のコントロール下に置かれていた方がずっといい。それは本心です」

「それは彼女を見くびりすぎですよ」

僕は先輩を正面から見据えて、

「だってあのとき、先輩も『自分で決めなさい』と言った。それで、彼女はヤンと暮らすことを選択した。彼女は自分で選択することができる人間です。不安は勿論《もちろん》あるけれど、大丈夫ですよ、きっと」

「そうだといいのですが」

先輩はそう呟《つぶや》いて、フォークを皿の上に置いた。

「親子を例に出せばわかりやすいかもしれません。一流のピアニストになりたかった夢を子供に託して子供に厳しいピアノレッスンを施す親——夢を託す、と言えば聞こえは良いですが——いつしか子供も、一流のピアニストを目指すようになったり。これはあくまで親子関係ですし、教育の方針としては理解ができる。その子供だって、本気でピアノが楽しくて努力しているのかもしれない。自我が芽生えたら、ピアノの道を捨てることだってできる。それでもなお親が強要したりすれば、明確な虐待になりますが」

「ええと、つまり何が言いたいんですか？」

「問題は大人同士でも、そういうことは起こりうるということです。自分の意志がない人は、信頼している人ができたとき、その人の思ったとおりに行動してしまう。その人と自分は別の人間なのに、いつの間にか、その人の意志が自分の意志であると思い込んでしまったりする。洗脳なんてなくても、です。それにね、彼女、最後に――」

あのとき先輩が遮った言葉。彼女が満面の笑みで言った言葉。本当に幸せそうだった。

しかし。

僕は居ても立ってもいられず、鞄《かばん》を摑《つか》んで立ち上がった。

「僕、父に連絡します。何の役にも立たないかもしれないけど、僕も電話して……話だけでも、聞いてみます」

「どうせ」

先輩は明らかに、何か言いかけて途中でやめたようだった。手をうろうろと空中に漂わせ、しばらくして引っ込める。

「頑張ってください」

小さな声で呟いた先輩は、無理やり取り繕ったような笑顔を浮かべている。

「先輩……」
「行くなら早く行った方がいい」
僕は頷《うなず》いて事務所から飛び出した。
先輩のことも気がかりだが、今は笑美のことの方が優先事項だ。きっとそうだ。
――私、この人を育てていいの？
先輩の言う通りだ。
彼女は、ヤンの目的が、そっくりそのまま自分の目的に置き換わってしまっている。
しかも、先輩が言うには、彼女はヤンと同じくらいの力を秘めているという。
そんな彼女が、この人を育てる――つまりヤンを育てる。それの意味することは。
島本笑美の、恍惚《こうこつ》としたような笑顔を思い出す。
あの二人は、出会ってはいけなかった。

《参考文献》

『キリスト教の本（New sight mook ― Books esoterica）』（上・下）（学研プラス）

『聖書　新共同訳』（日本聖書協会）

斎藤英喜『増補 いざなぎ流 祭文と儀礼』（法蔵館文庫）

米本和広『カルトの子―心を盗まれた家族』（文春文庫）

本書は角川ホラー文庫のための書き下ろしです。
また、本書はフィクションであり、実在の人物や団体、地域とは一切関係ありません。

異《い》端《たん》の祝《しゆく》祭《さい》

芦《ろ》花《か》公《こう》園《えん》

角川ホラー文庫　22683

令和3年5月25日　初版発行
令和4年5月20日　8版発行

発行者――――堀内大示
発　行――――株式会社KADOKAWA
〒102-8177　東京都千代田区富士見2-13-3
電話 0570-002-301(ナビダイヤル)
印刷所――――株式会社KADOKAWA
製本所――――株式会社KADOKAWA
装幀者――――田島照久

●お問い合わせ
https://www.kadokawa.co.jp/ (「お問い合わせ」へお進みください)
※内容によっては、お答えできない場合があります。
※サポートは日本国内のみとさせていただきます。
※Japanese text only

ISBN978-4-04-111230-4　C0193

◆◇◇

角川文庫発刊に際して

角川源義

第二次世界大戦の敗北は、軍事力の敗北であった以上に、私たちの若い文化力の敗退であった。私たちの文化が戦争に対して如何に無力であり、単なるあだ花に過ぎなかったかを、私たちは身を以て体験し痛感した。西洋近代文化の摂取にとって、明治以後八十年の歳月は決して短かすぎたとは言えない。にもかかわらず、近代文化の伝統を確立し、自由な批判と柔軟な良識に富む文化層として自らを形成することに私たちは失敗して来た。そしてこれは、各層への文化の普及滲透を任務とする出版人の責任でもあった。

一九四五年以来、私たちは再び振出しに戻り、第一歩から踏み出すことを余儀なくされた。これは大きな不幸ではあるが、反面、これまでの混沌・未熟・歪曲の中にあった我が国の文化に秩序と確たる基礎を齎らすためには絶好の機会でもある。角川書店は、このような祖国の文化的危機にあたり、微力をも顧みず再建の礎石たるべき抱負と決意とをもって出発したが、ここに創立以来の念願を果すべく角川文庫を発刊する。これまで刊行されたあらゆる全集叢書文庫類の長所と短所とを検討し、古今東西の不朽の典籍を、良心的編集のもとに、廉価に、そして書架にふさわしい美本として、多くのひとびとに提供しようとする。しかし私たちは徒らに百科全書的な知識のジレッタントを作ることを目的とせず、あくまで祖国の文化に秩序と再建への道を示し、この文庫を角川書店の栄ある事業として、今後永久に継続発展せしめ、学芸と教養との殿堂として大成せんことを期したい。多くの読書子の愛情ある忠言と支持とによって、この希望と抱負とを完遂せしめられんことを願う。

一九四九年五月三日